フーさん 引っ越しをする

ハンヌ・マケラ
上山美保子 訳

挿絵 作者

HERRA HUU MUUTTAA
Hannu Mäkelä

国書刊行会

FILI-Finnish Literature Information Centre has supported
the translation of this book

もくじ

装訂《そうてい》――森《もり》デザイン室《しつ》

1 フーさん引《ひ》っ越《こ》しをする

フーさんの、夜《よ》な夜《よ》な夜《よ》ふかしがまた始《はじ》まりました。理由《りゆう》はフーさん自身《じしん》にもわかりません。もしかすると、秋《あき》だったからかもしれません。

雨《あめ》が、降《ふ》って、降《ふ》って、降《ふ》りつづいています。雨《あめ》は、窓《まど》に、お庭《にわ》に、そして、木々《きぎ》に降《ふ》りつづけ、お庭《にわ》はまず畑《はたけ》のようになり、それからおかゆのようにどろどろになり、やがて大《おお》きな穴《あな》を掘《ほ》ったようになりました。雨水《あまみず》は家《いえ》のなかにも入《はい》りこみ、レンジから煙《けむり》があがると、そのにおいが鼻《はな》につき、雨水《あまみず》はそのまま壁沿《かべぞ》いに進《すす》むと、とうとう火《ひ》は消《き》え、やがてシーツも雨水《あまみず》でしっぽり濡《ぬ》れそぼりました。まあ、たしかにこういうのもお友《とも》だちみたいなものだよね。だって、ずっとここにいてくれるんだもの。でも、そろそろお暇《いとま》してくれてもいいのにな、とフーさんは思《おも》いました。こんなふうにならない年《とし》だってあるんだから。ねえ、だから、ごきげんよう、さようなら。

1　フーさん引っ越しをする

雨《あめ》はぱらぱらと窓《まど》に当《あ》たり、なんだか考《かんが》え事《ごと》をしているみたいです。

ある晩《ばん》のこと、フーさんはおかしいなと思《おも》って頭《あたま》をふっと持《も》ち上《あ》げました。遠《とお》くのほうで、いままで聞《き》いたことのないブンブンという平板《へいばん》な音《おと》がずっとつづいているみたいなのです。フーさんは音《おと》の正体《しょうたい》がわかるまで頭《あたま》をブンブンとふりました。雨《あめ》が止《や》んだようです。雨《あめ》は水《みず》をかばんにしまい、ありがとうも言《い》わない人間《にんげん》たちに対《たい》して怒《おこ》ったような視線《しせん》をむけ、雲《くも》に飛《と》び乗《の》り、北《きた》へむかうために、エンジンをぶんぶんとふかしているのです。もう、パラパラッという音《おと》も、ひゅうひゅう、ぴしゃっぴしゃっ、ガンガンという音《おと》も、じんわりとながれこんでくるものもありません。やっと静《しず》かになったぞ。でも、遠《とお》くの街《まち》から聞《き》こえてくる音《おと》のように、人《ひと》の気配《けはい》を感《かん》じるみたいな静《しず》けさのなかにも音《おと》があるということにフーさんは気《き》づきました。フーさんは窓《まど》から、じょじょに薄墨色《うすずみいろ》から漆黒色《しっこくいろ》に変《か》わる庭《にわ》をながめていました。もう、世界《せかい》は、この家《いえ》と、この家《いえ》の明《あ》かりしかないくらい小《ちい》さくなってしまいました。いま、ここに雨《あめ》は降《ふ》っていません。雨《あめ》はどこかへ行《い》ってしまったのです。フーさんは、自分《じぶん》は一人《ひとり》ぼっちだと感《かん》じました。

フーさんは、水《みず》のいっぱい入《はい》ったバケツを持《も》ってきました。そして壁《かべ》にかけてある柄杓《ひしゃく》をつかんで、水《みず》をくみ、また水《みず》をバケツに戻《もど》しました。フーさんはその音《おと》に耳《みみ》をすましました。雨《あめ》が降《ふ》っているようには聞《き》こえません。バケツに水《みず》を戻《もど》した時《とき》の音《おと》は、どう聞《き》いても、バケツに水《みず》を入《い》れている時《とき》の音《おと》にしか聞《き》こえないのです。フーさんはもう一度《いちど》同《おな》じことをくり返《かえ》してみました。でも、同《おな》じことでした。こんなことをしてみても雨《あめ》はやってこないようです。

フーさんは怒《おこ》って柄杓《ひしゃく》をほうり投《な》げました。すると柄杓《ひしゃく》は壁《かべ》にぶつかり、鍋《なべ》が置《お》いてあるところへ飛《と》んでいき、鍋《なべ》はまるで鐘《かね》のようにキンコンカンと音《おと》をたてると、その内《うち》の一《ひと》つがフーさんの頭《あたま》に落《お》っこちてきて、帽子《ぼうし》をかぶるようにかぶさりました。そして、落《お》っこちるやすぐにぐつぐつ言《い》い始《はじ》めました。ほんとうに鍋《なべ》のふちから蒸気《じょうき》が上《あ》がり始《はじ》めたのです。「フーさん風《ふう》おつむのスープ。空腹《くうふく》の方《かた》へ。」作《つく》り方《かた》。「鍋《なべ》を一《ひと》つ、それからフーさんの頭《あたま》を一《ひと》つ。これをなんとかして混《ま》ぜあ

わせます……。」あれ、な、なんてことをぼくは考《かんが》えているんだ、フーさんはぶつぶつ言《い》い、どぎまぎしてきました。そろそろと鍋《なべ》を頭《あたま》から取《と》ると、レンジの上《うえ》に置《お》きました。すると、空《から》っぽの鍋《なべ》が、熱《あつ》いレンジの上《うえ》でまるで高熱《こうねつ》でうなされているようにふるえ始《はじ》めました。鍋《なべ》に水《みず》を入《い》れないといけない、と思《おも》ったフーさんは柄杓《ひしゃく》を探《さが》しました。鍋《なべ》の半分《はんぶん》くらいまで柄杓《ひしゃく》を使《つか》って水《みず》を入《い》れると、次《つぎ》にどんなことが起《お》こるのか、じっと待《ま》ちました。鍋《なべ》から少《すこ》しずつ蒸気《じょうき》が上《あ》がり始《はじ》めたころ、フーさんは紅茶《こうちゃ》が入《はい》ったカップを手《て》に持《も》っていました。フーさんは、考《かんが》え事《ごと》をしながらちびちびと紅茶《こうちゃ》を飲《の》みました。

秋《あき》は、なんだかとっても長《なが》く感《かん》じられ、なんだか落《お》ちこんできてしまいました。だれも訪《たず》ねてきませんし、だからといって、フーさん自身《じしん》がだれかを訪《たず》ねに出《で》かけようとも思《おも》いませんでした。子《こ》どもたちはどこかへ行《い》ってしまったようです。ビールバラ提督《ていとく》は時《とき》おりぶつぶつ言《い》うだけで、すっかり静《しず》かになってしまいました。提督《ていとく》の目《め》つきはすっかりおどおどしてしまい、まるで、びっくりして野原《のはら》を走《はし》り回《まわ》るウサギのようでした。それに、オウムのマコトもどこかへ行《い》ってしまいました。ある日《ひ》のこと、フーさんがいつもより長《なが》いお散歩《さんぽ》から帰《かえ》ってくると、家《いえ》がとてもきれいに、とても居心地《いごこち》よくととのえられていて、マコトの姿《すがた》が見《み》えなくなっていたのです。テーブルの上《うえ》には、羽《はね》が一本《いっぽん》と、小《ちい》さな小《ちい》さな青《あお》いスミレがグラスにさしてあり、そこに文字《もじ》が一言《ひとこと》、うっすらと書《か》きつけてありました。

「じゃね。」その後《ご》、マコトのことを耳《みみ》にしたものはだれひとりいませんでした。床下《ゆかした》の家《いえ》ネズミも不思議《ふしぎ》なくらい静《しず》かでした。冬《ふゆ》が近《ちか》づくにつれハエもいなくなってしまいました。だれもかれも自分《じぶん》だけの小《ちい》さな世界《せかい》に入《はい》りこみ、なにもかもが止《と》まってしまったのです。

フーさんは腰《こし》をかけて考《かんが》えました。ロウソクの炎《ほのお》は時《とき》おりゆらめき、やがて小《ちい》さくなって消《き》えてしまう。そうなるとあたりはまっ暗《くら》だ。でもロウソクの炎《ほのお》からはなたれる熱《ねつ》が広《ひろ》がるのにあわせて、炎《ほのお》が大《おお》きくなることだってある。こうして闇《やみ》の怖《こわ》さから守《まも》られているんだな。夜《よる》がふけ、ロウソクは短《みじか》くなり、フーさんはだんだん眠《ねむ》たくなって来《き》ました。フーさんはロウソクの火《ひ》をふうっと吹《ふ》き消《け》すと毛布《もうふ》をかぶりました。外《そと》はだんだんとしらじらしてきました。

フーさんは目《め》を閉《と》じました。
映像《えいぞう》と色《いろ》に支配《しはい》され、だんだんとひびくような音《おと》がせまってくる深《ふか》い深《ふか》い静《しず》かな水底《みなそこ》へもぐりこめたらいいなと思《おも》ったのです。その音《おと》は、少《すこ》しずつ大《おお》きくなり、ついには滝《たき》の音《おと》のようにとても大《おお》きくなりました。びっくりしたフーさんは起《お》きあがろうとしました。ベッドの上《うえ》にまっすぐに立《た》ち上《あ》がろうととび上《あ》がったのですが、なにも変化《へんか》はおこりませんでした。フーさんは、目《め》を開《あ》け、そしてまた閉《と》じましたが、状況《じょうきょう》はかわらず、騒音《そうおん》はやかましくなるばかりです。なんておそろしいことになっているんだとフーさんは思《おも》いました。

　とうとう雷《かみなり》のような地《じ》ひびきがして、どうすることもできなくなったフーさんは、ただただけび声《ごえ》をあげました。すると地《じ》ひびきが止《や》みました。フーさんは目《め》を開《あ》けました。大《おお》きな声《こえ》を出《だ》したことが良《よ》かったみたいです。フーさんは、少《すこ》しのあいだイヌのようにからだをぶるぶるっとふるわせると、あくびをしながら窓《まど》のところへ行《い》きました。もうすっかり朝《あさ》になっていて、朝《あさ》だよと大声《おおごえ》で言《い》っているような明《あか》るさになっています。フーさんはビールバラ提督《ていとく》の船《ふね》のほうに目《め》をやりました。

　それからフーさんはさっと自分《じぶん》の部屋《へや》のなかを見回《みまわ》し、爪《つめ》をちょっとかみ、咳《せき》ばらいをして一人《ひとり》つぶやきました。「さて、さて、では、もう一度《いちど》ためしてみようかな。」そして、また、提督《ていとく》の船《ふね》の方向《ほうこう》を見《み》ました。でも、夢《ゆめ》ではなかったようです。船《ふね》は影《かげ》も形《かたち》もなくなっていました。それにお庭《にわ》もなくなっています。船《ふね》やお庭《にわ》があったところには穴《あな》が空《あ》いていて、穴《あな》のそばには人食《ひとく》いザメのように口《くち》を開《あ》けた、大《おお》きな柄杓《ひしゃく》付きの巨大《きょだい》な機械《きかい》が二台《にだい》、なんでもかんでもこわしてやる準備《じゅんび》は万端《ばんたん》という感《かん》じで置《お》いてありました。フーさんが声《こえ》も出《で》ないほどびっくりしてその光景《こうけい》を見《み》ていたちょうどその時《とき》、また、ものすごい騒音《そうおん》が始《はじ》まりました。フーさんは耳《みみ》をふさぎ、ただただうろたえるばかりです。ショベルカーが、ゆうゆうと、手際《てぎわ》よくりんごの木《き》を一本一本掘《いっぽんいっぽんほ》り起《お》こしていました。機械《きかい》はフーさんの家《いえ》のまわりを乱暴《らんぼう》に動《うご》きまわり、フーさんの家《いえ》に近《ちか》づいて来《き》ました。もうすぐ壁《かべ》を突《つ》きやぶってなかに入《はい》ってくるぞ！　これはいったいどういうことだ？　またとつぜん騒音《そうおん》が止《と》まりました。フーさんは、ふるえる手《て》で自分《じぶん》のからだをさわってみました。大丈夫《だいじょうぶ》。夢《ゆめ》じゃないし、いまは日中《にっちゅう》。すべて現実《げんじつ》のことらしい。でも、とフーさんは考《かんが》えました。夢《ゆめ》のなかでこんなことになっているだけなのかな。ならばどうすれば長年《ながねん》住《す》みなれた静《しず》けさをとりもどすことができるだろう。フーさんは世界《せかい》じゅうのどんなことよりも、まず静《しず》かであることを望《のぞ》んでいるのです。

　でもここがふたたび静《しず》かになったとしても、静《しず》けさは自分《じぶん》の持《も》ちものではありません。すると、扉《とびら》をたたく音《おと》がふたたび静《しず》けさをやぶりました。最初《さいしょ》はそうっと、次《つぎ》にもっとはっきりと、最後《さいご》はまるでハンマーでたたくようでした。夢《ゆめ》のなかにでもいるような気分《きぶん》のままフーさんは扉《とびら》を開《あ》けました。まだ夢《ゆめ》はつづいているのだろうか。黄色《きいろ》いヘルメットをかぶって、泥《どろ》んこの長靴《ながぐつ》をはいた大男《おおおとこ》が二人《ふたり》入《はい》ってきました。彼《かれ》らはフーさんをびっくりして見《み》ました。

「どうして、まだここにいるのですか？」一人目《ひとりめ》の男《おとこ》が聞《き》きました。

「ここにいてはいけないのですよ。」と二人目《ふたりめ》の男《おとこ》が張《は》り紙《がみ》を見《み》せながら言《い》いました。そして二人《ふたり》とも、フーさんの答《こた》えを待《ま》ちました。

　フーさんは紙《かみ》をひろげると、なかに書《か》いてある線《せん》を見《み》つめました。その紙《かみ》にはなにか書《か》いてあるようです。「海男小道《うみおとここみち》　六番《ろくばん》　五階《ごかい》。」

フーさんは男《おとこ》たちにやさしくほほえみかけました。

「あの、紅茶《こうちゃ》を一杯《いっぱい》いかがですか。外《そと》は寒《さむ》かったでしょう。少《すく》なくとも、ぼくは寒《さむ》いのではないかと思《おも》うのですけれど。」とフーさんは、楽《たの》しそうな様子《ようす》で話《はな》しかけました。

「悪《わる》くないね。」と一人目《ひとりめ》の男《おとこ》が言《い》いました。

「ああ、いただくとしよう。」と二人目《ふたりめ》の男《おとこ》が言《い》いました。そして二人《ふたり》ともほほえみました。

フーさんは二人《ふたり》に紅茶《こうちゃ》をいれて、紅茶《こうちゃ》をどんなふうに飲《の》みほすのかを見《み》ていました。これまでこんな夢《ゆめ》を見《み》た覚《おぼ》えはありません。

夢《ゆめ》はくるくる回転中《かいてんちゅう》
みょうな世界《せかい》を視聴中《しちょうちゅう》
睡魔《すいま》はどこかへ逃避中《とうひちゅう》
夢《ゆめ》はひたすら継続中《けいぞくちゅう》

フーさんは独《ひと》りごちています。

夢《ゆめ》はまだつづいています。

二人《ふたり》は同時《どうじ》にカップを置《お》くと、いつも最初《さいしょ》に話《はな》すほうからまた話《はな》し始《はじ》めました。

「あなたは荷物《にもつ》をまとめてもいないのですか。なんてことだ。少《すこ》しお手伝《てつだ》いしましょうか。」

「我々《われわれ》はちゃんとお手伝《てつだ》いすることもできるんですよ。」と、紅茶《こうちゃ》が気《き》に入《い》った様子《ようす》の二人目《ふたりめ》の男《おとこ》が言《い》いました。「あそこの車《くるま》の荷台《にだい》には使《つか》い古《ふる》しの箱《はこ》がたくさんあります。役《やく》に立《た》つかもしれません。」

男《おとこ》は外《そと》に出《で》ると、箱《はこ》を持《も》って戻《もど》ってきました。それからフーさんの荷物《にもつ》を詰《つ》め始《はじ》めました。フーさんはベッドのはしに腰《こし》かけて、その様子《ようす》を見《み》ていました。これは、悪《わる》い夢《ゆめ》だろうか、それとも当《あ》たりまえのことだろうか。もしもこれがいい夢《ゆめ》なら、夢《ゆめ》にほほえみかけることだってできるのに。もしかしたら、ぼくは必要以上《ひつよういじょう》に心配性《しんぱいしょう》なのかもしれないとフーさんは思《おも》いました。でも、いっしょうけんめい笑《わら》おうとがんばったのに、笑《え》みを浮《う》かべることができません。

箱《はこ》はいっぱいになると持《も》ち出《だ》され、次々《つぎつぎ》に空《から》っぽの箱《はこ》が持《も》ちこまれました。彼《かれ》らは棚《たな》、屋根裏《やねうら》、地下《ちか》の物置《ものおき》を引《ひ》っかきまわし、まるで、純鉛《じゅんえん》が入《はい》っているみたいに重《おも》い旅行《りょこう》かばんを五《いつ》つ見《み》つけ出《だ》しました。物入《ものい》れ、サウナ、工具入《こうぐい》れ、物置《ものおき》、イヌ小屋《ごや》も引《ひ》っかきまわしました。ほかにも、草《くさ》むら、トリかご、ベッドの下《した》、それから、一人目《ひとりめ》の男《おとこ》にいたってはフーさんのポケットのなかまで引《ひ》っかきまわそうとしました。もう、フーさんはすっかり閉口《へいこう》しています。大切《たいせつ》なことを言《い》おうとフーさんがベッドから立《た》ち上《あ》がったのとほぼ同時《どうじ》に、男《おとこ》たちはベッドを運《はこ》び出《だ》しました。家《いえ》は空《から》っぽになり、フーさんの心《こころ》のなかはすっかり暗闇《くらやみ》に閉《と》ざされてしまいました。

フーさんは、ゆっくりと心静《こころしず》かに深呼吸《しんこきゅう》をしました。そして、十数《じゅうかぞ》えました。ベッドのこと、掛《か》け布団《ぶとん》のこと、紅茶《こうちゃ》のこと、夢《ゆめ》のこと、静《しず》けさや自分《じぶん》の好《す》きないろいろなことに思《おも》いをはせましたが、気持《きも》ちは落《お》ちつきませんでした。フーさんは次《つぎ》に、目《め》も覚《さ》めるような怖《こわ》いことを考《かんが》えようとしました。そしてナイフやピストル、おたけび、言《い》い争《あらそ》い、けんか、戦争《せんそう》、おじいさん、ヘビ、トラや殺人鬼《さつじんき》のことを考《かんが》えてみました。でも、むなしいだけでした。部屋《へや》はありましたが、中身《なかみ》がなにもないのです。やがて、男《おとこ》たちが戻《もど》ってきて、フーさんの両脇《りょうわき》に立《た》ちました。

「さてと。」と、一人目《ひとりめ》の男《おとこ》が親《した》しみをこめて声《こえ》をかけました。「それでは、出《で》かけましょうか。われわれはこの家《いえ》を解体《かいたい》しなければいけないのです。大至急《だいしきゅう》ここに高速道路《こうそくどうろ》を建設《けんせつ》しなければいけないのです。ご自身《じしん》で引《ひ》っ越《こ》しをなさらなかったので、こんな残念《ざんねん》なことになってしまったのですよ。これは、われわれがいけないのではありません、ここに道《みち》が通《とお》るから仕方《しかた》ないのです！」

男《おとこ》たちは、フーさんの腕《うで》をつかむと、そろそろと扉《とびら》のところへ運《はこ》びました。フーさんはされるがままになっていました。なぜって、いま起《お》こっていることに対《たい》して、なにもできそうもなかったからです。それが夢《ゆめ》であろうと、なかろうとね。でも、フーさんは、ほんとうに夢《ゆめ》から覚《さ》めたあかつきには、近《ちか》づいてくるものはかたっぱしからふるえ上《あ》がらせてやるぞと心《こころ》に決《き》めました。ぼくは、あまりにも長《なが》いあいだ、あまりにも静《しず》かだったから、いまこんなめにあっているのにちがいない。

男《おとこ》たちがフーさんをトラックの荷台《にだい》にのせると、フーさんはベッドにのびのびと寝転《ねころ》がりました。これから起《お》こることに文句《もんく》を言《い》うのはできるだけやめておこう、だって、ここでも十分眠《じゅうぶんねむ》れるもの、とフーさんは思《おも》いました。そして、まるでネコのようにうずくまり、

あくびをしました。

　車《くるま》が動《うご》き出《だ》した時《とき》、フーさんはすでに夢《ゆめ》のなかでした。車《くるま》がフーさんの家《いえ》からはなれればはなれるほど、フーさんの夢《ゆめ》はおかしなふうになって行《い》きました。フーさんは飛行機《ひこうき》に乗《の》って雲《くも》の帝国《ていこく》へむかっているところです。引《ひ》っ越《こ》しの荷物《にもつ》をいっしょに持《も》っているため、航空管制局《こうくうかんせいきょく》がフーさんの搭乗者番号《とうじょうしゃばんごう》を一番《いちばん》としました。フーさんはちょっと緊張《きんちょう》しました。地上《ちじょう》で自転車《じてんしゃ》の運転《うんてん》さえもままならない自分《じぶん》が、どうやって雲《くも》を操縦《そうじゅう》することができるだろうかとドキドキしていました。訓練《くんれん》をうけないといけないな。フーさんは、眼下《がんか》で、車《くるま》のながれががたがた道《みち》でとどこおっているのを不安《ふあん》そうに見下《みお》ろしました。

　はるかかなたでは、大《おお》きなショベルカーがもうフーさんの家《いえ》をぐしゃぐしゃにこわしてしまっていて、残《のこ》っているのは地面深《じめんふか》くに打《う》ちこまれた礎石《そせき》だけになっていました。一《いっ》トンずつ土《つち》を運《はこ》び出《だ》し、空《あ》いた場所《ばしょ》へ砂利《じゃり》や砂《すな》、石《いし》をまるで雪崩《なだれ》のようにながしこみ、積《つ》み上《あ》げて行《い》きました。そこらじゅうが砂《すな》で埋《う》めつくされ、じきにアスファルトで舗装《ほそう》されます。そのうち、車《くるま》でその道《みち》を通《とお》っても、タイヤが通過《つうか》したわずか数《すう》メートル下《した》に、かつてフーさんの家《いえ》があったということを、みんな、忘《わす》れてしまっているでしょう。

2　フーさん紅茶《こうちゃ》をいれる

フーさんは、目《め》を覚《さ》ましました。なんだか変《へん》な感《かん》じがしました。フーさんは目《め》を開《あ》け、また、急《いそ》いで閉《と》じました。なぜかというと、見《み》たこともない部屋《へや》のなかにいたからです。フーさんは、まだ、さっきの夢《ゆめ》がつづいているんだと思《おも》ってぞっとしました。夢《ゆめ》のなかでトラックに荷物《にもつ》が運《はこ》びこまれたことと、最後《さいご》にベッドがつみこまれたことを思《おも》い出《だ》しました。フーさんは自分《じぶん》の下《した》にあるベッドは、少《すく》なくとも自分《じぶん》のものだということはわかりました。でも、部屋《へや》の天井《てんじょう》は高《たか》くて、なんだかフーさんの家《いえ》にしては変《へん》な感《かん》じです。それに窓《まど》も、小《ちい》さな四角《しかく》い模様《もよう》がたくさんならんでいて、フーさんの家《いえ》とはちがうようです。フーさんは目《め》を開《あ》けると、もう一度《いちど》あたりをながめました。あちこちに黒《くろ》っぽい包《つつ》みや箱《はこ》、フーさんの持《も》ち物《もの》がちらばっていて、部屋《へや》はさっき見《み》た時《とき》と、少《すこ》しも変《か》わっていません。もしかして、これは、まったくもって夢《ゆめ》ではないのかもしれないとフーさんは思《おも》いました。

2　フーさん紅茶をいれる

とくに他《ほか》にやることもなかったのに、目《め》はパッチリ開《あ》いてしまったので、フーさんは起《お》き上《あ》がると部屋《へや》のなかを見回《みまわ》り始《はじ》めました。壁《かべ》には扉《とびら》がありました。扉《とびら》を開《あ》けると洋服《ようふく》ダンスのような小《ちい》さな部屋《へや》がありました。この部屋《へや》の壁《かべ》にも扉《とびら》がありました。フーさんはその扉《とびら》も開《あ》けると、まるで箱《はこ》のように小《ちい》さな部屋《へや》へ入《はい》りました。部屋《へや》のすみには、小《ちい》さな灰《はい》色《いろ》の窓《まど》があって、その下《した》には、見覚《みおぼ》えのあるかたまりがうずくまっていました。

フーさんはおそるおそる近《ちか》づいてみました。外《そと》はゆっくりゆっくり明《あか》るくなってきているようで、かたまりもだんだんとはっきり姿《すがた》をあらわしはじめました。フーさんが見《み》ているのはどうやらストーブのようです。ストーブを見《み》ていると、急《きゅう》にすごくのどがかわいていることに気《き》がつきました。

紅茶《こうちゃ》を一杯《いっぱい》飲《の》んだら、目《め》が覚《さ》めるかもしれないとフーさんは思《おも》いました。フーさんは最《さい》初《しょ》の部屋《へや》へ急《いそ》いで戻《もど》ると、部屋《へや》じゅうがゴミ捨《す》て場《ば》のようになるまで、箱《はこ》や包《つつ》みを片《かた》っぱしから開《あ》けていき、やっとこさっとこやかんを一《ひと》つ見《み》つけ出《だ》しました。別《べつ》のかばんからは薪用《まきよう》の木《き》が二本《にほん》ほど出《で》てきたので、フーさんはひっしになって頭《あたま》を回転《かいてん》させ、ポケットのなかにマッチが入《はい》っていることを思《おも》い出《だ》しました。紅茶《こうちゃ》の葉《は》っぱは紙袋《かみぶくろ》の底《そこ》から見《み》つけ出《だ》し、カップは古《ふる》い靴《くつ》から取《と》り出《だ》しました。これで、必要《ひつよう》なものは全部《ぜんぶ》そろったことになります。

　さて、あとは、暖炉《だんろ》に火《ひ》を入《い》れるだけです。フーさんはなんとなく気分《きぶん》が良《よ》くなってきました。小《ちい》さいほうの部屋《へや》へ戻《もど》るとやかんを暖炉式《だんろしき》レンジの上《うえ》に置《お》きました。その時《とき》になって、フーさんは、やかんに水《みず》がぜんぜん入《はい》っていないことに気《き》がつきました。お湯《ゆ》の入《はい》っていない紅茶《こうちゃ》なんて、ウマのえさと同《おな》じようなもの。まずお水《みず》を探《さが》さないといけません。ところが、バケツがどこにも見当《みあ》たらないのです。あちこちを探《さが》しているうちに、とうとうフーさんは窓《まど》から外《そと》を見《み》てしまいました。でも、見《み》てはいけなかったのです。たしかに外《そと》に水《みず》はありました。でも、水《みず》はあまりにも多《おお》すぎて、視界《しかい》がとどかないところまで広《ひろ》がっていたのです。それよりもっとひどいことに、部屋《へや》は木《き》のてっぺんと同《おな》じ高《たか》さにあったのです！　フーさんはおそれおののいてあとずさりしました。部屋《へや》がぐるぐる回《まわ》り始《はじ》めました。高《たか》いところへ上《あ》がれば上《あ》がるほど、フーさんは自分《じぶん》のことを小《ちい》さく小《ちい》さく感《かん》じてしまうのです。

　フーさんは暖炉式《だんろしき》レンジのところまで戻《もど》りました。きっとここに水《みず》があるにちがいないと直感的《ちょっかんてき》に思《おも》ったのです。とにかくそれをみつけ出《だ》さないと。フーさんはレンジを見《み》ながら考《かんが》えました。レンジのとなりには棚《たな》があって、棚《たな》の下《した》には金属製《きんぞくせい》の器《うつわ》のような入《い》れものがあります。そのさらに上《うえ》の壁《かべ》のところから、金属製《きんぞくせい》の管《くだ》が伸《の》びています。フーさんがその管《くだ》をじっと見《み》ていると、小《ちい》さな小《ちい》さなしずくが管《くだ》の先《さき》からゆっくりと出《で》てこようとして

いて、ほどなく金属製《きんぞくせい》の器《うつわ》を打《う》つように落《お》っこちました。水《みず》はここにあったのです。

フーさんは管《くだ》に近《ちか》づきました。次《つぎ》は、どうやったらもっとたくさんの水《みず》をみつけ出《だ》すことができるのかを考《かんが》えるだけです。

天井《てんじょう》の上《うえ》のほうから、にぶくて低《ひく》いごろごろっと言《い》う音《おと》が聞《き》こえ、屋根《やね》のトタン板《いた》に風《かぜ》が吹《ふ》きつけています。フーさんは風《かぜ》の音《おと》を聞《き》いて気《き》分《ぶん》が良《よ》くなってきました。フーさんは勇気《ゆうき》を出《だ》して手《て》を伸《の》ばすと、管《くだ》を回《まわ》してみました。たしかに管《くだ》は回《まわ》りましたが、どこからも水《みず》は出《で》てきません。

フーさんは、手《て》を管《くだ》へでたらめに伸《の》ばしました。手《て》は管《くだ》についている赤《あか》いつまみをつかみ、ひねりました。するとなんということでしょう。

まるで滝《たき》がながれるみたいに水《みず》が出《で》てきたので

す。フーさんはわわっと大声《おおごえ》をあげました。なぜって、ながれてきたのは焼《や》けるような熱《ねっ》湯《とう》だったからです。大《おお》あわてでつまみを反対《はんたい》の方向《ほうこう》へ回《まわ》すとすぐに水《みず》は止《と》まりました。これは、温泉《おんせん》の源泉《げんせん》じゃないだろうかとフーさんは思《おも》いました。もしかして、アイスランドまで来《き》てしまったのかな？〔アイスランドでは国中《くにじゅう》いたる所《ところ》に温泉《おんせん》が出《で》ています〕フーさんはまた考《かんが》えこみました。

つまみはもう一《ひと》つありました。ただ、色《いろ》は青《あお》いものでした。ためしに、とフーさんはそれも回《まわ》してみました。すると、冷《つめ》たい水《みず》がバケツをひっくり返《かえ》したようにじゃあじゃあ器《うつわ》に落《お》ちていきました。これがまさに水道《すいどう》の蛇口《じゃぐち》だ、とフーさんは気《き》がつきました。これで、のどがかわきすぎてこまることはなさそうです。急《いそ》いでやかんを水《みず》でいっぱいにすると蛇口《じゃぐち》を閉《し》めました。洗面台《せんめんだい》の水《みず》は、だれかがのどからしぼり出《だ》したようなひゅうっという音《おと》をたてながら、ゆっくりと穴《あな》に吸《す》いこまれていきました。そして、また、静《しず》かになりました。

フーさんはやかんをレンジの上《うえ》に置《お》き、じっとレンジを見守《みまも》りました。煙突《えんとつ》がどこにも見《み》あたらないので、あたらしい型《かた》のようです。フーさんはレンジの下《した》のオーブンの扉《とびら》を開《あ》けてなかをのぞきこみました。もしかしたら、ここに薪《まき》を入《い》れないといけないのかもしれません。フーさんは、空気《くうき》がうまく入《はい》って樹皮《じゅひ》が燃《も》え上《あ》がり火《ひ》が回《まわ》るように、オーブンのなかに上手《じょうず》に薪《まき》を組《く》みました。

白樺《しらかば》の樹皮《じゅひ》にはまるでぼろ布《ぬの》が燃《も》えるように火《ひ》がつき、薪《まき》も燃《も》え始《はじ》めました。これで大丈夫《だいじょうぶ》だと思《おも》ったフーさんは扉《とびら》を閉《し》め、聞《き》きなれた音《おと》がし始《はじ》めるのを待《ま》ちました。ところがすぐに火《ひ》の音《おと》はしなくなりました。ただむなしくひゅうひゅう言《い》う風《かぜ》の音《おと》と、遠《とお》くから聞《き》こえるうなるような音《おと》だけがひびいています。

フーさんはオーブンの扉《とびら》を開《あ》けてなかをのぞきました。とたんに、目《め》やのどにまっ黒《くろ》い煙《けむり》が入《はい》り、まるでセメントでふさがれたみたいに呼吸《こきゅう》が止《と》まりそうになりました。フーさんはほこりを吸《す》いこんだように咳《せ》きこみました。火《ひ》は消《き》えて、煙《けむり》だけがオーブンに残《のこ》っていたのです。まっ黒《くろ》になった薪《まき》が、煙《けむり》のまんなかでまるで気絶《きぜつ》したように横《よこ》たわっています。

フーさんはゴホゴホ咳《せ》きこみました。煙《けむり》はゆっくりゆっくり消《き》えていきました。オーブンは全然《ぜんぜん》だめだ、フーさんはこれは薪《まき》を使《つか》って熱《あつ》くするものじゃない、と気《き》がつきました。それなら、いったいどうやって使《つか》うんだろう?

どうしていいかわからず、フーさんはオーブンの前面《ぜんめん》にあったボタンをぐるぐる回《まわ》し始《はじ》めました。ボタンを使《つか》って温度《おんど》を上《あ》げるということを、ぼんやりと思《おも》い出《だ》しました。でもすぐにがっかりしてしまいました。オーブンに火《ひ》は入《はい》らず、薪《まき》にも火《ひ》はつかず、まったく

2　フーさん紅茶をいれる

なにも起《お》こらなかったのです。

フーさんは怒《いか》り心頭《しんとう》です。まず頬《ほお》を手《て》でぴしゃんぴしゃんとたたき、それからレンジをてのひらでたたきました。手《て》が直接《ちょくせつ》レンジの鍋《なべ》などを置《お》く丸《まる》い部分《ぶぶん》に触《ふ》れました。とたんに、大《おお》あわてで手《て》を引《ひ》っこめました。丸《まる》いところは火《ひ》のように熱《あつ》かったのです〔フィンランドではレンジは一般的《いっぱんてき》に電機式《でんきしき》〕。フーさんの目《め》には涙《なみだ》があふれて来《き》ました。やっと火《ひ》を探《さが》し当《あ》てたというのに、手《て》の痛《いた》みでこれっぽっちもうれしくありません。

痛《いた》みがおさまるにつれてフーさんも元気《げんき》がでてきました。フーさんは水《みず》が入《はい》ったやかんをつかむと丸《まる》い金属《きんぞく》の上《うえ》に置《お》き、なにが起《お》こるのかを見守《みまも》ることにしました。

日《ひ》の光《ひかり》が弱《よわ》まって、部屋《へや》のなかには暗闇《くらやみ》が青《あお》っぽく広《ひろ》がってきています。やかんのなかでは水《みず》がぶくぶくと沸騰《ふっとう》し始《はじ》め、暗闇《くらやみ》に白《しろ》い蒸気《じょうき》をふき上《あ》げました。金属《きんぞく》の輪《わ》っかか、とフーさんは、丸《まる》い金属《きんぞく》を見《み》ながら考《かんが》えました。こんなに長《なが》く生《い》きているのに、火《ひ》にもいろいろあるだなんて知《し》らなかったよ。やかんがカタカタいい、お湯《ゆ》が沸《わ》き始《はじ》めました。フーさんは大喜《おおよろこ》びです。軽《かろ》やかに紅茶《こうちゃ》を入《い》れると、コップをぎこちなく手《て》に持《も》って、コルップ〔パンからつくったビスケットの一種《いっしゅ》〕を手《て》に取《と》りました。紅茶《こうちゃ》は熱々《あつあつ》でおいしく、コルップはいつもの味《あじ》でした。あたりは、ますます闇《やみ》に包《つつ》まれて、フーさんの足音《あしおと》ですら、おそろしげにひびきわたるほどです。でも、フーさんがポケットから短《みじか》くなったロウソクを見《み》つけ出《だ》し、火《ひ》をともすと、やわらかな黄色《きいろ》い光《ひかり》が広《ひろ》がり、ますます深《ふか》くなる暗闇《くらやみ》もおだやかになりました。フーさんは気持《きも》ちがおだやかになっていることに気《き》がつきました。このあたらしい人生《じんせい》にもすばらしいことはありそうです。そんなに悪《わる》くもないし、良《よ》いことだってありそうだとフーさんはつぶやきました。

　フーさんは椅子《いす》に座《すわ》ると、この部屋《へや》に来《き》てどれだけ時間《じかん》がたったのだろうと考《かんが》えました。もう、すっかりまっ暗《くら》です。

　フーさんは外《そと》をながめ、夕闇《ゆうやみ》の音《おと》に耳《みみ》をすましました。しっかり耳《みみ》をそばだててみると、いったい音《おと》ってどれだけたくさんあることでしょう。だれかがちりちりっという音《おと》をたてました。それから足音《あしおと》がはっきり聞《き》こえてきます。どこかで水《みず》のながれる音《おと》がします。天《てん》井《じょう》でなにかがたがたいい始《はじ》め、フーさんはぎょっとしました。でもすぐに、風《かぜ》の音《おと》だということに気《き》がつきました。どこかはるかかなたからも、音《おと》が聞《き》こえます。フーさんは不《ふ》思議《しぎ》に思《おも》いました。それから子《こ》どものさけぶ声《こえ》が、つづいて興奮《こうふん》して耳《みみ》ざわりな男《おとこ》の人《ひと》の声《こえ》が聞《き》こえました。どこかで女性《じょせい》が「あ〜な〜たの〜、ことが〜、だ〜い〜すきなの〜。」ときんきんする大《おお》きな声《こえ》で歌《うた》っていて、つづいて、チリンチリンという音《おと》がしました。なんとなく、リンマの夢《ゆめ》の歌《うた》を思《おも》い起《お》こさせる歌声《うたごえ》でした。

　ちょうど、レンジがまっ赤《か》になって熱《あつ》くなっていました。フーさんは、しばらくのあいだその上《うえ》で手《て》をあたためてみましたが、はっきり言《い》ってレンジは異常《いじょう》な熱《あつ》さです。フーさんは、どうすればまっ赤《か》になった鉄《てつ》をしずめることができるだろうと考《かんが》えていました。そして、考《かんが》えながらボタンをいじくりまわしている内《うち》に、まっ赤《か》だった鉄《てつ》の色《いろ》はしだいに薄《うす》くなり、最後《さいご》には消《き》えていきました。

レンジの温度《おんど》はゆっくり下《さ》がりました。フーさんはとてもくたびれていました。夢《ゆめ》かうつつか、とにかくいまは眠《ねむ》らなければ。どんな夢《ゆめ》であれ、夢《ゆめ》を見《み》ればまた自分《じぶん》の家《いえ》に戻《もど》れるかもしれません。

フーさんはベッドにはいつくばるようにして入《はい》り、しっかりと毛布《もうふ》にくるまりました。ロウソクを吹《ふ》き消《け》して、月《つき》が壁《かべ》につくる影《かげ》を見《み》ていました。小《ちい》さな音《おと》があちこちから聞《き》こえてきて、滝《たき》の水《みず》が落《お》ちるような音《おと》がし始《はじ》め、少《すこ》したつと止《と》まりました。ここにはたくさん人《ひと》が住《す》んでいて、だれもがしょっちゅう紅茶《こうちゃ》をいれているにちがいない、とフーさんは夢心地《ゆめごこち》で考《かんが》えていました。フーさんは自分《じぶん》がとても小《ちい》さく、孤独《こどく》だと感《かん》じました。部屋《へや》は暗《くら》くて大《おお》きく、薄気味《うすきみ》悪《わる》くて、危険《きけん》で陰険《いんけん》で怒《いか》りに満《み》ちた声《こえ》があふれ出《だ》しているみたいな気《き》がしました。

天井《てんじょう》からはポタポタと耳《みみ》なれた音《おと》が聞《き》こえてきました。ポタポタという音《おと》がはげしくなるほど、フーさんは自分《じぶん》が落《お》ちついていくのがわかりました。このぼくが、暗闇《くらやみ》を怖《こわ》がっているというのか。月夜《つきよ》の黄金色《こがねいろ》ではなくて。ポタポタ、ポタポタと音《おと》はつづきます。音《おと》はたんたんとつづいています。雨《あめ》です。雨《あめ》がぼくの様子《ようす》を見《み》に来《き》てくれたんだ、とフーさんは思《おも》いました。雨《あめ》はフーさんにとって、昔《むかし》からの親友《しんゆう》です。フーさんはベッドのなかでうつぶせになり、枕《まくら》を両手《りょうて》でぎゅっとつかみました。これでもう、一人《ひとり》ぼっちではありません。雨《あめ》は、フーさんのことを長《なが》いこと探《さが》しつづけ、やっとフーさんを見《み》つけ出《だ》し、フーさんの元《もと》へ戻《もど》ってきてくれたのです。

3　フーさんネズミに会《あ》う

フーさんは、目《め》が覚《さ》めてみると、毛布《もうふ》をけとばして床《ゆか》に落《お》っことしてしまっていました。耳《みみ》に、いやでも金切《かなき》り声《ごえ》が入《はい》ってきました。金切《かなき》り声《ごえ》はとぎれとぎれになりながらつづきます。ついには、壁《かべ》がげんこつでやぶられるような音《おと》になりました。聞《き》いたこともないほどの大声《おおごえ》が聞《き》こえてくるのです！「おいおい、部屋《へや》にいるんだろ。ドアを開《あ》けてくれ！」

これだけどんどんとたたきつづけ、金切《かなき》り声《ごえ》もつづくのですから、声《こえ》の主《ぬし》が言《い》っていることはもっともなように思《おも》えました。

フーさんは、起《お》き上《あ》がると、声《こえ》のするほうへ足《あし》をずるずるさせて歩《ある》いて行《い》きました。壁《かべ》には、昨日《きのう》フーさんが気《き》がつかなかったドアが一《ひと》つありました。チリンチリンという音《おと》がして、だれかがドアをこわそうとしています。どうも、ドアをいますぐ開《あ》けなければいけないようなのですが、いったいどうやったら開《あ》けられるのでしょうか？　どこをどう見《み》ても、ドアにはノブが見当《みあ》たらないのです。

けれどまたここにもつまみがありました。なれた様子《ようす》でつまみを回《まわ》すと、ほら、ドアが開《ひら》きました。でも、フーさんのまえに立《た》っている男《おとこ》の人《ひと》は、太陽《たいよう》みたいに明《あか》るい人《ひと》ではありませんでした。

「まあ、すっかり寝《ね》こんでいたようだね。夢《ゆめ》にうなされてでもいたのかな。さてと。すまないが、蛇口《じゃぐち》から水《みず》がもれていないか見《み》せていただけないかね。下《した》の階《かい》のご婦人《ふじん》が一晩《ひとばん》中《じゅう》ぽたぽたと水《みず》もれがすると苦情《くじょう》を言《い》われましてね。それから、転居届《てんきょとど》けをお書《か》きください。ドアの名前《なまえ》も変《か》えていただかないと。」

フーさんは玄関《げんかん》のドアへ行《い》きました。「山兎《やまうさぎ》アルマス。」そんな名前《なまえ》がドアの金属板《きんぞくばん》に書《か》いてあります。フーさんはおそろしくなりました。ぼくにあたらしい名前《なまえ》がついたのだろうか。どうしてクマとかオオカミじゃないんだろう。ぼく、動物園《どうぶつえん》に行《い》かなきゃいけないのかな？

「さて名前《なまえ》ですが。」と言《い》うと男《おとこ》の人《ひと》は鉛筆《えんぴつ》を持《も》ちなおしました。「わたしは、狐川《きつねがわ》カリともうします。」

「ぼくはフーさんです。」とフーさんは言《い》いました。動物《どうぶつ》の名前《なまえ》をつけくわえようか！でも、それがなんになるというのだろう。

「ドアに名前《なまえ》を入《い》れておきますからね。おっと、それから蛇口《じゃぐち》だ。」男《おとこ》は大《おお》またの急《いそ》ぎ足《あし》で小《ちい》さい部屋《へや》のさらに奥《おく》の、一番小《いちばんちい》さな部屋《へや》に入《はい》って行《い》きました。「ああ。たしかにぽたぽた落《お》ちていますね。」それから男《おとこ》は声《こえ》を低《ひく》くして言《い》いました。「こういう形《かたち》のものだとちょっとたたいて調整《ちょうせい》しないといけないな。下《した》の階《かい》に住《す》むそのご婦人《ふじん》には、そのなんと報告《ほうこく》すれば良《よ》いのやら。」

ソノナント婦人《ふじん》だって、とフーさんは不思議《ふしぎ》に思《おも》いました。ここには他《ほか》にも人《ひと》が住《す》んでいるのか。

フーさんは男《おとこ》の人《ひと》が蛇口《じゃぐち》を閉《し》める様子《ようす》をながめてから、ベッドの枕元《まくらもと》に腰《こし》かけました。狐川《きつねがわ》さんは咳《せき》ばらいをしてポケットからなにやらとり出《だ》すと、火《ひ》をつけました。タバコです。フーさんははげしく咳《せ》きこみました。男《おとこ》の人《ひと》は同情《どうじょう》するようにフーさんを見《み》ました。

「タバコの煙《けむり》や灰《はい》はからだに良《よ》くないですが、一本吸《いっぽんす》うと気持《きも》ちが落《お》ちつきますよ。」

フーさんはいらないと頭《あたま》をふりました。

「なんて頭《あたま》の固《かた》いご近所《きんじょ》さんなんだ。そうですか、そうですか。」と、狐川《きつねがわ》さんは言《い》いながら外《そと》に目《め》をやりました。「海上《かいじょう》にはちょうど嵐《あらし》がやってきたようだな。昨日《きのう》は舟《ふね》がたいした風《かぜ》でもないのに沈《しず》んだんですよ。夏《なつ》にわたしはそういう古《ふる》い曳航船《えいこうせん》を買《か》って、手入《てい》れして、昨日《きのう》テスト航行《こうこう》をしたところなんです。でも風《かぜ》が強《つよ》すぎて、怖《こわ》くて怖《こわ》くてわたしの心臓《しんぞう》は止《と》まりそうだったんですよ。」

海《うみ》だって？　足台《あしだい》だって？〔フィンランド語《ご》では、風《かぜ》と足台《あしだい》が同《おな》じ単語《たんご》〕岸《きし》のない水《みず》のことを海《うみ》と言《い》う、とフーさんはたしかに聞《き》いたことがありました。部屋《へや》を出《で》て海《うみ》に行《い》ったとしたら、どうなるっていうんだろう。ここは普通《ふつう》の大《おお》きな家《いえ》。でも足台《あしだい》なんて一瞬《いっしゅん》たりとも海《うみ》に立《た》てることはできないさ。それにそんなところにいったいだれが座《すわ》るっていうのさ？

「とまあ、そういうことです。さてと、そろそろ行《い》かなければ。こまったことが起《お》こったらいつでもどうぞ。わたしは一階《いっかい》に住《す》んでいますから。この五階《ごかい》というのは最上階《さいじょうかい》なんですよ。ここまで上《あ》がるのはけっこう骨《ほね》が折《お》れてね。いまエレベーターがまたちょっと故障《こしょう》中《ちゅう》なのでね。」

フーさんはぽかんとした様子《ようす》で話《はなし》を聞《き》き、うなずきました。ああ、なるほど。わかった。そういうことか。

「いろいろやることもおありでしょう。わたしはこれでお暇《いとま》します。あ、そうそう。手紙《てがみ》です。仕事先《しごとさき》からも、もう、電話《でんわ》がありましたよ。引《ひ》っ越《こ》して来《き》たばかりだって伝《つた》えたんですがね。すぐに連絡《れんらく》がくるでしょう。じゃ、そういうことで、いずれまた。」

バタンとドアが閉《し》まって、狐川《きつねがわ》さんは出《で》ていきました。

フーさんはじっと考《かんが》えこみ、だんだんといつもの自分《じぶん》をとりもどしました。

3　フーさんネズミに会う

フーさんは自分《じぶん》がびっくりするほど元気《げんき》なことに気《き》がつきました。でも、お腹《なか》もすいていました。フーさんは、一番小《いちばんちい》さな部屋《へや》へ行《い》くと、やかんをつかんで青《あお》いつまみを回《まわ》しました。すぐに水《みず》が出《で》てきました。フーさんは、ぽたぽた水《みず》がしたたり落《お》ちないよう、しっかりと蛇口《じゃぐち》を閉《し》め、やかんをレンジに置《お》きました。それから、別《べつ》のボタンをカチッと押《お》してしばらくするとお湯《ゆ》がわき始《はじ》めました。紅茶《こうちゃ》をいれたフーさんは、食《た》べて、飲《の》んで、レンジの火《ひ》を消《け》して、気分《きぶん》よく周囲《しゅうい》を見回《みまわ》しました。なんてことだ、これは、なにもかも現実《げんじつ》だぞ。フーさんはいま現在《げんざい》のことを考《かんが》えるのはここまでにして、これから先《さき》どうしようかと考《かんが》え始《はじ》めました。

まずはベッドだ。どこに置《お》こうかな。小《ちい》さいほうの部屋《へや》に置《お》こうか、そうすれば、夢見《ゆめみ》部屋《べや》ができあがるぞ。フーさんは、押《お》したり引《ひ》いたり、うなったりしながらベッドを動《うご》かしました。ベッドはなんとか部屋《へや》におさまりました。箱《はこ》を空《あ》け、荷物《にもつ》は棚《たな》へ入《い》れました。色《いろ》んなものがあちらからもこちらからも出《で》てきます。フーさんは、ものを入《い》れた場所《ばしょ》を覚《おぼ》えていきます。黒《くろ》い行李《こうり》と重《おも》たい行李《こうり》は、五《いつ》つともベッドの下《した》へ入《い》れました。それから、マットを床《ゆか》へしきました。まだまだ部屋《へや》は、家《いえ》らしくなっていませんが、なんとなく落《お》ちついた感《かん》じにはなってきました。フーさんは部屋《へや》から部屋《へや》へ、棚《たな》から棚《たな》へ、ベッドからレンジへ、レンジから小《ちい》さい部屋《へや》を通《とお》って大《おお》きい部屋《へや》へと動《うご》き回《まわ》りました。時間《じかん》がたつにつれ、少《すこ》しずつフーさんの記憶《きおく》がぐちゃぐちゃになり始《はじ》めました。フーさんはベッドにへたりこむと考《かんが》えこみました。そういえば、男《おとこ》の人《ひと》が手紙《てがみ》を置《お》いていったっけ。

フーさんは手紙《てがみ》を探《さが》し始《はじ》めました。ポケットをさぐるまえに、あちこち探《さが》しまわりました。でも、手紙《てがみ》はポケットにありました。フーさんは、おそるおそる窓《まど》に近《ちか》づくと、手紙《てがみ》を開《あ》けました。窓《まど》のそばのほうが明《あか》るくて、文字《もじ》が読《よ》みやすかったのです。

「親愛《しんあい》なるフーさんへ。さっそくですが、月曜日《げつようび》の夜《よる》から仕事《しごと》に来《き》てください。住所《じゅうしょ》は、海男小道《うみおとここみち》 一番《いちばん》。お住《す》まいの通《とお》りのすぐ先《さき》です。フィンランド機械工場《きかいこうじょう》、美川《みかわ》ワルデマルより。」

その手紙《てがみ》には、こんなことも書《か》いてありました。「いっち、にい。どっこへいくのか、さっぱり、やっぱり。ぴんぽんぱん。そんでもって、さいなら。ユックリ・ヨッコラショ〔原文《げんぶん》は、「ユコラ家《け》のユハニ」。フィンランドの国民的作家《こくみんてきさっか》アレクシス・キヴィの小説《しょうせつ》『七人《しちにん》の兄弟《きょうだい》』（一八七〇）の長男《ちょうなん》の名前《なまえ》〕。」フーさんにはどっちの文章《ぶんしょう》もいったいなんのことを言《い》っているのか、さっぱりわかりませんでした。

フーさんは頭《あたま》をぶるぶるっとふり、勇気《ゆうき》をかき集《あつ》めました。そして考《かんが》える力《ちから》を回復《かいふく》させるため、コルップを食《た》べることにしました。なぜかって、食《た》べると、元気《げんき》がわいていつもの自分《じぶん》になると聞《き》いたことがあったからです。フーさんは紙袋《かみぶくろ》を開《あ》けました。すると、な、なんてこと。袋《ふくろ》のなかはすっからかんです。というか、ほぼ空《から》っぽというべきでしょうか。袋《ふくろ》のすみっこでは、ちょうどネズミがご飯《はん》を食《た》べ終《お》えて、歯《は》をみがいているところでした。ネズミは、フーさんが自分《じぶん》のことをじっと見《み》ていることに気《き》がつくと、ひどくびっくりしました。どうやら、ネズミは長《なが》きにわたり、フーさんとおじいさんが貯蔵《ちょぞう》していたコルップを、きれいさっぱり平《たい》らげている最中《さいちゅう》で、たったいま、最後《さいご》の一枚《いちまい》に手《て》をつけたところで見《み》つかったということのようです。

ああ、たいへんたいへん、とネズミがつぶやくと、ひげがぴくぴくとふるえました。ネズミはさらに一口《ひとくち》かじると、ネクタイの形《かたち》をととのえました。お母《かあ》さんにきびしくしつけられているようです。

フーさんは、礼儀《れいぎ》正《ただ》しいネズミの態度《たいど》にはまっ

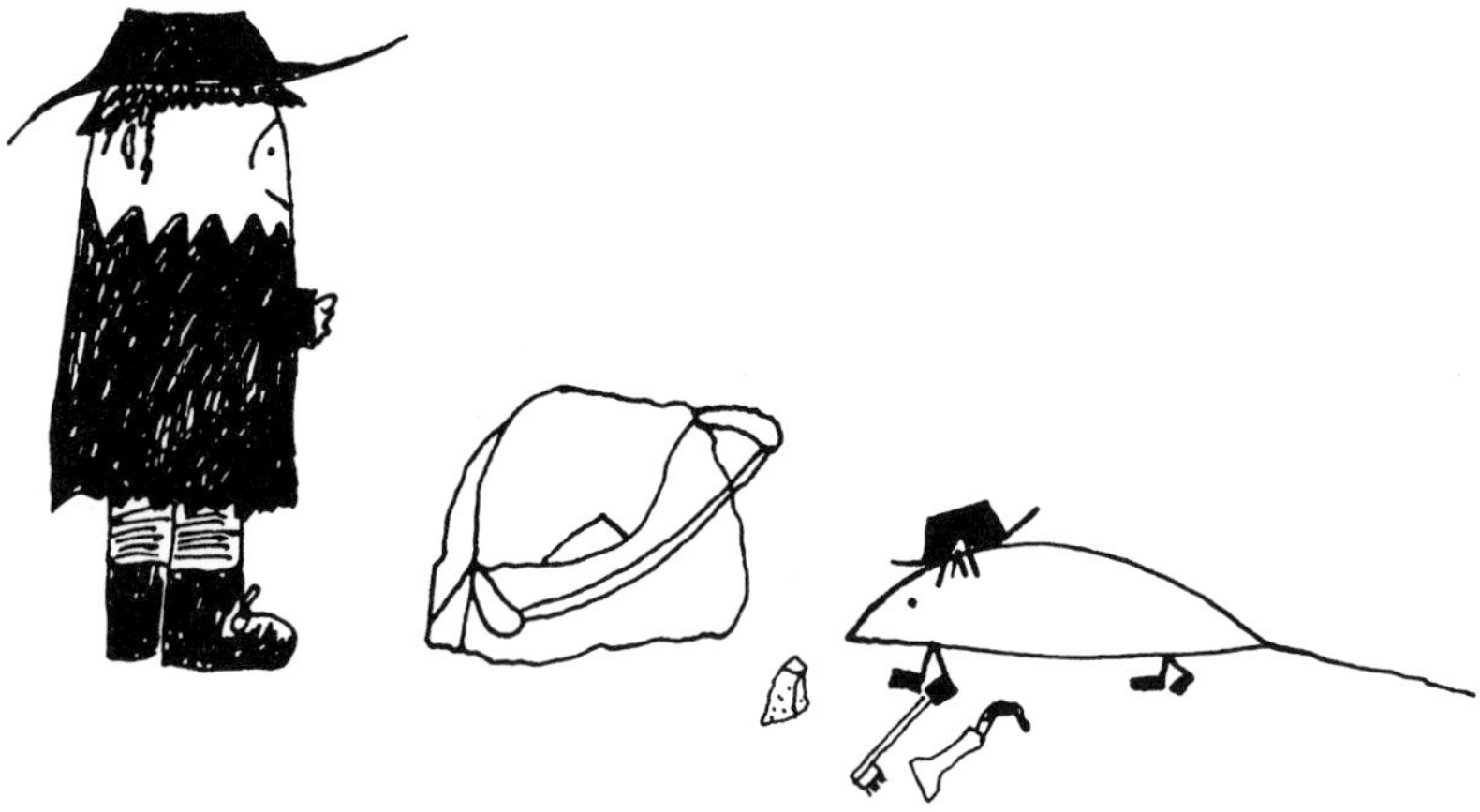

たく気《き》づかず、別《べつ》のことを考《かんが》えていました。

現実《げんじつ》は、時《とき》として冷酷《れいこく》できびしいもの、そして、この眼《め》で見《み》たくないものだ。でも、紙《かみ》袋《ぶくろ》が空《から》っぽだということは、たったいま目《め》にしてしまった。フーさんは紙袋《かみぶくろ》をひろい上《あ》げました。その下《した》にはなにもありません。森《もり》の家《いえ》の棚《たな》にある紙袋《かみぶくろ》は、常《つね》にコルップでいっぱいでした。でも、ここには、棚《たな》もなければ、コルップもありません。こんな状況《じょうきょう》なのに、フーさんはとてつもなくお腹《なか》がすいているのです。

フーさんはどっと落《お》ちこんでしまいました。心地《ここち》よい風《かぜ》が止《や》んで、まるで霧雨《きりさめ》の降《ふ》る暗《くら》闇《やみ》が部屋《へや》じゅうに立《た》ちこめるようになりました。フーさんは紙袋《かみぶくろ》を床《ゆか》へ置《お》くと、これまでに感《かん》じたことがないほど、ひどくつかれていることに気《き》づきました。少《すこ》し歳《とし》を取《と》ったからにちがいない。フーさんは、森《もり》の家《いえ》はとても静《しず》かで、朝《あさ》になると小鳥《ことり》たちがりんごの木《き》でさえずり、足元《あしもと》では草《くさ》がサワサワしていたことを、思《おも》い出《だ》していました。そこで食《た》べるコルップが、どれだけおいしく感《かん》じたかも。森《もり》の家《いえ》へ戻《もど》りたい、フーさんは涙《なみだ》が出《で》てきてしまいました。ぼく、ぼんやりとした明《あか》るさの自分《じぶん》の家《いえ》へ、子《こ》どもたちと提督《ていとく》がいるところへ戻《もど》りたいよ。フーさんは、枕《まくら》に顔《かお》をうずめました。

ネズミはそんなフーさんのことを見《み》てピシッと姿勢《しせい》を正《ただ》しました。ネズミのお母《かあ》さんは、幸《しあわ》せというのは気持《きも》ちの問題《もんだい》なのだとつねづね言《い》っていました。ですからネズミは、もしかすると、コルップが知《し》らないうちになくなったことがフーさんの悲《かな》しみに関係《かんけい》しているのではないかと感《かん》じて、フーさんを元気《げんき》づけなければ、と思《おも》ったのです。ネズミはテーブルの上《うえ》に飛《と》び上《あ》がると咳《せき》ばらいをしてから小《ちい》さなやわらかい声《こえ》で歌《うた》い始《はじ》めました。

バイオリンをネズミが弾《ひ》くと
空《そら》はいつでも泣《な》き出《だ》すよ
大《おお》きなバケツにいっぱいの
まるで日曜《にちよう》のミルクみたいに

フーさんはぼうっとしたままネズミを見《み》つめました。ネズミはフーさんにじっと見《み》られていることに気《き》がつくと、踊《おど》りにステップをつけ、最後《さいご》にくるりと宙返《ちゅうがえ》りをしました。ネズミはもう何年《なんねん》も体操協会《たいそうきょうかい》のメンバーなのです。
フーさんは、ネズミの演技《えんぎ》を見《み》てちょっとほほえみました。でも、感激《かんげき》したわけではありませんでした。ネズミはもっと上手《じょうず》に演技《えんぎ》ができた時《とき》だってありました。そんなの当《あ》たりまえのことです。なぜってそれはもっと若《わか》い時《とき》の話《はなし》ですから。ネズミはため息《いき》をつくと、もう一《いち》フレーズ歌《うた》いました。

3　フーさんネズミに会う

もし食料《しょくりょう》が底《そこ》をついたなら
どうかけっして悲《かな》しまないで
ネコからもっと盗《ぬす》めばいいさ
それともお店《みせ》へ買《か》い出《だ》しだ

ネズミはちょっとひるみました。なぜかというと、フーさんがものすごく興味《きょうみ》を持《も》った様子《ようす》なのです。いつだってすばらしい演技《えんぎ》というのは最後《さいご》には人《ひと》をひきつけるのさ、とネズミは小声《こごえ》で言《い》うと、フーさんがどこへともなく行《い》ってしまうのに気《き》がつくまで、三《さん》フレーズも歌《うた》いました。ネズミは床《ゆか》につまずいて、その時《とき》やっとフーさんの足《あし》を目《め》にしたのです。フーさんはどういうわけか、ベッドの下《した》に寝《ね》そべってなにかを引《ひ》っかき回《まわ》していました。ようやく姿《すがた》をあらわしたフーさんは、なんだか大《おお》きくて黄色《きいろ》くて丸《まる》いものを手《て》にしていました。「あらまあ、なんと。金貨《きんか》じゃないか。」とネズミはびっくりぎょうてん。おまけに、フーさんは、意《い》を決《けっ》したような目《め》つきをしています。

決然《けつぜん》としたフーさんの態度《たいど》です。「泣《な》くことだってできるけれど、着《き》ているのはパジャマだけ。ここは雲《くも》、家《いえ》それとも干草《ほしぐさ》の山《やま》なのか、どこでも同《おな》じさ。」とフーさんははっきりとした声《こえ》で言《い》いました。この世界《せかい》には人《ひと》がいて道《みち》だってある、それなら、どこかにお店《みせ》だってあるはず。フーさんは自分《じぶん》が手《て》にしている硬貨《こうか》で、人《ひと》が不思議《ふしぎ》な反応《はんのう》をすることをいままでに何度《なんど》も目《め》にしてきました。さて、狐川《きつねがわ》カリさんのところへお店《みせ》の場所《ばしょ》を聞《き》きに行《い》かなければ。まあ、じつはまだまだコルップは十分《じゅうぶん》にあるのですけれど。

フーさんは思《おも》いきり深呼吸《しんこきゅう》し、武者《むしゃ》ぶるいをすると、どこからともなくとてつもなく強《つよ》い力《ちから》が全身《ぜんしん》にみなぎってくるのを感《かん》じました。フーさんが口笛《くちぶえ》を吹《ふ》くと、たちまちベッドの下《した》からお財布《さいふ》がフーさんの手《て》に飛《と》んでいきました。もう一度《いちど》口笛《くちぶえ》を吹《ふ》くと、今度《こんど》は引《ひ》き出《だ》しからすてきな白《しろ》いマフラーが飛《と》んでいきました。フーさんは黄色《きいろ》い硬貨《こうか》をお財布《さいふ》に入《い》れ、三度目《さんどめ》の口笛《くちぶえ》

を吹《ふ》きました。すると棚《たな》から新品《しんぴん》の革製《かわせい》の靴《くつ》がトコトコと出《で》てきて、フーさんの古《ふる》い靴《くつ》を脱《ぬ》がせ、自分《じぶん》がフーさんの足《あし》にはまりました。こうしてフーさんの出《で》かける準備《じゅんび》がととのいました。

ベッドの下《した》のほこりのせいで、フーさんは一《ひと》つくしゃみをすると、ドアのノブを回《まわ》しました。ドアが開《あ》いたのでフーさんは外《そと》に出《で》ました。ドアのところでネズミのことを思《おも》い出《だ》し、フーさんはうしろをふり返《かえ》ると、行《い》ってきますと手《て》をふりました。ネズミはフーさんのうしろ姿《すがた》を、おどろきのあまり、まるで銅像《どうぞう》か化石《かせき》のように固《かた》まったまま見《み》つめていました。こんなにこぎれいでさっぱりとした姿《すがた》のフーさんを、いままでネズミは見《み》たことがなかったからです。

4 フーさんエレベーターで旅《たび》に出《で》る

廊下《ろうか》にはとても大《おお》きな窓《まど》がついていて天井《てんじょう》は高《たか》く、光《ひかり》が満《み》ちあふれていました。このあふれんばかりの光《ひかり》が太陽《たいよう》だと気《き》づくまで、フーさんはだれかが天井《てんじょう》に火《ひ》をつけたのだとばかり思《おも》いこんでいて、あせりました。光《ひかり》のせいで方向感覚《ほうこうかんかく》をうしなってしまい、ただぼうぜんとつっ立《た》ったままでした。下《した》のほうからは、大《おお》きくてよくひびく、ちょっとばかりおっかない音《おと》が聞《き》こえてきます。フーさんの足音《あしおと》の一歩《いっぽ》一歩《いっぽ》が、まるで巨人《きょじん》の足音《あしおと》のようでした。

フーさんの目《め》は少《すこ》しずつ光《ひかり》に慣《な》れ、目《め》のまえに下《した》へ下《お》りる階段《かいだん》があるのが見《み》えてきました。これを使《つか》って出《で》かけるべきなのでしょうが、階段《かいだん》って、親《した》しみをおぼえるのはたしかなのだけれど、なんだか悲《かな》しい気持《きも》ちを呼《よ》びさますのです。フーさんは理由《りゆう》はわからないのですが、階段《かいだん》は危険《きけん》なものだ、と思《おも》っています。こう思《おも》いながらも、なんとか廊下《ろうか》を渡《わた》りきったフーさんですが、その時《とき》にありったけの勇気《ゆうき》を使《つか》ってしまい、どうしようもなく、情《なさ》けなく、もがきあがくような気分《きぶん》になってしまいました。

フーさんは咳《せき》ばらいをし、どっしりと大地《だいち》に足《あし》をふんばって、頭《あたま》をふって恐怖《きょうふ》のしずくをふりはらいました。フーさんは左側《ひだりがわ》に目《め》をやりました。そこにはフーさんの部屋《へや》のドアと同《おな》じようなドアが二《ふた》つ三《みっ》つならんでいました。右側《みぎがわ》も同《おな》じです。一《ひと》つ一《ひと》つのドアには名《な》前《まえ》がついていました。フーさんはおそるおそるドアのほうへ歩《ある》いていきました。最初《さいしょ》のドアには「渡烏《わたりがらす》」、そのお隣《となり》には「河馬山《かばやま》」と書《か》いてありました。その右側《みぎがわ》に並《なら》ぶドアには「熊野《くまの》」と「烏丸《からすま》」が住《す》んでいるようです。ここはまるで動物園《どうぶつえん》だ。お金《かね》を取《と》ってぼくらのことを人《ひと》に見《み》せるにちがいない、と思《おも》うとフーさんは暗《くら》い気持《きも》ちになってしまいました。そして、ぶるぶるっと身《み》ぶるいしました。

目《め》のまえにはまだもう一《ひと》つ、小《ちい》さな金網《かなあみ》つきのドアがありました。そのドアからは、金《きん》属《ぞく》でできている、狭《せま》い上《うえ》に底《そこ》なしの網《あみ》カゴがぶらさがっているように見《み》えました。フーさんは網《あみ》のすきまからなかをのぞき、またしてもめまいがしてきました。カゴははるか下《した》にあって、フーさんには、まるで底《そこ》なしに下《した》へと下《お》りていくように思《おも》えました。いったいどこからこんな正体不明《しょうたいふめい》のものがあらわれたんだろう？

フーさんはじいっと考《かんが》え、背《せ》の高《たか》い家《いえ》には人間《にんげん》を上《あ》げたり下《お》ろしたりするエレベーター

というものがある、と聞《き》いたことがあるのを思《おも》い出《だ》しました。でも、ちょっと待《ま》てよ、落《らっ》下《か》の度合《どあ》いがあまりにも大《おお》きすぎやしないか、とフーさんは感《かん》じました。このエレベーターには入《はい》らないぞ、絶対《ぜったい》に。フーさんはもう一度《いちど》、下《した》をのぞきこみました。これじゃだれも生《い》きて帰《かえ》って来《こ》られないさ。

　その時《とき》です。カゴが動《うご》き始《はじ》めたのです。がたんごとん、ウィーンという音《おと》が聞《き》こえてきました。うわっ、なにごとだ。奈落《ならく》の底《そこ》がフーさんに近《ちか》づき始《はじ》めました。油断《ゆだん》ならないぞ。これはエレベーターなんかじゃない、ワナだ。地面《じめん》の奥深《おくふか》くには猛獣《もうじゅう》がいて、ワナが食《しょく》料《りょう》になるものを運《はこ》んで来《く》るのを待《ま》っているんだ。フーさんはひどく興奮《こうふん》し、他《ほか》にはなにも考《かんが》えられないありさまです。フーさんは、どんなふうにワナが動《うご》くのか、じっと観察《かんさつ》してみることにしました。それ以外《いがい》になにか思《おも》いついたでしょうか。

　ワナのてっぺんの部分《ぶぶん》が二《に》、三《さん》メートル先《さき》にせまってきました。がたがたという音《おと》と人《ひと》の話《はな》し声《ごえ》が聞《き》こえてきました。ガタンッと音《おと》がして、ふたたびワナの底《そこ》が上昇《じょうしょう》し始《はじ》めました。そしてついに、床《ゆか》と同《おな》じ高《たか》さになりました。さてなにが起《お》こったと思《おも》いますか！　ワナは、上《うえ》へ上《うえ》へと上《あ》がるばかり、フーさんのまえを通《とお》りすぎて、天井《てんじょう》にぴったりくっついてようやく止《と》まったのです。フーさんは息《いき》が止《と》まりそうになりました。ドアが開《ひら》き始《はじ》めたのです。

どこかへ避難《ひなん》しなければいけない。でもいったいどこへ。すると、ワナからは、ひもに子犬《こいぬ》をつけた、背《せ》の低《ひく》い黒服《くろふく》の女《おんな》の人《ひと》が出《で》てきました。子犬《こいぬ》も女《おんな》の人《ひと》も、なんだか、食《た》べてはいけないものを食《た》べてしまったあとのような顔《かお》をしています。女《おんな》の人《ひと》はドアを押《お》さえて固《かた》い表情《ひょうじょう》で言《い》いました。「さあ、乗《の》って。さっさとして。男《おとこ》の人《ひと》のために一日中《いちにちじゅう》ドアを押《お》さえなきゃいけないなんて、冗談《じょうだん》じゃないわ。」よたよたと動《うご》いているフーさんを、女《おんな》の人《ひと》がさっさとなかへ押《お》しこみました。イヌの目《め》はまるで女《おんな》の人《ひと》の目《め》と同《おな》じように、ずっとフーさんの動《うご》きを追《お》っていました。女《おんな》の人《ひと》がドアを閉《し》めました。フーさんはもう、おどろくことさえできませんでした。

そこは、小《ちい》さなベンチがついた狭《せま》い赤《あか》い部屋《へや》で、ベンチの上《うえ》には、鏡《かがみ》がありました。フーさんはちらっと鏡《かがみ》をのぞきこむと、鏡《かがみ》にうつる自分《じぶん》がするのと同《おな》じスピードで元《もと》にむき直《なお》りました。その時《とき》です。がたんっという音《おと》がし、フーさんは、「な、なんだ。」と思《おも》いました。部屋《へや》が下《お》り始《はじ》めたのです。

フーさんのお腹《なか》がきゅるきゅる鳴《な》りました。ベンチにへたりこむと、歯《は》をぐっと食《く》いしばり、勇気《ゆうき》をふりしぼって、これから起《お》こるであろうことにそなえました。

しばらくすると、部屋《へや》はゆらゆらしたあとに、がたんごとんとすごい音《おと》をたてて止《と》まりました。そして、ドアが開《ひら》きました。

フーさんは、やっきになって、猛獣《もうじゅう》でさえも服従《ふくじゅう》させることができる、とても効《き》き目《め》が強《つよ》い、古《ふる》いすばらしい呪文《じゅもん》を思《おも》い出《だ》そうとしましたが、なんにも思《おも》い出《だ》せませんでした。ドアからは、太《ふと》った白髪《しらが》のおじいさんが息《いき》をぜいぜいさせながら入《はい》ってきて、ドアを閉《し》め、なにかのボタンを押《お》し、それからやっとまわりを見回《みまわ》しました。彼《かれ》はフーさんを見《み》ると、ぎょっとして、それと同時《どうじ》に、部屋《へや》がふたたび上昇《じょうしょう》し始《はじ》めました。フーさんには、なにがどうなっているのかさっぱりわかりません。

「あれあれ、もうしわけない。どちらへ行《い》くのかおたずねしなかったね。」とおじいさんが言《い》いました。

フーさんは、おじいさんのことをただじっと見《み》つめるだけでした。

「何階《なんかい》かね？」男性《だんせい》は、フィンランド語《ご》を話《はな》す人《ひと》ではありませんでした。「ナンカイデスカ？　アナタハ、ナンカイニスンデイルノデスカ？〔フィンランドのもう一《ひと》つの公用語《こうようご》スウェーデン語《ご》で話《はな》しています〕」

階《かい》って。ぼくはどこへ行《い》くんだったっけかな。狐川《きつねがわ》さんは、たしか一階《いっかい》に住《す》んでいると言《い》っていたはずです。フーさんはなにか言《い》ったのですが、自分《じぶん》の声《こえ》がとても小《ちい》さく弱々《よわよわ》しかったのでびっくりしました。「一階《いっかい》です。一階《いっかい》。」

おじいさんはびっくりしました。「あれあれ。わしらはたったいま、そこから来《き》たんだよ。」と言《い》うと、フーさんのことを不思議《ふしぎ》そうにながめました。このみょうな人《ひと》は、どうひかえ目《め》に見《み》ても、木《き》から落《お》っこちてどこかをおかしくしたにちがいない。

「ちょっと、これを見《み》なさい。」とおじいさんは、まるで子《こ》どもに説明《せつめい》するみたいに話《はな》し始《はじ》めました。「これ、いま、わしらがいるところ、これは、エレベーター。ここにボタンがたくさんあるだろう。一階《いっかい》、二階《にかい》、三階《さんかい》、四階《よんかい》、五階《ごかい》だ。この建物《たてもの》は五階建《ごかいだ》てなんだ。で、わしは五階《ごかい》に住《す》んでおる。さて、着《つ》いたぞ。君《きみ》は、一階《いっかい》へ行《い》きたいんだよね。ということは、どのボタンを押《お》せばいいのかね。一階《いっかい》だ。ちがうかな。」

カッカッカッカと笑《わら》い、自分《じぶん》の完璧《かんぺき》な説明《せつめい》に酔《よ》いしれながらおじいさんはドアを押《お》し開《あ》けて降《お》りると、うしろ手《て》で閉《し》めました。若者《わかもの》にはいつでも指導《しどう》が必要《ひつよう》だ！

フーさんは、また、部屋《へや》に一人《ひとり》ぼっちになりました。

おじいさんの説明《せつめい》はとてもすばらしく、わかりやすく、それにおもしろいものでした。でも、説明《せつめい》には、たった一《ひと》つ良《よ》くない点《てん》があって、フーさんもそれにはすぐ気《き》がつきました。ボタンはけっこう高《たか》いところについているのに、フーさんの身長《しんちょう》はと言《い》えば、床《ゆか》からほとんど離《はな》れていないのです。一生懸命《いっしょうけんめい》に背伸《せの》びをしても、一番下《いちばんした》のボタンにさえ手《て》を触《ふ》れることができないのです。

さて、どうしよう。フーさんは、がっくりしてベンチに座《すわ》りこみました。フーさんは考《かんが》えました。

動物《どうぶつ》のなかでももっともかしこいのは、イルカをのぞけば、チンパンジーだったことをフーさんは思《おも》い出《だ》しました。いまは水《みず》のなかにいるわけではないのだから、イルカのことは忘《わす》れよう。

ぼくは、どうすればいいかわからないけれど、チンパンジーだったらわかるのかもしれない。フーさんは檻《おり》のなかにいるチンパンジーの気持《きも》ちになって、うろうろ、のそのそと歩《ある》き回《まわ》りました。もしかすると、ベンチからいきおいをつけて……。そうだ、そういうことか。フーさんは急《いそ》いでベンチによじ登《のぼ》ると、ボタンにむかってバタンとぶつかるように倒《たお》れこみました。指《ゆび》がちょうど一階《いっかい》というボタンを押《お》すことができて、部屋《へや》は下《した》にむかって動《うご》き始《はじ》めました。もしかしたら、これは本物《ほんもの》のエレベーターなのかもしれないとフーさんは思《おも》いました。

エレベーターはしばらくがたがたと音《おと》を出《だ》しつづけ、やがて止《と》まりました。それから、フーさんが、どうすればドアが開《ひら》くのかわからない、と悲《かな》しむよりもまえにドアが開《ひら》き、とても細《ほそ》くて背《せ》の高《たか》い男《おとこ》の人《ひと》が入《はい》ってきました。まえの失敗《しっぱい》でこりていたフーさんは、出《で》遅《おく》れることなく、急《いそ》いで男《おとこ》の人《ひと》の脇《わき》をすりぬけました。フーさんが通《とお》りぬけた直後《ちょくご》にドアは閉《し》まり、同時《どうじ》にエレベーターは上《うえ》へと昇《のぼ》っていきました。

フーさんは、長《なが》いことその場《ば》にじっと立《た》ちつくしていました。でも、お腹《なか》がペコペコだったので、自分《じぶん》がどうしてここにいるのかを思《おも》い出《だ》しました。ぼうっとしていたフーさんは、我《われ》に帰《かえ》り、まわりを見回《みまわ》しました。

もう、ずいぶんまえのこと、フーさんは、長《なが》い冒険《ぼうけん》をしたことがあるのですが、その冒《ぼう》険《けん》の始《はじ》まりの時《とき》にいたのと、同《おな》じような廊下《ろうか》にいました。ここにもドアがいくつもあるぞ。右側《みぎがわ》に二《ふた》つと左側《ひだりがわ》に二《ふた》つだ。左右《さゆう》がフーさんの頭《あたま》のなかでごちゃごちゃになりました。でも、右《みぎ》は、物《もの》を書《か》く時《とき》に使《つか》う手《て》だということさえおぼえていれば、右《みぎ》という言葉《ことば》にとくに意味《いみ》はありません。左《ひだり》ききの場合《ばあい》はべつですけどね。フーさんは、そんなふうに考《かんが》えていました。

フーさんのまえに、キャンディーを口《くち》にくわえ、泥《どろ》んこ水《みず》をしたたらせ、つなぎのコートを着《き》た小《ちい》さな女《おんな》の子《こ》が立《た》っていました。女《おんな》の子《こ》はフーさんのことを興味津々《きょうみしんしん》で見《み》ています。これは、もしかしたら、お父《とう》さんがクリスマス・プレゼントにくれるといっていたお人形《にんぎょう》かな。これ、動《うご》くし、しかも生《い》きてるよ。それに話《はなし》もするみたい。だって、なにか言《い》ったもの。こういうの、どこへ行《い》ったら買《か》えるのかな？

「狐川《きつねがわ》さんはどこに住《す》んでいるのか知《し》っているのかな、君《きみ》は。」

ロッタと言《い》う名前《なまえ》の女《おんな》の子《こ》は、ふっ、とほほえみました。これがお父《とう》さんが言《い》っていたお人形《にんぎょう》だったりして。

「その人《ひと》、わたしの父《とう》さん。」ともったいぶりながら言《い》い、キャンディーを口《くち》から出《だ》しました。キャンディーの味《あじ》はもうほとんどなくなっていて、まるで、長《なが》い時間《じかん》かんだチューインガムのようでした。

「それじゃあ、君《きみ》はどこに住《す》んでいるのかな。」とフーさんは質問《しつもん》をし、なんてすばらしい質問《しつもん》なのだろうと感《かん》じ入《い》りました。

すると、女《おんな》の子《こ》は、じっと考《かんが》えてから「家《いえ》に住《す》んでる。」と答《こた》えました。

「それじゃあ、君《きみ》の家《いえ》はどこにあるのかな。」とフーさんはたずね、ほほえみました。

「父《とう》さんの家《いえ》。」と女《おんな》の子《こ》は言《い》うと、フーさんのことを、この人《ひと》いったいどういう人《ひと》なんだろうと思《おも》いながら見《み》つめました。この人形《にんぎょう》、ちょっと大《おお》きすぎるけれど、毎晩洗《まいばんあら》うといいかも。それにしても、まるで生《い》きているみたいだな。お父《とう》さんとお母《かあ》さんにも洗《あら》うのを手伝《てつだ》ってもらわないとダメかも。

フーさんは、なにを言《い》ってもらちが明《あ》かない女《おんな》の子《こ》のことは無視《むし》して、自分《じぶん》でなんとかしようと決《き》めました。そして、ドアを順番《じゅんばん》に回《まわ》りながら、名前《なまえ》を読《よ》んでいきました。渡烏《わたりがらす》さんに、懸巣《かけす》さん、そして、小鼠《こねずみ》さん、それから狐川《きつねがわ》さん。フーさんは、そのドアのまえで立《た》ち止《ど》まりました。狐川《きつねがわ》さんのドアの呼《よ》び鈴《りん》を鳴《な》らすと、その音《おと》にびっくりし、心臓《しんぞう》がドキドキしてきました。でも、フーさんには次《つぎ》になにをしなければいけないのか考《かんが》える必要《ひつよう》はありませんでした。というのも、女《おんな》の子《こ》がフーさんのうしろからやってきて、金属《きんぞく》でできている小《ちい》さなものを回《まわ》したのです。すると、カチャッと音《おと》がして、ドアが開《ひら》きました。

「ああ、フーさんですか。なかへどうぞ。」と、ちょうどお食事中《しょくじちゅう》だった狐川《きつねがわ》さんがひげをととのえながら言《い》いました。「なかへどうぞ。おや、ロッタ、君《きみ》もいっしょか。」

「うん。」と女《おんな》の子《こ》は言《い》うと、「父《とう》さん。もうわたし、なにか知《し》ってるよ、わかったんだ。父《とう》さんが秘密《ひみつ》にしてたこと。クリスマスのプレゼントになにをくれるか、もう、わかっちゃったんだもん。」と言《い》ってほほえみました。

狐川《きつねがわ》さんは、娘《むすめ》のことをびっくりした様子《ようす》で見《み》つめました。すると、ロッタは、意味《いみ》ありげにほほえむと、フーさんのことを指《ゆび》さし、それから、くすくす笑《わら》い始《はじ》めました。

「さて、フーさん。なにかこまったことでも起《お》こりましたか。どんなことでもお手伝《てつだ》いしますよ。」と狐川《きつねがわ》さんのほうからたずねてきました。なぜかというと、狐川《きつねがわ》さんは少々《しょうしょう》いそがしかったのです。タグボートのエンジンを分解《ぶんかい》して、居間《いま》に広《ひろ》げていて、あと一時間《いちじかん》もすれば奥《おく》さんが帰《かえ》ってくるのです。急《いそ》がなきゃいけないと狐川《きつねがわ》さんは思《おも》っていたのです。

「あのですね。」とフーさんははずかしそうに話《はな》し始《はじ》めました。「あの、このあたりにお店《みせ》がないかと思《おも》いましておたずねしたのです。」

狐川《きつねがわ》さんはフーさんのことを長《なが》いこと見《み》つめました。

「あの、コルップをですね、少《すこ》し買《か》いたいだけなんです。」と消《き》え入《い》りたいような気持《きも》ちで壁《かべ》をじっと見《み》て、そして目《め》のまえに広《ひろ》げられているたくさんの部品《ぶひん》に目《め》を泳《およ》がせながらつづけました。「あの、ほんとうに少《すこ》しでいいんです。」

狐川《きつねがわ》さんは、怒《いか》り心頭《しんとう》です。こんなことのために、時間《じかん》を使《つか》うなんてとんでもない。

「街《まち》へ出《で》てみればいいじゃないですか。最近《さいきん》はもう、街《まち》は店《みせ》だらけですよ。」と狐川《きつねがわ》さんは言《い》いはなつと、ほとんど押《お》し出《だ》すようにしてフーさんを外《そと》に追《お》い出《だ》しました。「また、別《べっ》の機会《きかい》に来《き》てください。もう、どんなにがんばっても間《ま》にあわないな……。妻《つま》といったら、また、怒《いか》りまくるだろうな。まったく。」

ふと気《き》がつくと、フーさんはまた廊下《ろうか》につっ立《た》っていました。ロッタも横《よこ》にいます。ロッタがゆっくりと、小《ちい》さな声《こえ》で話《はな》し始《はじ》めました。

「ねえ、わたしがお店《みせ》の場《ば》所《しょ》を教《おし》えてあげる。わたしもお店《みせ》に行《い》こうと思《おも》ってたところだったの。よかったらいっしょに行《い》かない。わたし、行《い》くね。」

ロッタは、つなぎのコートから泥《どろ》んこ水《みず》をしたたらせながら、廊下《ろうか》をはしまで歩《ある》いていくと、ドアのむこうへすがたを消《け》しました。床《ゆか》にはぬれた足跡《あしあと》だけが残《のこ》っています。これをたどっていくのは、フーさんにとってもかんたんなことです。フーさんは、つばをごくんと飲《の》みこんで、咳《せき》ばらいをし、鼻息《はないき》を荒《あら》くすると、もう一度《いちど》咳《せき》ばらいをしました。それから、ロッタがいま言《い》ったことを信《しん》じることにしました。お腹《なか》がとてもすいていましたからね。

フーさんは慎重《しんちょう》に、まるで獲物《えもの》を追《お》う猟師《りょうし》のように足跡《あしあと》をつけました。足跡《あしあと》は、大《おお》きな木《き》でできたドアのところまでつづき、そこで終《お》わっていました。ドアにはノブがついていて、フーさんはそれをにぎって押《お》してみました。

ドアはギギーッという音《おと》を立《た》てるだけで、なかなか開《ひら》いてはくれませんでしたが、やっと、この小《ちい》さな男《おとこ》を外《そと》に出《だ》すことにしてくれたようです。ドアはすっと開《ひら》き、息《いき》も絶《た》え絶《だ》

えになったフーさんはようやくドアを通過《つうか》しました。まだこれから、もう一《ひと》つやらなければならないことがあって、世界《せかい》はここで終《お》わりというわけではないということがフーさんにはわかっていました。フーさんは心臓《しんぞう》のドキドキが止《と》まると同時《どうじ》に通《とお》りに出《で》て、大《おお》きく深呼吸《しんこきゅう》しました。背後《はいご》からは、ドアが閉《し》まる音《おと》が聞《き》こえてきます。戻《もど》る道《みち》は閉《と》ざされてしまったのかもしれない。いまはとにかく前進《ぜんしん》あるのみだとフーさんは思《おも》いました。フーさんは、一歩《いっぽ》、また一歩《いっぽ》と慎重《しんちょう》に歩《ほ》を進《すす》め、少《すく》なくとも自分《じぶん》がまっすぐに立《た》ってはいるということを理解《りかい》しました。遠《とお》くのほうに、青《あお》いつなぎのコートを着《き》たロッタのうしろ姿《すがた》がちらちらと見《み》えています。フーさんは、まるで、鉄《てつ》が磁石《じしゃく》にすいよせられるような速《はや》さで出《で》かけていきました。

5 フーさんお店《みせ》へ行《い》く

外《そと》はしめっぽい風《かぜ》が吹《ふ》いていて、どんよりした分厚《ぶあつ》い雲《くも》がやって来《き》ていました。ずいぶん使《つか》い古《ふる》された雲《くも》のようで、あちこちから青空《あおぞら》がのぞいています。でもだんだんと雲《くも》はしっかりとしてきて、暗《くら》さが増《ま》してきました。家《いえ》のまんまえには、はだかんぼうになった木《き》が何本《なんぼん》かありました。そのむかい側《がわ》には舟《ふね》が寄《よ》せては返《かえ》す波《なみ》にゆらゆらゆれて浮《う》かぶ海岸《かいがん》がありました。波《なみ》はとても高《たか》く、ドアのところまで達《たっ》しそうで、寒《さむ》い日《ひ》でした。フーさんはぶるぶるっとふるえると、ロッタのあとを追《お》うように歩《ある》きました。

フーさんはちらっと上《うえ》を見上《みあ》げると、自分《じぶん》がほんとうにこの建物《たてもの》に住《す》んでいるんだということをやっと実感《じっかん》しました。これはけっして夢《ゆめ》なんかじゃない。街《まち》だ。フーさんが以前《いぜん》夜《よる》に来《き》たことがあるところです。その時《とき》もたしかこんなところで、高《たか》い建物《たてもの》が隣同士《となりどうし》になっていくつもならんでいました。きっと、最初《さいしょ》から夢《ゆめ》なんかではなかったのです。もう、森《もり》の家《いえ》はないのかもしれません。おそらくフーさんは、もうここに住《す》むしかないのでしょう。少《すく》なくとも、ここから出《で》ていくのはとうてい無理《むり》なように思《おも》えました。それにいったいどこか他《ほか》に行《い》くところがあるとでも言《い》うのでしょうか？

ロッタはもう、小《ちい》さなドアのまえに立《た》っていました。その建物《たてもの》はフーさんが住《す》んでいるところと同《おな》じように見《み》えましたが、どうやらお店《みせ》のようでした。「**生活用品**《せいかつようひん》。」と書《か》かれた、大《おお》きな看板《かんばん》が出《で》ています。それに、窓《まど》には張《は》り紙《がみ》がしてあって、よろよろした字《じ》で「**新鮮**《しんせん》**なのど仏**《ほとけ》。一《いち》キロ、たったの二《に》・五《ご》マルカ〔フィンランドの以前《いぜん》のお金《かね》〕。」と書《か》いてありました。

フーさんはおそろしくなってきました。人《ひと》のからだを解体《かいたい》するなんて、なんて残虐《ざんぎゃく》な人《ひと》なんだ！　のど仏《ほとけ》を売《う》るなんて〔フィンランド語《ご》では、のど仏《ほとけ》ときゅうりが同《おな》じ単語《たんご》〕。もしかしたら、ここでは、手《て》も足《あし》も心臓《しんぞう》も脳《のう》みそも売《う》っているのかもしれない。きっとそうだ。看板《かんばん》のかたわらでは**内臓**《ないぞう》も売《う》っているようです。この街《まち》の人《ひと》はみんな人《ひと》を食《た》べたりしているのだろうか？　いまにもたおれそうなくらいお腹《なか》はすいていましたが、とてもこのお店《みせ》に入《はい》る気《き》にはなれません。

フーさんは、二《に》、三歩《さんぽ》あと戻《もど》りしましたが、ロッタが手《て》をつかみました。人形《にんぎょう》は、どうもなんだかへんな行動《こうどう》をするようです。もっとも、まったくもって人形《にんぎょう》には思《おも》えませんでしたが。おかしいといえば、お父《とう》さんがいまごろこれをくれたことです。もしかしたら、

TUOREITA
KURKKUJA
2,50 kg

5　フーさんお店へ行く

お父《とう》さんは、もう、クリスマスがやってきたと思《おも》ったのかもしれません。

「ねえ、なにがほしいの。」とロッタはまるでお母《かあ》さんのような口調《くちょう》でフーさんに聞《き》きました。この子《こ》は、どうも、ちょっと怖《こわ》がっているみたいだもの。

「コルップなんだけど。ここにあるのかな。」とフーさんは言《い》いました。

レジのむこう側《がわ》には色黒《いろぐろ》のやさしそうな女《おんな》の人《ひと》がいました。彼女《かのじょ》は、フーさんの言葉《ことば》を耳《みみ》にするとほほえみました。

「どんなコルップがほしいのかしら。お砂糖《さとう》つき。それとも、シナモン味《あじ》がいいかしら。こんなバターつきのコルップもあるのよ。」と女《おんな》の人《ひと》が言《い》いました。

フーさんは表書《おもてが》きをしっかりチェックしました。フーさんがようやくそのうちの一《ひと》つを指《ゆび》さすと、女《おんな》の人《ひと》はバター味《あじ》コルップの包《つつ》みを台《だい》の上《うえ》に置《お》きました。

「これはなかなかおいしいわよ。二《に》マルカと五十二《ごじゅうに》ペンニです。」

ロッタはなにかを思《おも》い出《だ》したように、「わたし、お金《かね》なんて持《も》ってないわ。」と、少《すこ》しあわてて言《い》いました。

フーさんはなにも言《い》わず、ポケットからお財布《さいふ》を出《だ》すと硬貨《こうか》を取《と》り出《だ》して女《おんな》の人《ひと》にさし出《だ》しました。すると女《おんな》の人《ひと》はびっくりしてフーさんのことをちらっと見《み》ました。

「ちょっと、なんなの。いったいどうなっているわけ？」

「金《きん》なんだけど。」と、フーさんはこの言葉《ことば》には強《つよ》い力《ちから》があることを思《おも》い出《だ》して言《い》いました。

「金《きん》ね。」と女《おんな》の人《ひと》はくり返《かえ》しました。

「金《きん》なんだ。今度《こんど》はからかうつもりなんだ。」とロッタがのんびりと言《い》いました。

女《おんな》の人《ひと》は長《なが》いこと硬貨《こうか》をながめ、それから噛《か》んでみました。まだおどろいている様子《ようす》です。

「たしかに本物《ほんもの》なんだろうけれど。いったい、どのくらいの価値《かち》があるのか、ちっともわからないわ……。ああ、そうだわ。あそこに金細工《きんざいく》のお店《みせ》があるから、あそこへ行《い》ってこれをお金《かね》に交換《こうかん》してきたら。」こう言《い》うと、女《おんな》の人《ひと》はフーさんの手《て》からコルップの包《つつ》みを取《と》り上《あ》げて、棚《たな》に戻《もど》してしまいました。

フーさんはがっくりしました。また、ややこしくなっちゃった。空腹《くうふく》は、からだがふるえるくらいにまでなっています。瞬時《しゅんじ》に、フーさんは女《おんな》の人《ひと》をぎゅっと丸《まる》めこんでしまおうかと思《おも》いましたが、相手《あいて》がとても大《おお》きく見《み》えたので、なんとか気持《きも》ちをしずめました。たぶん、どちらが勝《か》つか負《ま》けるかなんて、すぐにはわからないものさ、と思《おも》うと、フーさんはむきを変《か》えてお店《みせ》から出《で》て行《い》きました。ロッタがあとにつづきました。この人形《にんぎょう》はいったいどうやって遊《あそ》ぶものなんだか、ロッタにはさっぱりわかりません。とくに、金貨《きんか》が

5　フーさんお店へ行く

突然出《とつぜんで》てきたのは、まったくちんぷんかんぷんでした。なんだか、とっても、とってもすっきりしない、とロッタは感《かん》じています。

フーさんは、ほんとうに怒《おこ》っていました。フーさんは、お店《みせ》のとても親切《しんせつ》そうに見《み》えた女《おんな》の人《ひと》を、ちょっと諭《さと》そうとしましたが、ロッタが自分《じぶん》のことをじっと見《み》つめているのに気《き》がついて止《や》めました。子《こ》どもというのは、まあ、いつだってどこにでもいるものですが、フーさんは、子《こ》どもに悩《なや》まされます。子《こ》どもたちは、ぼくがほんとうは君《きみ》たちのことを怖《こわ》がらすことができるということを忘《わす》れてしまったのかな。でも、冷《つめ》たい風《かぜ》が吹《ふ》くと、こらしめてやろうという気持《きも》ちが、薄《うす》い上着《うわぎ》のなかで急速《きゅうそく》になえ、ちぢこまってしまいました。まずは、他《ほか》の人《ひと》がするのと同《おな》じようにするのが一番良《いちばんよ》いのかも。ぼくにはまだ、それ以外《いがい》にもいろいろな方法《ほうほう》があるのだから、まずは普通《ふつう》の人《ひと》と同《おな》じことをしてみようとフーさんは決《き》めました。それがダメで、もしも他《ほか》の方法《ほうほう》でもうまくいかなければ、その時《とき》は本《ほん》を見《み》ればいいのさ。こう考《かんが》えると、フーさんは少《すこ》し気分《きぶん》が落《お》ちつきました。

フーさんは、金細工《きんざいく》のお店《みせ》のドアを開《あ》け、なかに入《はい》りました。ロッタももじもじしながらあとについて来《き》ました。

金細工店《きんざいくてん》の奥《おく》から、フーさんと同《おな》じくらいの背《せ》をした、小《ちい》さな男《おとこ》の人《ひと》がルーペを目《め》にはめたまま出《で》てきました。男《おとこ》の人《ひと》は、ロッタには目《め》もくれず、フーさんをチラッと見《み》ると、ひったくるようにフーさんの手《て》からお金《かね》を取《と》り、ルーペでチェックし始《はじ》めました。

「かあ、かあ、かあ。なるほど。」とまるでカラスが鳴《な》いているような言葉《ことば》をくり返《かえ》しています。「なんとすばらしいんだ。こんなことがあるとは。」

「いったいそれはなに。」とロッタが口《くち》をぽかんと開《あ》けたまま聞《き》きました。

男《おとこ》の人《ひと》はロッタに気《き》づくとびっくりしました。子《こ》どもじゃないか。彼《かれ》が最後《さいご》に子《こ》どもを見《み》たのは、じつは一九三一年《ねん》のことで、しかも、その子《こ》どもとは、自分《じぶん》の子《こ》どもだったのです。いったい子《こ》どもが、こんなところでなにをやっているのだ。でも、男《おとこ》の人《ひと》はこのお金《かね》を目《め》にしてすべてのことをすっかり忘《わす》れてしまいました。

「あのですね、ご主人《しゅじん》。」と男《おとこ》の人《ひと》はフーさんに話《はな》しかけました。「はじめまして。わたしは、アダムサンともうします。この名前《なまえ》には、アダムの息子《むすこ》という意味《いみ》がございます。われわれはみな、アダムの息子《むすこ》なのです。」と言《い》うと、男《おとこ》の人《ひと》は、かかかかかっ、と高笑《たかわら》いをしました。

アダムサンは、フーさんが、なにも言葉《ことば》を発《はっ》しないなんて思《おも》ってもいません。「あのですね、ご主人《しゅじん》。」と男《おとこ》の人《ひと》はフーさんに言《い》いました。「あなたは、いったいこれがなんなのか、まったくご存《ぞん》じないのですか？」

ここまで言《い》うと、アダムサンは言葉《ことば》を切《き》りました。

そして、つづけました。「これは、正真《しょうしん》正銘《しょうめい》、本物《ほんもの》のルイドール〔フランス革命《かくめい》まで通用《つうよう》したフランス金貨《きんか》〕で、かの有名《ゆうめい》な海賊《かいぞく》フリントの宝物《たからもの》だったものですよ。つまり『黄金《おうごん》のルードヴィッヒ』のことです。二十二《にじゅうに》金《きん》で、たしか一六八〇年代《ねんだい》か一七〇〇年代《ねんだい》にフランスで見《み》つかったものだと思《おも》います。すばらしいものですよ。ご主人《しゅじん》、もしさしさわりがなければ、どういういきさつで手《て》に入《い》れられたのかお聞《き》かせねがえませんか。」

フーさんはそんなことはなにも知《し》りませんでしたので、あいかわらず言葉《ことば》を発《はっ》さず、ロッタも静《しず》かにしています。

アダムサンは声《こえ》を立《た》てずににこやかに笑《わら》いました。「ああ、別《べつ》にかまいませんよ。あなたがたは海賊《かいぞく》の子孫《しそん》なんでしょう。わかりま

す、わかります。なぜわかるかって。わたしもそうだからです。」

フーさんは、それでもまだなにも答《こた》えなかったので、アダムサンはばつが悪《わる》くなってきました。ですがお金《かね》には、ますます興味津々《きょうみしんしん》の様子《ようす》です。「金《きん》か。古《ふる》くて美《うつく》しい無垢《むく》な金《きん》。金《きん》は、いつだって裏切《うらぎ》らないのさ。」とアダムサンの口《くち》からは、うれしそうに軽《かろ》やかに言《こと》葉《ば》が出《で》て来《き》ます。

フーさんは、目《め》をまん丸《まる》くして彼《かれ》のことを見《み》ていました。この男《おとこ》、ピーチクパーチクとまるでトリみたいだ。

硬貨《こうか》がほしくてたまらなくなり、それに、じっと自分《じぶん》のことを見《み》つめているフーさんから逃《のが》れたくて、アダムサンは、「ところで、ご主人《しゅじん》。これの代《か》わりになにがほしいですかね。」と、たずねました。人間《にんげん》って、みんな同《おな》じだ。お金《かね》と金《きん》だけが大切《たいせつ》なんだ。「これには、けっこうお支払《しはら》いできますよ。でも、これ以上《いじょう》は、びた一文《いちもんだ》出せませんけどね。持《も》って帰《かえ》られるか、置《お》いていかれるかどうしますか。小切手《こぎって》を切《き》りましょうか。」と彼《かれ》は追《お》い立《た》てるように言《い》いました。すると、アダムサンは、フーさんが答《こた》えを言《い》うまえに、いくつかの数字《すうじ》を小《ちい》さな紙《かみ》の切《き》れはしに書《か》いて、フーさんの手《て》ににぎらせると、金《きん》をうばうようにつかみとり、さっさと奥《おく》の部屋《へや》へ入《はい》ってしまいました。すると、奥《おく》の部屋《へや》から、喜《よろこ》びにわきあがる、おたけびが聞《き》こえて来《き》ました。

5　フーさんお店へ行く

フーさんはがらんとした売《う》り場《ば》をぼうっとながめていました。お金《かね》がなくなってしまったので、紙切《かみき》れを手《て》に取《と》るしかありません。たぶん、この紙切《かみき》れにもなにか使《つか》い道《みち》があるだろう。でも、もちろん、フーさんはそんなことを頭《あたま》から信《しん》じてはいません。男《おとこ》の人《ひと》は時《とき》を正確《せいかく》にきざむ鳩時計《はとどけい》と同《おな》じくらいに現実的《げんじつてき》な人《ひと》のように感《かん》じられました。

二人《ふたり》はまた通《とお》りに出《で》ました。今回《こんかい》は、フーさんがまえ、ロッタがうしろになって歩《ある》きました。

窓《まど》のところには「**心臓**《しんぞう》三《さん》マルカ。」という張《は》り紙《がみ》も出《で》ています（フィンランド語《ご》では、心臓《しんぞう》と灯心《とうしん》が同《おな》じ単語《たんご》）。でもフーさんはもうそのくらいでは怖《こわ》がらなくなりました。人食《ひとく》いがいようといまいと、お店《みせ》にはコルップが置《お》いてあるのです。なによりフーさん自身《じしん》がその目《め》でさっき見《み》ているのです。

勇気《ゆうき》を出《だ》して女《おんな》の人《ひと》に紙切《かみき》れをさし出《だ》し、どうなるのか待《ま》ちました。女《おんな》の人《ひと》は紙切《かみき》れを見《み》ると、カラカラッと明《あか》るく笑《わら》いました。

だまされたのか、まあ、そうだとは思《おも》ったけれど、とフーさんはさとりました。

「まあまあ、ここでは、小切手《こぎって》を交換《こうかん》することはできないんですよ。でも、あそこに銀行《ぎんこう》がありますから、そちらへ行《い》ってくださいな。」女《おんな》の人《ひと》は紙切《かみき》れをフーさんに返《かえ》し、コルップの包《つつ》みも反対側《はんたいがわ》の棚《たな》へ、まるで次《つぎ》の機会《きかい》を待《ま》つかのように戻《もど》してしまいました。

ふと気《き》がつくと、フーさんはまた通《とお》りに立《た》っていました。そうだ、ここは、街《まち》なんだ。それはそうさ。車《くるま》はブーブー言《い》いながら泥《どろ》をはね上《あ》げ通《とお》りぬけて行《い》きます。遠《とお》い海原《うなばら》からは船《ふね》がボーッボーッと言《い》う大《おお》きな音《おと》を上《あ》げています。風《かぜ》はビュービュー言《い》いながら通《とお》りを吹《ふ》きぬけていきます。冷《つめ》たい細《こま》かな砂《すな》がほこりのように舞《ま》っています。こんなばかげたことを、いつまでもつづけてはいられないと思《おも》ったフーさんは、紙切《かみき》れを空《そら》から吹《ふ》きつけて来《く》る風《かぜ》に乗《の》せてほうり投《な》げようと手《て》を上《あ》げました。

ところがうまく風《かぜ》に乗《の》せることができず、他《ほか》のごみばかりが風《かぜ》に乗《の》って飛《と》んでいきます。それどころか、突風《とっぷう》が銀行《ぎんこう》の開《ひら》いているドアのなかへフーさんをまっしぐらに吹《ふ》きいれて、ロッタのことは交渉人《こうしょうにん》として送《おく》りこみました。そして、ドアはバタンッと閉《し》まりました。まるで俳優《はいゆう》もうらやむような登場《とうじょう》の仕方《しかた》でした。みんな、いっせいにフーさんに目《め》をやりました。

フーさんは手《て》を上《あ》げたままのかっこうで、手《て》には紙切《かみき》れをにぎっています。銀行員《ぎんこういん》は、紙切《かみき》れを取《と》ってチラッと見《み》るとたちまち血《ち》の気《け》を失《うしな》って、あちこちへ電話《でんわ》をかけ始《はじ》めました。

フーさんはカウンターに寄《よ》りかかると、蒸気機関車《じょうききかんしゃ》のように息《いき》を切《き》らしながら、次《つぎ》はいったいなにが起《お》こるのだろうと待《ま》っていました。ロッタはフーさんの手《て》をぎゅっとにぎって、「わたし、お家《うち》に帰《かえ》りたいよ。」とささやきました。大《おお》きな目《め》をして、フーさんが動《うご》き出《だ》すのを期待《きたい》しながら待《ま》っていました。

　銀行員《ぎんこういん》がカウンターのむこうから、まるでタイタニック号《ごう》の船首《せんしゅ》に氷山《ひょうざん》がせまった時《とき》のように〔当時《とうじ》世《せ》界最大《かいさいだい》の客船《きゃくせん》だったタイタニック号《ごう》は、一九一二年《ねん》の初《はじ》めての航海《こうかい》で氷山《ひょうざん》と接触《せっしょく》し沈没《ちんぼつ》した〕せり上《あ》がって来《く》ると、言《い》いました。「すべて確認《かくにん》が取《と》れました。ですが、口座《こうざ》を開《ひら》かれることをおすすめいたします。そして、必要《ひつよう》なぶんだけお持《も》ちになるのが良《よ》いかと存《ぞん》じます。わたくしどもの銀行口座《ぎんこうこうざ》は、もう、すばらしいですよ。非《ひ》の打《う》ちどころのない口座《こうざ》でございます。他行様《たこうさま》と比較《ひかく》なさっても、わたくしどもの銀行口座《ぎんこうこうざ》ほど良《よ》いものは見《み》つかりません。」と、まるでテレビのコマーシャルのよ

うに朗々《ろうろう》と説明《せつめい》しました。

この時《とき》もうフーさんのまえには小《ちい》さな帳面《ちょうめん》が置《お》かれていました。フーさんは夢見心地《ゆめみごこち》でそれを手《て》に取《と》るとポケットにつっこみました。銀行員《ぎんこういん》は、もう片方《かたほう》の手《て》に緑色《みどりいろ》の紙《かみ》を何枚《なんまい》か渡《わた》しました。フーさんはそれをもう一方《いっぽう》のポケットにつっこみました。それからフーさんとロッタは表《おもて》に出《で》ました。そのあとです、銀行《ぎんこう》のなかにいた人《ひと》たちがいっせいに話《はな》し始《はじ》めたのは。

「いったいあれは、だれなんだ。中近東《ちゅうきんとう》から来《き》た石油王《せきゆおう》か、それとも、新手《あらて》の投資家《とうしか》かな。」と銀行員《ぎんこういん》にささやきかけました。でも、そんなこと、銀行員《ぎんこういん》だって知《し》るわけはありません。フーさんがこの会話《かいわ》を聞《き》いていなかったのはよかったですね。

二人《ふたり》はまた、お店《みせ》にいました。窓《まど》は、「**フィルム**あります。」となっていました。ところが、なんの迷《まよ》いもなくフーさんは、「**目玉**《めだま》あります。」と読《よ》みました「フィンランド語《ご》では、写真《しゃしん》のフィルムと目玉《めだま》という単語《たんご》は一文字《ひともじ》ちがい」。じきに、このお店《みせ》では、人《ひと》のからだ全部《ぜんぶ》を売《う》り始《はじ》めるにちがいありません。そんなものに囲《かこ》まれながら、ぼくは生《い》きていかなきゃいけないのか。

最初《さいしょ》フーさんは女《おんな》の人《ひと》に帳面《ちょうめん》をさし出《だ》しましたが、女《おんな》の人《ひと》はすぐに返《かえ》しました。その次《つぎ》に、女《おんな》の人《ひと》に緑色《みどりいろ》の紙《かみ》を何枚《なんまい》か渡《わた》しました。あっとおどろくためごろう！　そのうちの一《いち》枚《まい》を女《おんな》の人《ひと》が取《と》ったのです。

フーさんはコルップの包《つつ》みと、その他《ほか》に硬貨《こうか》をいくつももらいました。硬貨《こうか》はけっこう重《おも》たくて、ぴかぴかに光《ひか》っていて、1という数字《すうじ》まで書《か》いてあります。なんだか、フーさんにはとても高価《こうか》なもののように思《おも》えました。とにかく、フーさんはとてもびっくりしたのです。女《おんな》の人《ひと》はロッタにアイスクリームをくれました。これはたんに好意《こうい》でくれたのです。女《おんな》の人《ひと》というものはだれでも、丸々《まるまる》していて、お母《かあ》さんのような生《い》き物《もの》なんです。

　階段《かいだん》のところでフーさんは、ロッタとさよならをしました。ロッタは、フーさんといっしょにいると、イヌの面倒《めんどう》をみるのと同《おな》じで、けっこう手《て》がかかるということがわかったので、フーさんとお別《わか》れするのが、それほど哀《かな》しいとは思《おも》いませんでした。まあ、自分《じぶん》のことは自分《じぶん》でやってちょうだい、というところでしょうか。でも、いつか、フーさんのことを洗《あら》ってあげなきゃいけない、ということだけは心《こころ》に決《き》めました。それも、ぶくぶくに泡立《あわだ》てたお風呂《ふろ》でね。あぶくってすてきだもの。

　フーさんはエレベーターに、考《かん》えなしに、はずみで乗《の》りこんでいました。さっとベンチに座《すわ》ると力《ちから》をみなぎらせ、5と書《か》いてあるボタンめがけてトラのように飛《と》びはね、どうにかこうにか押《お》すことができました。エレベーターは、堅信礼《けんしんれい》〔キリスト教《きょう》で幼児《ようじ》洗礼《せんれい》を受《う》けた人《ひと》が十五歳《じゅうごさい》になった時《とき》に信仰《しんこう》を固《かた》める目的《もくてき》で受《う》ける儀式《ぎしき》〕を受《う》ける子《こ》どものように、規則正《きそくただ》しく動《うご》き出《だ》しました。フーさんは、いまだに内側《うちがわ》からエレベーターの扉《とびら》を開《あ》けることができません。フーさんはエレベーターのなかに入《はい》ると閉《し》まってしまう外側《そとがわ》の扉《とびら》と金網《かなあみ》の扉《とびら》をじいっとながめ、ありったけの力《ちから》をこめておまじないをかけましたが、骨折《ほねお》り損《ぞん》でした。網《あみ》はしっかり、ぴっちりと閉《し》まったままです。

フーさんはとてもくたびれていたので、よろめいて網《あみ》によりかかりました。すると、そのはずみで金網《かなあみ》のドアが少《すこ》し動《うご》きました。フーさんは、やっとの思《おも》いで指《ゆび》をすき間《ま》に入《い》れると、どうにかこうにかドアを開《あ》けることができました。

フーさんは、フーさんと書《か》いてあるドアのところまでやってきました。狐川《きつねがわ》さんの家《いえ》のドアを開《あ》けた時《とき》と同《おな》じようにして開《あ》けようと、小《ちい》さなつまみをずっと回《まわ》しつづけました。部屋《へや》のなかでは呼《よ》び鈴《りん》が鳴《な》り、ネズミはもちろんその音《おと》に気《き》がついています。でも、ネズミがドアを開《あ》けることなんてできません。ですから、ネズミは、呼《よ》び鈴《りん》の音《おと》が耳《みみ》に入《はい》らないようにしました。フーさんは、チリン、チリン、チリン、チリンと呼《よ》び鈴《りん》を鳴《な》らしつづけています。どんどんくたびれてきて、だんだん泣《な》けてきました。どうして、世《よ》のなかのドアというドアは、こうも開《あ》いてくれないんだ。

フーさんのお隣《となり》のドアが開《ひら》き、いったい、どこのだれが、ドアの呼《よ》び鈴《りん》をポルカやマーチを演奏《えんそう》するみたいにやかましく鳴《な》らしているのかと思《おも》ったのでしょう、まっ白《しろ》い髪《かみ》の年《ねん》配《ぱい》の男《おとこ》の人《ひと》の頭《あたま》がぬうっと廊下《ろうか》にあらわれました。

5　フーさんお店へ行く

「ああ、君《きみ》か。あたらしいお隣《となり》さんだね。わしは、もう定年退職《ていねんたいしょく》している熊野《くまの》モーゼスという者《もの》だよ。それで、君《きみ》は、フーさんだったね、たしか。鍵《かぎ》を部屋《へや》のなかに忘《わす》れたまま、ドアを閉《し》めてしまったご様子《ようす》ですね〔フィンランドの家《いえ》はどこも単純《たんじゅん》なオートロック式《しき》〕。」と男《おとこ》の人《ひと》が言《い》いました。

　フーさんは、ただ、目《め》をぱちくりさせているだけでした。

「こういう時《とき》にはですな、全部《ぜんぶ》のポケットをもう一度《いちど》さがしてみることです。わたしはいつもそうしているよ。鍵《かぎ》というものは、いつだってポケットに入《はい》っているものですからな。アドバイスしておきますよ。」と熊野《くまの》モーゼスさんが言《い》いました。

　年配《ねんぱい》のこの白髪頭《しらがあたま》の男《おとこ》の人《ひと》とフーさんは、おたがいに見《み》つめあいました。フーさんは、ポケットというポケットに手《て》をつっこみ、まず、受《う》け取《と》ったばかりの小《ちい》さな帳面《ちょうめん》、それから緑色《みどりいろ》の紙切《かみき》れ、硬貨《こうか》、それからフーさん自身《じしん》が初《はじ》めて目《め》にする金属製《きんぞくせい》の物体《ぶったい》を取《と》り出《だ》しました。フーさんはあっけにとられて年配《ねんぱい》の人《ひと》を見《み》ました。

　熊野《くまの》モーゼスさんが近《ちか》づいてきて、フーさんの手《て》から金属製《きんぞくせい》の物体《ぶったい》を取《と》ると、ドアの穴《あな》にさしこんで回《まわ》しました。ドアはすぐに開《ひら》きました。熊野《くまの》さんは、鍵《かぎ》をフーさんに返《かえ》して言《い》いました。「ほうら、見《み》つかったでしょう。わたしもね、つかれている時《とき》は、いつも同《おな》じですよ……。さて、と。だれかと話《はなし》でもしたくなったらぜひいらしてください。わたしは時間《じかん》だけはありますからね。来《き》てくれると、とてもうれしいよ。」

こう言《い》うと、熊野《くまの》さんは、うなずくように何度《なんど》も頭《あたま》をゆらしながらドアを開《あ》け、そしてすぐに閉《し》めました。フーさんも、その動《うご》きを真似《まね》しました。

フーさんは、のろのろと台所《だいどころ》まで行《い》くとコルップを置《お》き、紅茶《こうちゃ》をいれようかどうしようか考《かんが》えましたが、とにかくまずは寝《ね》ようと思《おも》いました。どういうわけか、とてもつかれていたのです。ただ、もうくたびれきっていました。

外《そと》では、ビュービュー風《かぜ》が吹《ふ》き、海《うみ》では波《なみ》が岩《いわ》を打《う》ち、波《なみ》しぶきは高《たか》く、木《き》の切《き》れはしや板《いた》が海岸《かいがん》に打《う》ち上《あ》げられ、砂浜《すなはま》の砂《すな》は寄《よ》せては返《かえ》し、また寄《よ》せて、盛《も》り上《あ》がってお城《しろ》が

でき上《あ》がりました。トタン屋根《やね》のばたばたという音《おと》が聞《き》こえてきて、フーさんは、森《もり》の家《いえ》に戻《もど》った気分《きぶん》になりました。フーさんは、毛布《もうふ》のなかにするっとすべりこむと、すとんと眠《ねむ》ってしまいました。それから、金貨《きんか》が何羽《なんわ》もの小《ちい》さなシジュウカラに変《か》わり、風《かぜ》に乗《の》って空《そら》に舞《ま》い上《あ》がり、遠《とお》い遠《とお》い雲《くも》のむこうへと飛《と》んで行《い》き、それをアダムサンさんが大《おお》きな虫取《むしと》り網《あみ》をもって追《お》いかけている夢《ゆめ》を見《み》ました。

6　フーさん仕事《しごと》へでかける

もうすっかり夜《よる》です。フーさんは上機嫌《じょうきげん》で、小《ちい》さな部屋《へや》からその次《つぎ》に小《ちい》さな部屋《へや》を通《とお》って一番小《いちばんちい》さな部屋《へや》へ行《い》き、また反対《はんたい》に戻《もど》ってきました。途中《とちゅう》、蛇口《じゃぐち》のところに立《た》ち寄《よ》って、水《みず》をながしてみました。ナイアガラの滝《たき》にはおよばないけれど、ぼくにはこれで充分《じゅうぶん》だ、とフーさんは思《おも》いました。紅茶用《こうちゃよう》のお湯《ゆ》を、必要以上《ひつよういじょう》に沸《わ》かしてしまいました。でも、どういうわけだか、フーさんはせっかく沸《わ》かしたお湯《ゆ》をいつも捨《す》ててしまい、また沸《わ》かさなければならなくなってしまいます。ネズミは最初《さいしょ》のうちは、フーさんのやっていることがあまりにもみょうちくりんで、まったく理解《りかい》できませんでしたが、そのうちに、なんとも思《おも》わなくなりました。ネズミはダンボール箱《ばこ》のなかに、綿《わた》ぼこりとか古《ふる》い食器洗《しょっきあら》いのスポンジとか、石《せっ》けん箱《ばこ》を使《つか》って快適《かいてき》な家《いえ》をつくっているところで、ちょうど、ベッドをふわふわにしたところでした。それから、足《あし》を上《うえ》にして座《すわ》ってふうっとため息《いき》をつきました。

Waikeuksien
kautta
Woittoon!
PAPUJA

自分《じぶん》の家《いえ》があるってことは、すてきなことだよ。壁《かべ》には、先祖《せんぞ》代々《だいだい》受《う》けつがれている「**困《こん》難《なん》に打《う》ち勝《か》て！**」と書《か》かれた古《ふる》い額《がく》をかけました。べつにおかしなことを言《い》っているわけではない、とネズミは思《おも》いました。

　フーさんはちらっとネズミのことを見《み》ると、コルップのことを思《おも》い出《だ》しました。コルップを小《ちい》さく割《わ》ると、そうっとネズミの家《いえ》のそばに置《お》き、床《ゆか》を小《ちい》さくトントンとたたきました。ネズミは窓《まど》から顔《かお》を出《だ》すと、ありがとう、と言《い》うようにうなずきました。フーさんがその場《ば》をあとずさりではなれ、目《め》を閉《と》じると、ネズミは電光石火《でんこうせっか》のごとくコルップのかけらをとりました。ネズミは自分《じぶん》からほしいと懇願《こんがん》したわけでも、人間《にんげん》がもう食《た》べないような古《ふる》いものを取《と》ったわけでもなく、とにかく彼《かれ》は誇《ほこ》り高《たか》いネズミなのです。ですから、ネズミは、世界中《せかいじゅう》のネズミがいままでも、現在《げんざい》も、そしてこれからも行《おこな》いつづける唯一正当《ゆいいつせいとう》な方法《ほうほう》で、秘密裏《ひみつり》に食料《しょくりょう》を手《て》に入《い》れたわけです。

　フーさんは椅子《いす》に座《すわ》りこむと、心静《こころしず》かにあたりを見回《みまわ》しました。急《きゅう》にこんなふうに、ただじっとものを考《かんが》える時間《じかん》ができたのです。ここがいまのぼくの家《いえ》だ、とフーさんは思《おも》いました。これがいまの家《いえ》だ。小《ちい》さな部屋《へや》が二《ふた》つと、小《ちい》さな小《ちい》さな台所《だいどころ》、お店《みせ》につづく階段《かいだん》があって、コルップを買《か》うための緑色《みどりいろ》の紙切《かみき》れもある。お友《とも》だちもできた。ネズミとロッタ、雨降《あめふ》りみたいな存在《そんざい》だけど。それに狐川《きつねがわ》カリに熊野《くまの》モーゼスという知《し》り合《あ》いもいる。

6　フーさん仕事へでかける

ほしい時《とき》には紅茶《こうちゃ》を沸《わ》かすことだってできる。フーさんはまた立《た》ち上《あ》がると、やかんにいきおいよく水《みず》を入《い》れ、レンジの上《うえ》に置《お》き、ボタンを動《うご》かして、お湯《ゆ》が沸《わ》くのを待《ま》ちました。フーさんはこのところレンジの魔法《まほう》にかかったようになっています。

　ここにないものなんてあるのかな、とフーさんは思《おも》い、また、椅子《いす》に腰《こし》かけました。でも静《しず》けさに包《つつ》まれているうち、しだいに背中《せなか》がぞくぞくっとして来《き》ました。フーさんはからだをねじってむきを変《か》えてみましたが、どうも落《お》ちつきません。今度《こんど》は目《め》をつむってみましたが、まだ元気《げんき》いっぱいで、眠《ねむ》るには早《はや》すぎます。

　フーさんは立《た》ち上《あ》がると、また、水《みず》をながし、水《みず》が金属《きんぞく》の器《うつわ》からどこへともなくながれて行《い》くのを見《み》つめました。それから、やかんをレンジの上《うえ》に置《お》くと、水《みず》が沸騰《ふっとう》する様子《ようす》を観察《かんさつ》しました。あっつっつっ。熱湯《ねっとう》を心《こころ》ゆくまでながめると、フーさんは椅子《いす》に戻《もど》って座《すわ》りました。フーさんは口笛《くちぶえ》を吹《ふ》こうとしましたが、ひゅーひゅー、すーすー言《い》うだけです。口笛《くちぶえ》の吹《ふ》き方《かた》をすっかり忘《わす》れてしまったようです。

　それでももっと力《ちから》をこめて吹《ふ》いてみると、どうにかこうにか音《おと》が出《で》て、棚《たな》からはマフラーが飛《と》んできて、お出《で》かけ用《よう》の靴《くつ》もまっしぐらにやってきてフーさんの足《あし》にはまりました。いったいいつ、ぼくはこんな魔法《まほう》をおぼえたんだろうと、フーさんはおどろいています。フーさんは、三度目《さんどめ》の口笛《くちぶえ》を吹《ふ》きましたが、お財布《さいふ》はすでにフーさんのポケットのなかにありました。ここで、フーさんはふと考《かんが》えこみました。もう一度《いちど》口笛《くちぶえ》を吹《ふ》くといったいなにが起《お》こるんだろう。

フーさんは、口《くち》をすぼめて、もう一度《いちど》吹《ふ》いてみました。なんとか口笛《くちぶえ》らしい音《おと》が出《で》たようです。フーさんの手《て》に細《ほそ》くて黒《くろ》い棒切《ぼうき》れが飛《と》んできましたから。その時《とき》です、フーさんは、靴《くつ》がひとりでにドアにむかって歩《ある》き始《はじ》めたように感《かん》じました。マフラーも、しっかりと首《くび》にまきついていています。フーさんの手《て》がドアのノブを回《まわ》すと、ドアはちゃんと開《ひら》きました。こうして、フーさんは自分《じぶん》が思《おも》っている以上《いじょう》の早《はや》さで廊下《ろうか》を歩《ある》いていきました。その時《とき》、エレベーターがフーさんの目《め》のまえにせり上《あ》がってきて、ドアが開《ひら》きました。黒《くろ》ネコが、フーさんの足《あし》のあいだをすりぬけるようにしてエレベーターから飛《と》び出《だ》すと、渡烏《わたりがらす》さんのドアのなかへと逃《に》げこんで行《い》きました。

フーさんはびっくりしましたが、気持《きも》ちを落《お》ちつかせました。ネコはなんらかの方法《ほうほう》でエレベーターの使《つか》い方《かた》をおぼえたのにちがいありません。ということは、エレベーターを使《つか》うのは、ぼくにだって不可能《ふかのう》ではないということだ。

エレベーターに乗《の》るたびに、フーさんは不安《ふあん》でいっぱいです。だって、エレベーターが、ある日《ひ》突然《とつぜん》一階《いっかい》に止《と》まらずに、どんどん、どんどん、深《ふか》く、ひたすら下《した》へ降《お》りて行《い》ってしまうかもしれないじゃないですか。でも、そんなところへはぜったいに行《い》きたくないよ！

とりあえず、エレベーターは、ちゃんと動《うご》いていました。ぼくは必要以上《ひつよういじょう》に怖《こわ》がりすぎているのかもしれないな、とフーさんは思《おも》いました。もしかしたら、そんなことが起《お》こるかもしれないけれど……。そういうことは考《かんが》えないのが一番《いちばん》です。フーさんは注意深《ちゅういぶか》くエレベーターに乗《の》ると、できるだけ、軽《かる》くなろうとしました。フーさんは、細《ほそ》い棒《ぼう》を持《も》つとボタンにとどくように伸《の》び上《あ》がり、なんとか一階《いっかい》のボタンを押《お》すことができました。今回《こんかい》もこうしてうまく移動《いどう》することができたのです。

靴《くつ》はもう道《みち》を歩《ある》いていました。フーさんは、まるで靴《くつ》にひっぱられているみたいです。いったいぼくはどこへ出《で》かけようとしているんだろう。通《とお》りは静《しず》まりかえっています。ほとんどの人《ひと》はまだ眠《ねむ》っているようです。

靴《くつ》は急《いそ》ぎ足《あし》で道《みち》を下《くだ》り、海岸沿《かいがんぞ》いを歩《ある》き、フーさんは、何度《なんど》も何度《なんど》も横目《よこめ》でちらちらと暗《くら》い海《うみ》に目《め》をやりました。なんだか、海《うみ》に魅《ひ》かれてしまうのです。海《うみ》はとっても大《おお》きいし、一瞬《いっしゅん》として押《お》しだまることがありません。海《うみ》は、かなりおしゃべりですが、雨《あめ》にだけは負《ま》けそうです。たぶん海《うみ》は、ゆっくりとお話《はな》しするのでしょうが、話《はな》し方《かた》はいばっている感《かん》じかもしれません。大海原《おおうなばら》のかなたでは、ニシンの大群《たいぐん》が金色《きんいろ》の光《ひかり》をはなっています。

通《とお》りの一番《いちばん》はしっこの、建物《たてもの》に大《おお》きく1という数字《すうじ》が書《か》かれているところで、靴《くつ》が立《た》ち止《ど》まり、靴《くつ》に入《はい》っていたフーさんも立《た》ち止《ど》まりました。フーさんは、大《おお》きな鉄製《てつせい》の門《もん》のまえに立《た》っていました。すると小《ちい》さな扉《とびら》が開《ひら》いたので、フーさんはそのなかへ入《はい》っていきました。フーさんの目《め》のまえには、ぽっと灯《あか》りのともった守衛小屋《しゅえいごや》があって、なかには、大《おお》きくてでぶっとした女《おんな》の人《ひと》がいました。

「あら。まったくもう、ようやく来《き》たのね。ずいぶん待《ま》ったのよ。あのね、あなたの当番《とうばん》は、午前〇時《ごぜんれいじ》ちょうどからなの。忘《わす》れないで。」と女《おんな》の人《ひと》はだみ声《ごえ》で言《い》いました。

フーさんは決《き》まり悪《わる》そうに女《おんな》の人《ひと》を見《み》ながら、いったいこの人《ひと》は、どうやってこんなにせまい守衛小屋《しゅえいごや》のなかに入《はい》ることができたのだろうと考《かんが》えました。女《おんな》の人《ひと》は、フーさんの視線《しせん》を感《かん》じると、怒《おこ》った調子《ちょうし》で言《い》いました。

「さあ、とにかく出《で》かけましょう。ここでの仕事《しごと》を見《み》せますから。もう、三分《さんぷん》も遅《おく》れているのよ。」

女《おんな》の人《ひと》は、守衛小屋《しゅえいごや》から無理矢理《むりやり》からだを引《ひ》っぺがすように出《で》てきて、首《くび》から時計《とけい》を取《と》るとフーさんの首《くび》にひっかけました。時計《とけい》は、フーさんの足元《あしもと》でぶらぶらしています。

「ここが機械工場《きかいこうじょう》の本館《ほんかん》で、最初《さいしょ》の確認場所《かくにんばしょ》よ。まず、このボタンを一時間《いちじかん》ごとに押《お》すの。時間《じかん》は正確《せいかく》にね。万《まん》が一《いち》、押《お》すのが遅《おそ》くなったりすると警報《けいほう》が自動的《じどうてき》になり始《はじ》めるから。」

女《おんな》の人《ひと》は、ゆっさゆっさとからだをゆすりながら歩《ある》き、フーさんは、とぼとぼとそのあとについていきました。

「ここは事務所棟《じむしょとう》。二《ふた》つ目《め》の確認場所《かくにんばしょ》よ。それから、あそこ、研究室《けんきゅうしつ》のまえが、三《みっ》つ目《め》の確認場所《かくにんばしょ》。あそこが一番大切《いちばんたいせつ》なところなの。あそこにね、先週《せんしゅう》、侵入《しんにゅう》しようとした人間《にんげん》がいたのよ。でも、わたしが、このわたしがよ、現場《げんば》にいたの。いったいどうなったと思《おも》う？」

フーさんは女《おんな》の人《ひと》に目《め》をやると、なにが起《お》こったのかだいたい見当《けんとう》がつきました。

それから、二人《ふたり》は門《もん》のところに戻《もど》ってきました。女《おんな》の人《ひと》は、小《ちい》さなオートバイにまたがると、まるで電動泡《でんどうあわ》たて器《き》を動《うご》かすみたいにエンジンをかけ、ブンブンいわせながら走《はし》り去《さ》りました。フーさんは、オートバイのタイヤの回転《かいてん》が目《め》に見《み》えないほど速《はや》く、まるでタイヤがついていないように見《み》えるトレーラーみたいに、通《とお》りを走《はし》り去っていく女《おんな》の人《ひと》の様《よう》子《す》を目《め》でおっていました。フーさんは、ゆっくりと頭《あたま》を振《ふ》りました。なんだか、ちょっと無気味《ぶきみ》な感《かん》じのする話《はなし》だな。

フーさんは、三脚椅子《さんきゃくいす》に腰《こし》をかけ時計《とけい》を見《み》ました。まだ、次《つぎ》の巡回《じゅんかい》まで一時間《いちじかん》ほどあります。こんなだれもいなくてがらんとしたところの警備《けいび》のために、ただ座《すわ》っていないといけないのでしょうか。でもどうして、よりによってフーさんがここにいなければならないのでしょう。

フーさんは考《かんが》え考《かんが》え、やっと思《おも》い出《だ》しました。手紙《てがみ》です。たしか、手紙《てがみ》にここのことが書《か》いてあったのです。フーさんはポケットをごそごそとして手紙《てがみ》をとり出《だ》し、読《よ》んでみました。「仕事《しごと》は、月曜日《げつようび》の夜《よる》から。」たぶん、いまが月曜日《げつようび》なんだ。そして、たぶん、ここが仕事場《しごとば》なんだ。機械工場《きかいこうじょう》って書《か》いてあったぞ。それから番号《ばんごう》は1だ。でも、手紙《てがみ》にあった「美川《みかわ》ワルデマル」っていったいどんな人《ひと》だろう。

これは、機械工場《きかいこうじょう》で働《はたら》く人《ひと》でもだれ一人《ひとり》としてわからないのです。

フーさんは守衛小屋《しゅえいごや》のなかで腰《こし》をかけ、考《かんが》えごとをしながら、じっとなにも動《うご》かない工《こう》場《じょう》をみつめていました。フーさんは、子《こ》どもたちから聞《き》いた工場《こうじょう》の話《はなし》を思《おも》い出《だ》していました。人間《にんげん》がここで機械《きかい》を作《つく》っているという話《はなし》です。あるいは、機械《きかい》が人間《にんげん》を作《つく》っているのかもしれません。フーさんは時計《とけい》の針《はり》を見《み》ました。時計《とけい》の針《はり》は、のらりくらりとしか動《うご》いていないようです。時間《じかん》は、フーさんが考《かんが》えごとをしているあいだにながれていきます。

時間《じかん》とはある意味《いみ》で動《うご》きです。でも、時計《とけい》の針《はり》は、ちっとも動《うご》いていないみたいです。

どこか遠《とお》くを車《くるま》が走《はし》っているようです。さらに一台《いちだい》、車《くるま》が走《はし》っていきました。まっ暗闇《くらやみ》の夜《よ》中《なか》に、カモメがにぎやかに鳴《な》く声《こえ》がひびいています。

壁《かべ》にはだれが書《か》いたのか、白《しろ》いペンキで「**アルバート、ただいま参上《さんじょう》。**」という落書《らくがき》がありました。フーさんにはなんのことだかさっぱりわかりません。

ぼくは、いまここにいる。でもどうして、ぼくはここにいるんだろう？　暗闇《くらやみ》を見《み》つめました。暗闇《くらやみ》はとてつもなく広《ひろ》く感《かん》じられ、全部《ぜんぶ》が上《うえ》に持《も》ち上《あ》がって頭上《ずじょう》から一度《いちど》に倒《たお》れてきたりなんかしたら、きっとローラーでぺしゃんこにされるみたいに、なぎたおされてしまうだろう。ですから、フーさんは、しっかりと監視《かんし》することにしました。

時計《とけい》の針《はり》は、少《すこ》しずつ動《うご》いて行《い》きました。ようやく一時《いちじ》に近《ちか》づこうとしたころには、フーさんはすっかりくたびれ、辛子《からし》でも口《くち》にしてぴりっとしないとなにひとつできそうもありません。仕事《しごと》をするということが、こんなにたいへんなことだなんて、考《かんが》えたこともなかったよ、とフーさんはぶつぶつ言《い》っています。フーさんは外《そと》に出《で》てみたのですが、どこへ行《い》っても、ただただ時計《とけい》の針《はり》がゆっくり、とてもゆっくりと動《うご》いているのを追《お》ってばかりいます。フーさんは、時計《とけい》の画像《がぞう》が自分《じぶん》のなかから消《き》えるように、何度《なんど》も何度《なんど》もまばたきしてみました。建物《たてもの》の影《かげ》が長《なが》くのびてまるでナイフのように見《み》え、フーさんが歩《ある》くとなんだか影《かげ》のナイフに切《き》られるような感《かん》じです。

心臓《しんぞう》をばくばくさせながら、やっとの思《おも》いで最初《さいしょ》の巡回場所《じゅんかいばしょ》までやってきました。フーさんは、ボタンを慎重《しんちょう》に押《お》すと、工場《こうじょう》が爆発《ばくはつ》でもするのではないかと思《おも》って待《ま》ちました。でも、なにも起《お》こりません。なんだ、こういうことか、とフーさんは得意《とくい》になりました。なんだ、なんだ。少《すこ》し勇気《ゆうき》がわいてきたフーさんは、次《つぎ》の確認場所《かくにんばしょ》に明《あ》かりをむけました。二《ふた》つ目《め》のボタンもとどこおりなく押《お》すことができ、フーさんは自分《じぶん》のことを、角《つの》のつい

た勇《いさ》ましい雄牛《おうし》のように感《かん》じていました。ところが、三《みっ》つ目《め》のボタンがどうがんばっても押《お》すことができません。回《まわ》したり、けったり、祈《いの》ったり、押《お》したりしたのですが、ボタンは、まるで警戒心《けいかいしん》の強《つよ》いフィンランド人《じん》の心《こころ》のように、じっとしたままなのです。

フーさんは息《いき》を切《き》らし、大《おお》いそがしで、ありとあらゆることをためしてみましたが、むだでした。

フーさんはぐったりとして、ボタンのそばにへたりこみました。その時《とき》です、フーさんは、黒《くろ》い棒切《ぼうき》れのことを思《おも》い出《だ》しました。ポケットから引《ひ》っぱり出《だ》すと、お母《かあ》さんが子《こ》どもをたたくみたいにボタンをたたいてみました。すると、子《こ》どもが、痛《いた》いからではなくて、はずかしさで顔《かお》をまっ赤《か》にするように、ボタンが猛烈《もうれつ》に怒《おこ》りはじめました。ボタンは、自分《じぶん》で警報機《けいほうき》を押《お》し、ありったけの怒《いか》りをぶちまけました。すると、どうでしょう、警報《けいほう》サイレンがけたたましく鳴《な》り、スピーカーからその音《おと》がそこらじゅうにひびき渡《わた》りました。さあっとついた照明《しょうめい》のまんなかで、棒切《ぼうき》れを手《て》に、足元《あしもと》に時計《とけい》をぶら下《さ》げ、目深《まぶか》に帽子《ぼうし》をかぶり、走《はし》り去《さ》ることもできず、微動《びどう》だにしないフーさんが座《すわ》りこんでいました。遠《とお》くからは、別《べつ》の警備員《けいびいん》たちが吹《ふ》く笛《ふえ》の音《おと》が聞《き》こえてきました。

彼《かれ》らはこういうことには慣《な》れている大男《おおおとこ》たちでしたが、小《ちい》さくて身動《みうご》きひとつしないまっ黒《くろ》のフーさんにはびっくりしました。みんなそろりそろりとフーさんに近《ちか》づきました。黒《くろ》い帽子《ぼうし》をかぶったこの泥棒《どろぼう》は、逃《に》げようともしないところからすると凶暴《きょうぼう》で危険《きけん》にちがいありません。機嫌《きげん》も悪《わる》いにきまっています。彼《かれ》らは物音《ものおと》を立《た》てないようにゆっくりと、それぞれ別々《べつべつ》の方向《ほうこう》からフーさんに近《ちか》づきました。

フーさんは、警備員《けいびいん》四人《よにん》の足音《あしおと》を耳《みみ》にするとすくんでしまい、じいっと帽子《ぼうし》の下《した》から様子《ようす》をうかがいました。警備員《けいびいん》のなかにフーさんが知《し》っている人《ひと》はいませんでしたし、これから彼《かれ》らと知《し》り合《あ》いになりたいとも思《おも》いませんでした。もし、いまからでも間《ま》に合《あ》うのなら、すぐにでもこの仕事《しごと》を辞《や》めよう。警備員《けいびいん》たちはもう、すぐそばまで来《き》ています。フーさんは、恐怖《きょうふ》にふるえるばかりです。

フーさんは手《て》のなかの棒切《ぼうき》れを見《み》つめました。なんだか、昔《むかし》からとてもよく知《し》っているもののように思《おも》えました。いったいだれからもらったんだろう？

フーさんはじっと考《かんが》えました。お母《かあ》さんからだっけ？　いや、ちがう。お父《とう》さんから？　ちがうな。おじいさんから？　そうかもしれない。子《こ》どものころ、くる夜《よ》もくる夜《よ》も遊《あそ》んだ棒切《ぼうき》れと同《おな》じように、この棒切《ぼうき》れにもなにかがかくされているにちがいありません。でも、どういうふうに使《つか》えばいいのだろう。

警備員《けいびいん》たちは警戒《けいかい》してあとずさりしました。フーさんは、棒切《ぼうき》れをじっとにらみつけ、考《かんが》えています。

フーさんはとつぜん口笛《くちぶえ》を吹《ふ》きました。まえにもなにかしかけるのにこうしたからです。しかし、うまく音《おと》が出《で》ず、ただぜえぜえと息《いき》が切《き》れるだけでした。

フーさんは口《くち》を小《ちい》さくすぼめると、そこに力《ちから》を集中《しゅうちゅう》させました。ようやく弱々《よわよわ》しい口笛《くちぶえ》の音《おと》が口元《くちもと》から出《で》てきて、それが次第《しだい》に大《おお》きくなると、それに合《あ》わせて警備《けいび》の男《おとこ》たちがぴょんぴょん飛《と》びはね始《はじ》めました。フーさんは怖《こわ》くなってきて、悲鳴《ひめい》をあげ、大《おお》あわてで棒《ぼう》切《き》れで空中《くうちゅう》に弧《こ》を描《えが》きました。

考《かんが》えられないことが起《お》こりました。警備《けいび》の人《ひと》たちは、フーさんをぐるぐるまきにしようと集《あつ》まって来《き》ましたが、反対《はんたい》にぴょんぴょんと飛《と》んだあげく、空高《そらたか》く、高《たか》く、まるでアヒルが飛《と》び上《あ》がるように飛《と》んでいったのです。どんどん飛《と》ぶいきおいは速《はや》くなっていき、どこまで上《あ》がるのかとどまることがなく、ひたすら高《たか》く、高《たか》く、いまや警備《けいび》の人《ひと》たちは、まさに工場《こうじょう》の煙突《えんとつ》よりも上《うえ》にとび出《で》ようとしているところでした。

フーさんは、棒切《ぼうき》れで、月《つき》をまっすぐに指《さ》しました。とたんに雷《かみなり》が目《め》をめがけてバリバリッと光《ひか》ったので、フーさんは、すぐに棒切《ぼうき》れの先《さき》を下《した》にむけました。すると、光《ひかり》はじょじょに弱《よわ》くなり、どこからともなくヒューッという口笛《くちぶえ》のような音《おと》がしたかと思《おも》うと、はるかかなたからぼちゃん、ぼちゃん、ぼちゃん、ぼちゃんという音《おと》がかすかに聞《き》こえました。その音《おと》にフーさんはびっくりしました。少《すこ》しすると、海岸《かいがん》のほうから四人《よにん》の男《おとこ》のどなるような声《こえ》が聞《き》こえてきました。どうやら警備《けいび》の人《ひと》たちは、海《うみ》に落《お》っこちたらしいということがわかり、これでどうやら一安心《ひとあんしん》です。フーさんは、心底《しんそこ》ほっとしてはいたのですが、でも、大急《おおいそ》ぎで森《もり》の暗《くら》がりに逃《に》げこまなければいけないとも思《おも》っていました。もうすぐ、なにかが起《お》こるはず。

フーさんは、時計《とけい》を守衛小屋《しゅえいごや》に投《な》げこむと、小《ちい》さな門《もん》からさっと道《みち》へ出《で》て、つるん、つるんとすべりながら逃《に》げ出《だ》しました。でも、太《ふと》っちょの女《おんな》の人《ひと》に衝突《しょうとつ》だけはしないようにしなければいけません。警報《けいほう》の音《おと》を聞《き》きつけた女《おんな》の人《ひと》が、門《もん》にむかって、オートバイを猛《もう》スピードで突進《とっしん》させてきていたのです。やっとの思《おも》いでフーさんは門《もん》の脇《わき》によけることができました。女《おんな》の人《ひと》はとても満足《まんぞく》げな表情《ひょうじょう》をうかべています。彼女《かのじょ》は、自分《じぶん》の右《みぎ》に出《で》るものはいない、とあらためて思《おも》っているのです。男《おとこ》たちなんて、いったいなんの役《やく》に立《た》つというのよ、とつぶやくとますます強《つよ》くアクセルを踏《ふ》みこみました。これ以後《いご》、彼女《かのじょ》の守衛《しゅえい》小屋《ごや》には、彼女以《かのじょい》外《がい》はだれも座《すわ》ってはいけなくなったのです。

家《いえ》にたどりついたフーさんは、ベッドにバタンと倒《たお》れこみましたが、そのすがたはまるで、洋服《ようふく》がベッドに積《つ》み上《あ》げられているみたいでした。フーさんはなんとか落《お》ちつこうとしましたが、波《なみ》におぼれる舟《ふね》のように、血《ち》がザブンザブンといっているせいで、心臓《しんぞう》のバクバクが止《と》まりません。フーさんはじっと、耳《みみ》をそばだてました。わずかな音《おと》にもびくびくしました。だって、もしかしたら、警備《けいび》の男《おとこ》の人《ひと》たちがフーさんの足跡《あしあと》を追《お》って、ここまでやってくるかもしれないじゃないですか。

だんだんと空《そら》が白《しら》んできて朝《あさ》がやってきました。フーさんは毛布《もうふ》のなかにもぐりこみましたが、それでも眠《ねむ》ることができません。警備員《けいびいん》、ボタン、サイレン、照明《しょうめい》などが走馬灯《そうまとう》のように頭《あたま》のなかをぐるぐる回《まわ》り、そのぐるぐるのなかに、やはり、なかなか寝《ね》つけないでいたネズミも割《わ》りこんできました。ネズミの悩《なや》みの種《たね》は、引《ひ》っ越《こ》しのどさくさで森《もり》の家《いえ》に忘《わす》れてきてしまった小《ちい》さなチェスでした。ネズミは黒《くろ》の塔《ルーク》で白《しろ》の女王《クイーン》を取《と》ったかどうかをまだ思《おも》い出《だ》せないでいました。一人二役《ひとりふたやく》で対戦《たいせん》をした時《とき》、どっちがわで戦《たたか》うかを決《き》めるのは時《とき》としてむずかしいことです。ネズミはいつも勝《か》つほうをえらんでいましたが、今回《こんかい》はえらぶことができなかったのです。

フーさんはネズミの家《いえ》にともっている、気《き》持《も》ちを落《お》ちつかなくさせるようなチラチラした灯《あか》りを見《み》つめ、できるだけなにも考《かんが》えないようにしました。すると、だんだんと呼吸《こきゅう》も落《お》ちついてきました。やがてネズミは灯《あか》りを消《け》しました。でも、フーさんはまだ眠《ねむ》れません。もうずいぶん長《なが》いこと、こんなにびくびくしたことはありませんでした。でも、あの仕事《しごと》にはもう二度《にど》と出《で》かけないと、フーさんはどんよりした気持《きも》ちながらも心《こころ》にちかいました。

7 フーさん海《うみ》をみつける

一日《いちにち》が過《す》ぎました。そして、二日目《ふつかめ》も過《す》ぎました。でもフーさんは家《いえ》から出《で》かける気分《きぶん》にはなれません。仕事《しごと》がうまく行《い》かずに終《お》わったので、フーさんは落《お》ちつかないのです。廊下《ろうか》にバタバタという足音《あしおと》がひびいたら、警備《けいび》の人《ひと》たちがフーさんを探《さが》し当《あ》てたことになります。

フーさんは彼《かれ》らを迎《むか》えうつ準備《じゅんび》をととのえていました。フーさんは超特急《ちょうとっきゅう》で引《ひ》っ越《こ》し荷物《にもつ》のなかからおじいさんのぼろぼろの本《ほん》を取《と》り出《だ》し、一生懸命《いっしょうけんめい》読《よ》みました。

夜《よる》になってフーさんは、本《ほん》に書《か》かれていることがほんとうかどうか確認《かくにん》しようと思《おも》いました。ドアのまえに置《お》いた木《き》のかけらと松《まつ》ぼっくりから、急《きゅう》に巨大《きょだい》なリスがあらわれ、ドアを爪《つめ》でがりがりし始《はじ》めたので、ネズミはびっくりしてひきつけを起《お》こしました。次《つぎ》にリスが火《ひ》をつけると、その炎《ほのお》はまるでコウモリのようにぐるぐると回《まわ》り、ついにはカーテンのついていないカーテンレールのところで燃《も》える紐《ひも》となってぶらぶらとぶら下《さ》がりました。ところが、不思議《ふしぎ》なことに、火《ひ》はなにも燃《も》やしません。フーさんは、下《した》の階《かい》に住《す》む婦人《ふじん》の、この世《よ》の終《お》わりをむかえるかのようなキーキー声《ごえ》をまねして、金切《かなき》り声《ごえ》を上《あ》げました。部屋《へや》から部屋《へや》へと、目玉《めだま》を飛《と》び出《だ》させ、手《て》を万歳《ばんざい》のように上《あ》げ、帽子《ぼうし》にクモの巣《す》をひっかけ、ほこりだらけになりながら走《はし》りまわっているフーさんの様子《ようす》を見《み》るのは不愉快《ふゆかい》きわまりないことでした。昼《ひる》も夜《よる》も、やかんはレンジの上《うえ》に置《お》かれたまま、部屋《へや》には重苦《おもくる》しい霧《きり》のにおいが立《た》ちこめてきました。

ネズミは、まじめにここから引《ひ》っ越《こ》すことを考《かんが》えました。たしかにフーさんのことはとても好《す》きでしたが、何事《なにごと》にも限度《げんど》というものがあります。もしも、友情《ゆうじょう》とおだやかな気持《きも》ちのどちらかをえらばなくてはならない時《とき》は、まようことなくおだやかな気持《きも》ちをえらぼうとネズミは決《き》めたのです。しかし、フーさんを見《み》ると、なんだか心《こころ》に小《ちい》さな痛《いた》みが走《はし》りました。ずっといっしょにいて思《おも》い出《で》があまりにも多《おお》すぎるんだ、とネズミはぼそっと言《い》いまし

た。コルップにまつわる悲喜《ひき》こもごも。小《ちい》さな森《もり》の家《いえ》の、薄暗闇《うすくらやみ》や夜《よる》の思《おも》い出《で》。ああ、ダメだ。これくらいのことには耐《た》えなくちゃ。こうして、ネズミはその場《ば》にとどまり、椅子《いす》に座《すわ》り、『幸《しあわ》せと不幸《ふしあわ》せに関《かん》する問答《もんどう》いろいろ』という本《ほん》を引《ひ》っぱり出《だ》して、集中《しゅうちゅう》して読《よ》み始《はじ》めました。ネズミは、本《ほん》に書《か》いてあることにとても興味《きょうみ》をひかれました。著者《ちょしゃ》は、アリスター・バウコブスキという、もう亡《な》くなった人《ひと》でしたが、この人《ひと》は、幸《しあわ》せも不幸《ふしあわ》せもまったく同《おな》じ一《ひと》つのものとしてとらえているのです。

どんな人《ひと》にもこんな時《とき》があるものです、もちろんフーさんにだって。時間《じかん》がたって、暗《くら》闇《やみ》が濃《こ》くなると、外《そと》では雨《あめ》が降《ふ》り出《だ》し、風《かぜ》がビュービュー吹《ふ》いてきました。まるで道化《どうけ》のように葬送《そうそう》のための賛美歌《さんびか》をかなでているうちに、フーさんは少《すこ》しずつ落《お》ちついてきました。そして、ある朝《あさ》、ドアのまえに手紙《てがみ》が来《き》ているのを見《み》つけ、ようやくこのまえの仕事《しごと》に対《たい》して、気持《きも》ちを落《お》ちつかせることができました。

フーさんはなんだかものすごく悪《わる》い予感《よかん》がしつつも手紙《てがみ》を開《あ》けてみました。最後《さいご》まで読《よ》んで、フーさんはとてもおどろきました。手紙《てがみ》には、「フィンランド機械工場代表《きかいこうじょうだいひょう》、美川《みかわ》ワルデマル。」の署名《しょめい》があり、フーさんとフィンランド機械工場《きかいこうじょう》とのあいだに交《か》わされた労働契約《ろうどうけいやく》は、フーさんが許可《きょか》なく仕事場《しごとば》からはなれてしまった時《とき》をもって終了《しゅうりょう》すると書《か》いてあったのです。美川《みかわ》ワルデマルは、フーさんに対《たい》して、これからもお達者《たっしゃ》で、そして、釣《つ》り日和《びより》に恵《めぐ》まれますように、とむすんでいました。じつは、この美川《みかわ》ワルデマル、釣《つ》り大好《だいす》き人間《にんげん》なのです。

手紙《てがみ》には他《ほか》に、アダムサンがフーさんに渡《わた》したのと同《おな》じような紙切《かみき》れが入《はい》っていました。紙切《かみき》れには「給与《きゅうよ》として。夜警担当一時《やけいたんとういちじ》間分《かんぶん》。給与表《きゅうよひょう》の四倍分《よんばいぶん》と夏期休暇手当《かききゅうかてあ》て。合計三《ごうけいさん》十二《じゅうに》マルカ二十一《にじゅういち》ペンニ。社会保険料支払《しゃかいほけんりょうしはら》い、雇用主負担分《こようぬしふたんぶん》として。一《いち》マルカ十三《じゅうさん》ペンニ。」とありました。

この紙切《かみき》れはフーさんにとって、とてもすてきなものでした。フーさんはこれをていねいに折《お》りたたんでお財布《さいふ》に入《い》れました。フーさんは常々《つねづね》おじいさんに、おまえはお給料《きゅうりょう》をいただける仕事《しごと》はなにもできない、と言《い》われていたのです。でもこれさえあれば、フーさんは、自分《じぶん》は仕事《しごと》ができるという証明《しょうめい》ができるわけです。ですから、この紙《かみ》はどんなことがあっても手《て》ばなすものか、とフーさんはちかいました。

フーさんはとても気持《きも》ちが楽《らく》になり、魔法《まほう》のスープをながしにざあっとながしに行《い》きました。ながす時《とき》の、哀《あわ》れさを思《おも》い起《お》こさせるフクロウの鳴《な》き声《ごえ》のような音《おと》が消《き》えて行《い》くと、こう言《い》ってはへんですが、とんでもない事態《じたい》が起《お》こりました。どこの家庭《かてい》のながしからも、みょうな白《しろ》っぽい生《い》き物《もの》が、手《て》だかなんだかわからないものをふって、不吉《ふきつ》な声《こえ》を上《あ》げながら出《で》てくるようになったのです。でも、だれ一人《ひとり》、このオバケがいったいどこか

らやってくるのかわかりませんでした。ようやく春《はる》になって、長《なが》いことかくれていた太陽《たいよう》がはずかしそうに出《で》てきて、もうしわけなさそうに雪《ゆき》をとかすころにようやくオバケも消《き》えました。でも、そのあと、何年《なんねん》たっても、このオバケにかんするいろいろな話《はなし》が語《かた》りつがれ、本《ほん》が二冊《にさつ》も出《で》てしまったくらいです。

フーさんは、こんなことになっているとは思《おも》ってもいません。フーさんのなかで、家《いえ》のなかを家《いえ》らしくしたいという気持《きも》ちが一杯《いっぱい》になり、ようやくいまその作業《さぎょう》にかかったところです。棚《たな》からほうきを取《と》り出《だ》すと力《ちから》のかぎりふり回《まわ》しました。それから、床《ゆか》のまんなかに袋《ふくろ》を置《お》くと、ポケットから小《ちい》さな銀《ぎん》のフルートを取《と》り出《だ》しました。ネズミは音楽《おんがく》が好《す》きでしたので、フーさんがすることを、興味津々《きょうみしんしん》といった様子《ようす》で自分《じぶん》の家《いえ》の窓《まど》からじっと見守《みまも》っていました。フーさんが演奏《えんそう》を始《はじ》めました。

　小《ちい》さいけれども高《たか》い音《おと》がフルートからゆっくりと出《で》てきました。床《ゆか》に音符《おんぷ》の列《れつ》ができると、音符《おんぷ》たちはごみやほこりを袋《ふくろ》のなかへ入《い》れ始《はじ》めました。音《おと》がキンキン高《たか》くなると、マットの上《うえ》には、はり切《き》った掃除魔《そうじま》の音符《おんぷ》たちが次々《つぎつぎ》とあらわれました。低《ひく》い音《おと》で出《で》てきた音符《おんぷ》たちは、モデラートで〔音楽用語《おんがくようご》で「ゆっくりと」という意味《いみ》〕仕事《しごと》をしていましたが、細《こま》かいところまできちんと目《め》をくばっているようでした。やがて三《みっ》つの部屋《へや》は、まるで子《こ》どもたちがケーキやクッキーのタネが入《はい》っていたボウルをきれいになめたように、きれいになりました。ネズミの部屋《へや》にもいつの間《ま》にか低《ひく》い音符《おんぷ》が二《ふた》つ三《みっ》つ入《はい》りこみ、低《ひく》い音《おと》に乗《の》ってごみを掃《は》きだしました。ネズミはこんな音楽《おんがく》をいままで一度《いちど》も聴《き》いたことがありません。でも、好《す》きな音楽《おんがく》でした。もっとも、モーツァルトにまさる曲《きょく》はないなとは思《おも》っています。

　部屋《へや》のすみずみまできれいになると、フーさんはフルートを小《ちい》さなケースに入《い》れてフックにぶら下《さ》げました。紅茶《こうちゃ》を沸《わ》かすと、ネズミのまえにそっとコルップのかけらを置《お》き、ネズミがさっと持《も》っていくのに気《き》づかないふりをしていました。部屋《へや》には光《ひかり》が満《み》ちあふれ、なんとなく家《いえ》らしい感《かん》じになってきました。おもての、遠《とお》いところから、低《ひく》い音《おと》がひびいてきます。フーさんは窓《まど》に引《ひ》きよせられました。

　空《そら》は雲《くも》でおおわれていましたが、光《ひかり》がキラキラと、街全体《まちぜんたい》を照《て》らしています。海《うみ》はだれかが大《おお》きなスープ鍋《なべ》に錫《すず》をとかしたように沈《しず》んで見《み》えました。一方《いっぽう》、空《そら》にはだれかが怒《いか》りのあまり書類《しょるい》を手《て》あたり次第《しだい》まきちらしたように、たくさんの白《しろ》い紙《かみ》が飛《と》んでいました。フーさんは、ちらちら飛《と》んでいるものが、とてつもなく大《おお》きなカモメの群《む》れだとわかるまで長《なが》いこと見《み》つめていました。

フーさんはそうっと窓《まど》を開《あ》けました。家《いえ》の石造《いしづく》りの壁《かべ》はとても厚《あつ》く、かなり頑丈《がんじょう》そうだったので、落《お》っこちる心配《しんぱい》はなさそうです。たしかに、もう少《すこ》し下《した》の階《かい》に住《す》んでいたほうが安全《あんぜん》かもしれないな、とフーさんはぼそっと言《い》いました。だって万《まん》が一《いち》、落《お》っこちることがあっても、たくさんは落《お》っこちないじゃないですか。

窓《まど》からは、遠《とお》い国《くに》をいくつも越《こ》え、海《うみ》を越《こ》えてやってきた、湿気《しっけ》を帯《お》びて新鮮《しんせん》な、雪《ゆき》をとかす雨音《あまおと》のようにみんなをワクワクさせる、まるで春一番《はるいちばん》のような空気《くうき》がサアッと入《はい》って来《き》ました。その風《かぜ》は、フーさんの気持《きも》ちにまっしぐらに入《はい》りこみ、心《こころ》にも吹《ふ》きこみ、たちまち涙《なみだ》となってこぼれました。たまらなくなつかしい気持《きも》ちにおそわれたのです。フーさんのからだはがたがたふるえ、手《て》もかわるがわる、ぶるぶるふるえました。フーさんは、爆発《ばくはつ》するようないきおいで、どこかへ出《で》かけなければいけないという気持《きも》ちになりました。

フーさんは窓《まど》をひっぱって閉《し》めました。外《そと》の空気《くうき》が部屋《へや》のなかのあたたかい空気《くうき》と少《すこ》しずつ混《ま》ざり、やがて落《お》ちつきました。でもフーさんの心臓《しんぞう》は、外《そと》のお天気《てんき》のように、まだドキドキしています。

フーさんは玄関《げんかん》へ行《い》き口笛《くちぶえ》を三回《さんかい》吹《ふ》きました。お財布《さいふ》と靴《くつ》とマフラーがやってきて、それぞれの場所《ばしょ》におさまりました。ポケットのなかに鍵《かぎ》があることも確認《かくにん》しました。フーさんのあまりのうっかりさ加減《かげん》にあきれはてたネズミに、長《なが》い長《なが》いお説教《せっきょう》をされたばかりだったのです。

エレベーターに乗《の》るとフーさんは目《め》を閉《と》じ、祈《いの》るように手《て》を合《あ》わせました。でも、何事《なにごと》も起《お》こりませんでした。エレベーターは、おだやかに一階《いっかい》まで下《お》り、フーさんは外《そと》に歩《ある》いて出《で》て行《い》きました。

通《とお》りにはたくさんの人《ひと》があふれていました。彼《かれ》らはなんだか陰気《いんき》な顔《かお》つきで、いそがしげに、あっちからこっちへ、こちらからあちらへと歩《ある》いています。ほとんどの人《ひと》がなにかものを運《はこ》んでいるようです。かばん、袋《ふくろ》、包《つつ》みや旅行《りょこう》かばん、紙袋《かみぶくろ》の人《ひと》もいました。フーさんは用心深《ようじんぶか》く彼《かれ》らを見《み》ました。みんなの顔《かお》にぜんぜん笑《え》みがなかったからです。言葉《ことば》を交《か》わしている人《ひと》もいるにはいましたが、まるで怒《おこ》ったイヌがうなっているようにしか聞《き》こえませんでした。ただ、子《こ》どもたちだけは、ご機嫌《きげん》なようです。

フーさんは通《とお》りからはずれ、海岸《かいがん》へまっしぐらにむかいました。人間《にんげん》のことなんて見《み》ていられない。いままで感《かん》じたことのないあたたかい風《かぜ》が、君《きみ》の味方《みかた》だよ、と言《い》っているようにフーさんに吹《ふ》きつけました。

海《うみ》のざぶーん、ざぶーんという音《おと》は大《おお》きくなるいっぽうで、休《やす》みなくつづいていました。風《かぜ》はそれほど強《つよ》くはありませんが、大波《おおなみ》が寄《よ》せては返《かえ》しをくり返《かえ》して岸壁《がんぺき》に打《う》ちよせ、その音《おと》はなんだか眠気《ねむけ》をさそうような、あらがうことのできないようなものでした。フーさんはただひたすら音《おと》に耳《みみ》をかたむけました。海《うみ》のはるか沖《おき》あいでは雲《くも》が切《き》れて、波《なみ》に光《ひかり》が差《さ》しこんでいます。海《うみ》ははるか沖《おき》あいまで、一本《いっぽん》の線《せん》のようになって見《み》えるところまでつづき、空《そら》も同《おな》じところで終《お》わっていました。あそこが世界《せかい》の果《は》てなんだ、とフーさんは思《おも》いました。

フーさんは、海岸《かいがん》の岩《いわ》に打《う》ち上《あ》げられてひっくり返《かえ》っている小《ちい》さな舟《ふね》のそばの石《いし》に腰《こし》をかけ、波《なみ》の果《は》てをながめていました。舟底《ふなぞこ》の板《いた》はこわれてなくなり、かろうじて形《かたち》を

7　フーさん海をみつける

とどめているのは船首《せんしゅ》だけです。舟《ふね》をじっと見《み》ているとなんだか見《み》おぼえのある舟《ふね》のように感《かん》じてきました。そうです。舟《ふね》のそばには板《いた》の切《き》れはしが落《お》ちていて、そこには、消《き》えかかっていましたが、かろうじてエンマ1号《ごう》という文字《もじ》が書《か》かれていたのです。

提督《ていとく》の舟《ふね》だ！　提督《ていとく》はきっと、ふたたび海《うみ》へ出《で》て、そして難破《なんぱ》してしまったにちがいありません。フーさんはいたたまれなくなってきました。急《いそ》いで立《た》ち上《あ》がると、どこか遠《とお》くへ、とにかく舟《ふね》が目《め》に入《はい》らないところへ行《い》こうと、海岸沿《かいがんぞ》いを歩《ある》き始《はじ》めました。もう舟《ふね》が目《め》に入《はい》るだけで口《くち》がかわき、涙《なみだ》が出《で》てきてしまうのです。とにかくまえに進《すす》もう！

砂《すな》がところどころ岸壁近《がんぺきちか》くまでおおっていて、固《かた》い岩《いわ》が時《とき》おり砂《すな》の下《した》から顔《かお》を出《だ》しています。見《み》わたすといまは使《つか》われていない船着《ふなつ》き場《ば》や、たくさんの舟《ふね》が目《め》に入《はい》ります。そして、遠《とお》くでは、漁師《りょうし》の舟《ふね》がブイにつながってぐるぐる回《まわ》っていました。もっと沖《おき》では大《おお》きな古《ふる》い帆《ほ》かけ舟《ぶね》が沈《しず》みそうになっています。季節《きせつ》はもう晩秋《ばんしゅう》。冬《ふゆ》が近《ちか》づき防虫剤《ぼうちゅうざい》の香《かお》りをただよわせた毛皮《けがわ》をひっぱり出《だ》すころですが、海上《かいじょう》ではまだいろいろな動《うご》きがあるようです。どこからともなく、おそらくなめらかなアザラシの背中《せなか》の形《かたち》をした石《いし》のむこうあたりから、大《おお》きな船《ふね》が起《お》こす轟音《ごうおん》が聞《き》こえて来《き》ました。

海岸《かいがん》のあちこちに茶色《ちゃいろ》いものが折《お》り重《かさ》なって打《う》ち上《あ》がっていて、フーさんは通《とお》りぬけるのに苦労《くろう》しました。海《うみ》にさらされてなめらかになった木《き》の切《き》れはしが足元《あしもと》にばらばらところがっていて、黄色《きいろ》くなったトクサ〔植物《しょくぶつ》の一種《いっしゅ》〕が乾《かわ》いた風《かぜ》になびいてかさかさと音《おと》をたてていました。前進《ぜんしん》だ！　外《そと》へむかって切《き》りこんで行《い》け！　風《かぜ》は潮《しお》の香《かお》りがして、どこか遠《とお》くからただよってくるようです。でも、世界《せかい》はほどなく、あの海《うみ》と空《そら》がまじわって一本《いっぽん》の線《せん》になっているところで果《は》ててしまうかのようです。提督《ていとく》が話《はな》してくれたよその国《くに》って、いったいどこにあるのだろう。みんな、どこか深《ふか》いところへ沈《しず》んでしまったのだろうか？フーさんの目《め》のまえには、見《み》わたすかぎりただただ海《うみ》が広《ひろ》がるだけでした。

やっとフーさんは、冷《つめ》たくておそろしげな海《うみ》の、波《なみ》がざぶんざぶんとくだけている防波《ぼうは》堤《てい》のところまでやってきました。波《なみ》がざぶんざぶんと打《う》ちよせている先《さき》には、白《しろ》く色《いろ》が塗《ぬ》ってある巨大《きょだい》な防波堤《ぼうはてい》と、小《ちい》さくてまるで家《いえ》みたいなアーモンドの殻《から》の形《かたち》をした緑色《みどりいろ》の舟《ふね》が見《み》えました。風《かぜ》はいまは自分《じぶん》の味方《みかた》のように感《かん》じていたので、その方向《ほうこう》にむかってフーさんは、まるでネコのように突《つ》っ走《ぱし》って行《い》きました。

舟《ふね》のうしろまで来《き》てようやくフーさんは一息《ひといき》つきました。風《かぜ》は木々《きぎ》のあいだはすりぬけるものの、舟《ふね》のうしろまで吹《ふ》きこむことはなかったので、そこで休憩《きゅうけい》できました。フーさんは腰《こし》を下《お》ろすと、海《うみ》を背中《せなか》にして街《まち》のほうを見《み》ました。

街《まち》は美《うつく》しく見《み》えました。威厳《いげん》のあるたくさんの塔《とう》。要塞《ようさい》のような塀《へい》でしっかり囲《かこ》まれた古《ふる》くてぼこぼこした建物《たてもの》。船着《ふなつ》き場《ば》や港《みなと》、岩《いわ》や石《いし》でできた防波堤《ぼうはてい》がくずれている海岸《かいがん》。遠《とお》くのほうにはもっと高《たか》い建物《たてもの》や丸屋根《まるやね》の塔《とう》、そして、岩《いわ》がつらなっているところ。通《とお》りでは、人間《にんげん》がまるでハタラキバチがハチの巣《す》へハチミツを運《はこ》ぶ時《とき》のように動《うご》き回《まわ》っています。仕事《しごと》と人生《じんせい》。こうやって遠《とお》くからながめるのもいいものだ。

　フーさんはむきを変《か》え今度《こんど》は海《うみ》を見《み》ました。波《なみ》がうねってはいますが、街《まち》にくらべると、海《うみ》のほうが落《お》ちついて見《み》えました。波《なみ》がうねっているあたりでは小《ちい》さな舟《ふね》や大《おお》きな船《ふね》が進《すす》んでいます。波《なみ》のてっぺんやふところでゆらゆらしている船《ふね》は、どれも小《ちい》さく見《み》えました。でも海《うみ》は、フーさんが生《い》きていく場所《ばしょ》ではありません。ただ、人間《にんげん》と水《みず》のあいだには魚《さかな》がいるだけです。それと、網《あみ》。魚《さかな》が海《うみ》のなかに吹《ふ》く風《かぜ》に押《お》されて入《はい》りこんでいく網《あみ》です。

　だれかが足音《あしおと》をしのばせてフーさんの隣《となり》まで来《き》ていました。フーさんは、振《ふ》り返《かえ》って始《はじ》めて、やさしそうなあごひげをたくわえた男《おとこ》の人《ひと》が自分《じぶん》の隣《となり》に立《た》っていることに気《き》がつきました。男《おとこ》の人《ひと》は、手《て》に長《なが》い金属製《きんぞくせい》の筒《つつ》を持《も》ち、それで遠《とお》くの海《うみ》をのぞいていました。

「海《うみ》が好《す》きみたいだね。」と、フーさんに語《かた》りかけるというよりも、むしろひとり言《ごと》のように男《おとこ》の人《ひと》は言《い》いました。

　フーさんはうなずきましたが、男《おとこ》の人《ひと》が気《き》がついたかどうかはわかりません。

「そうそう、最初《さいしょ》はわたしも大好《だいす》きだったんだ。何年《なんねん》も海《うみ》で生《い》きる糧《かて》をとっていたからね。わたしは漁師《りょうし》だったんだ。海上《かいじょう》ではたらくようになったら、ときどき怒《おこ》りっぽくなったたんだ。そしていまは、わたしはあの海路標《かいろひょう》〔海上《かいじょう》で船《ふね》の道《みち》しるべとなる、海面《かいめん》に出《で》ている岩《いわ》の印《しるし》〕を守《まも》っているだけだ。」と言《い》うと男《おとこ》の人《ひと》は、うねりのところで小《ちい》さくて白《しろ》くて緑色《みどりいろ》に光《ひか》る短《みじ》い角《つの》のような白《しろ》っぽい岩《いわ》のかたまりを指《ゆび》さしました。「あいつのおかげで、また、海《うみ》が好《す》きになってきたよ。」男《おとこ》の人《ひと》は、一方的《いっぽうてき》にしゃべってはいましたが、そんなにおしゃべりというわけではないようです。「わたしは四十年《よんじゅうねん》ものあいだ、いったい海《うみ》はなにを語《かた》りかけようとしているのかひっしに理解《りかい》しようとしていたんだ。でも、なにも意味《いみ》なんてなかったよ。わたしの古《ふる》い望遠鏡《ぼうえんきょう》で海《うみ》を見《み》てみたいかね？」

男《おとこ》の人《ひと》はそう言《い》うと、フーさんの手《て》に、使《つか》いこまれて黄色《きいろ》くなった筒《つつ》を渡《わた》しました。フーさんは片方《かたほう》の目《め》を筒《つつ》に当《あ》てると、あまりにびっくりして落《お》としてしまいました。世界《せかい》の果《は》てがいっきょに

7　フーさん海をみつける

はるかかなたへとはなれていってしまったのです。筒《つつ》を使《つか》うと、自然《しぜん》の光景《こうけい》や船《ふね》はいつもとはちがって、それに海《うみ》は永遠《えいえん》に遠《とお》くまで見《み》えました。でもおかしなことに、見《み》えるものは天地《てんち》がさかさまなのです。海《うみ》が空《そら》で、空《そら》が海《うみ》、そして、あたらしく空《そら》になったところに沿《そ》って船《ふね》は船底《ふなぞこ》を上《うえ》にして航行《こうこう》しています。

フーさんは望遠鏡《ぼうえんきょう》を男《おとこ》の人《ひと》に返《かえ》しましたが、ありがとうの言葉《ことば》すら言《い》うことができませんでした。すっかり自分《じぶん》を見《み》うしなっていたのです。いったいどうして、古《ふる》い望遠鏡《ぼうえんきょう》を使《つか》うと、天地《てんち》がさかさまに見《み》えるということがフーさんに理解《りかい》できたでしょうか。フーさんはちらっと海《うみ》と空《そら》が作《つく》り出《だ》す一本線《いっぽんせん》に目《め》をやりました。とりあえずそこに達《たっ》するまでは、以前《いぜん》と同《おな》じようにあるべきものはあるべき場所《ばしょ》におさまっていました。でも筒《つつ》を使《つか》うと筒《つつ》を使《つか》わない時《とき》には見《み》えなかったものまで見《み》えたのです。

一人《ひとり》ぼっちのカモメがカラスガイの上《うえ》を飛《と》びこえて、まるで波《なみ》のうねりを一《ひと》つにまとめるかのように舞《ま》い降《お》りました。一瞬《いっしゅん》、そのカモメは波《なみ》しぶきをおさえこんだように見《み》えましたが、すぐに力強《ちからづよ》い羽《は》ばたきを数回行《すうかいおこな》って、もっと遠《とお》くに、もっともっと海《うみ》のむこうのほうへ飛《と》んで行《い》こうとしました。とつぜんフーさんはカモメについて行《い》きたい、という思《おも》いにかられました。

男《おとこ》の人《ひと》は咳《せき》ばらいをして、もう一度《いちど》フーさんをじいっと見《み》ると、まるでこの人《ひと》はどんな人《ひと》なんだろうと考《かんが》えてでもいるように言《い》いました。

「この街《まち》にはまだそれほど長《なが》くは住《す》んでいないのかね？」

「住《す》んでいません。」とフーさんは答《こた》えると、まっ赤《か》になりました。そう言《い》うのがなんだかはずかしいことのように思《おも》えたのです。

男《おとこ》の人《ひと》はうっすらと笑《わら》いましたが、悪意《あくい》があるようには見《み》えませんでした。

「やはりな。まあ、そのほうがいいかな。ここではな、人《ひと》は年月《ねんげつ》がたつと変《か》わっていくんだ。なんというか、魔《ま》法使《ほうつか》いの家《いえ》に捕《と》らわれた囚人《しゅうじん》のようになって、なんの疑問《ぎもん》もいだかずに魔《ま》法使《ほうつか》いに仕《つか》えるようになってしまうんだ。君《きみ》がそんなふうにならないことを祈《いの》っているよ。」

フーさんはからだのむきを変《か》えると、あらためて家《いえ》のあるほうをながめました。自分《じぶん》でも魔《ま》法使《ほうつか》いの家《いえ》の囚人《しゅうじん》にならないように祈《いの》りました。街《まち》の家《いえ》は、ワナなんだ。そう、ワナだよ。でも、街《まち》の家《いえ》がワナをしかけて来《く》るまでにはまだ数年《すうねん》あるはず。ということは、まだしばらくは心静《こころしず》かな時《とき》が過《す》ごせるはずだよ。

男《おとこ》の人《ひと》はもう一度《いちど》フーさんを見《み》ました。

「それでは、ごきげんよう。わたしはあそこで、ちょっとやらなきゃいけないことがあるのでね。もし、わたしに会《あ》いたいと思《おも》ったらここに来《く》るといい。いつでも会《あ》えるから。わたしはね、海《うみ》のこの波《なみ》のそばからはなれることができないんだ。」

こう言《い》うと、男《おとこ》の人《ひと》はゆっくりと足音《あしおと》もなく高《たか》い建物《たてもの》のむこうへと消《き》えていきました。

風《かぜ》はますます強《つよ》くなり、そのことは波《なみ》がますますはげしく岸壁《がんぺき》にうちつける音《おと》からもわかります。波《なみ》しぶきがフーさんの顔《かお》にかかりました。そろそろここからはなれる潮時《しおどき》です。

風《かぜ》がフーさんの背中《せなか》にはげしく吹《ふ》きつけて、すんでのところでまえのめりにたおれそうになりました。やっとの思《おも》いでフーさんは海岸《かいがん》からはなれました。波《なみ》の先端《せんたん》が、小《ちい》さな湾《わん》をこえていきおいよく海岸《かいがん》に打《う》ち寄《よ》せています。フーさんがさっきまで歩《ある》いていた海岸《かいがん》も海《うみ》にかくれてしまいました。風《かぜ》はびゅーびゅーと言《い》いながら、ますます強《つよ》くなり、まるで秋《あき》の日《ひ》のつるべ落《お》としのように、いきおいを増《ま》しています。

フーさんはもう一度《いちど》海《うみ》を見《み》ると、またここにやってこようと思《おも》いました。それからむきを変《か》えると、あたたかい家《いえ》にむかって走《はし》り始《はじ》めました。

8 熊野《くまの》モーゼスさんとフーさん

嵐《あらし》が何日《なんにち》もつづきました。風《かぜ》はまるで街全体《まちぜんたい》をふところにかかえて一番高《いちばんたか》い山《やま》のてっぺんまで運《はこ》んでいき、空《あ》いた場所《ばしょ》にもう一度《いちど》街《まち》をつくり直《なお》そうとしているかのようでした。でも礎石《そせき》も鉄筋《てっきん》も石《いし》もコンクリートもそのままで動《うご》くことはなく、ほとんどの人間《にんげん》は建物《たてもの》のなかにじっとして、嵐《あらし》の荒《あ》れくるうさまや、波《なみ》が永遠《えいえん》に海岸《かいがん》に打《う》ちつける様子《ようす》、木々《きぎ》が折《お》れるのではないかと思《おも》われるほどしなる様子《ようす》を窓《まど》からながめていました。フーさんは一人《ひとり》の時間《じかん》が急《きゅう》にたくさんできました。ベッドの上《うえ》に毛布《もうふ》で小《ちい》さなトリの巣《す》のようなものをいくつも作《つく》ったり、嵐《あらし》の音《おと》に耳《みみ》をかたむけたり、静《しず》けさにひたったりと、自分《じぶん》の世界《せかい》に没頭《ぼっとう》することができました。本《ほん》も読《よ》みたくなりました。朝《あさ》から晩《ばん》まで、夜《よ》ふけから朝《あさ》まで古《ふる》い雑誌《ざっし》や色《いろ》のあせた本《ほん》を読《よ》みつづけました。世《よ》のなかには、自分《じぶん》が知《し》らないことがじつにたくさんあるものだとフーさんはおどろきました。

でも、だんだんと読《よ》むこともいやになってきました。目《め》もちかちかしてきました。ロウソクの灯《あか》りがちらちらして、文字《もじ》があっちこっちへとわさわさ動《うご》き始《はじ》めました。ネズミは自分《じぶん》だけの世界《せかい》に没頭《ぼっとう》し、クマのように冬眠《とうみん》しようとしていたので、ピクリとも動《うご》きません。ロウソクもそろそろ燃《も》えつきかけています。日《ひ》に日《ひ》に夜《よる》が長《なが》くなるのでロウソクの消費《しょうひ》もはげしくなり、在庫《ざいこ》もだんだん減《へ》ってきました。フーさんがあたらしいロウソクを取《と》り出《だ》そうと箱《はこ》を開《あ》けた時《とき》、箱《はこ》のなかには使《つか》いかけの短《みじか》いロウソクがたった一本《いっぽん》あるきりでした。他《ほか》のロウソクはもう光《ひかり》になったりぬくもりになったり煙《けむり》になったりして、空気《くうき》中《ちゅう》で燃《も》えてしまったのです。もう、元《もと》にもどすことはできません。

早《はや》い時刻《じこく》から夕方《ゆうがた》のような暗《くら》さで、すぐにまっ暗《くら》になります。お店《みせ》も全部《ぜんぶ》閉《し》まっているし、それにフーさんは、お店《みせ》であつかっている**日用品**《にちようひん》のなかにロウソクが入《はい》っているとは思《おも》えませんでした。フーさんは、まっ暗《くら》でなにも見《み》えないまま椅子《いす》に

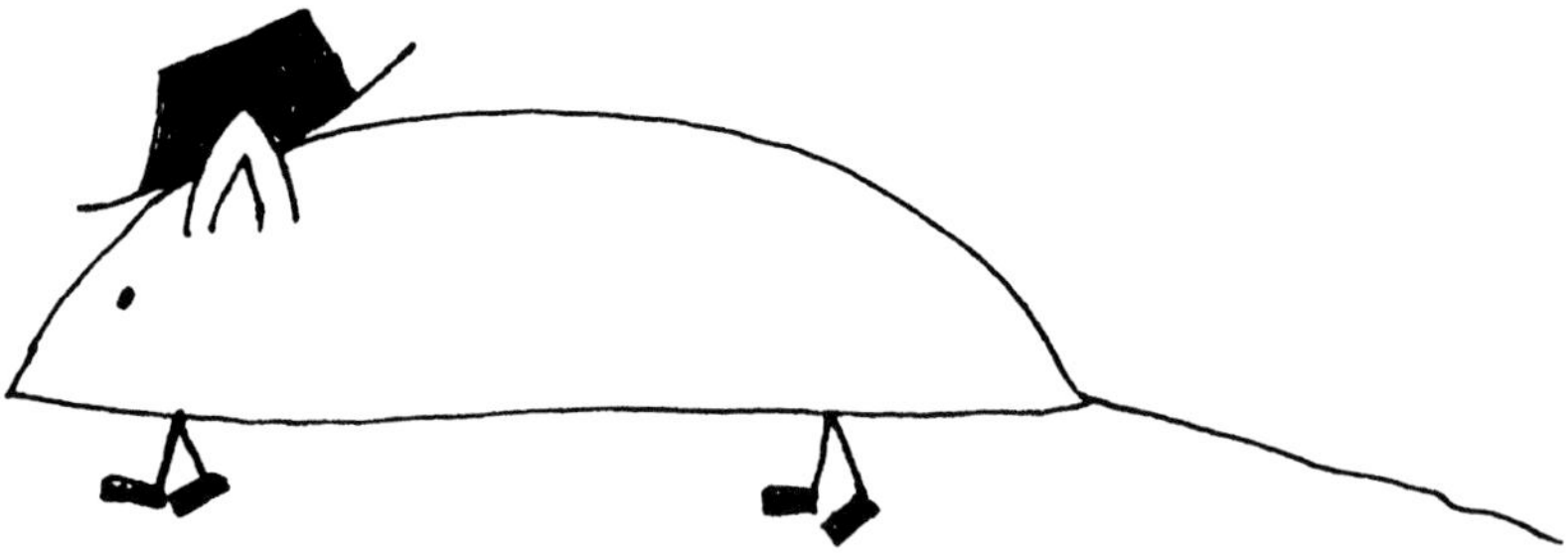

腰《こし》かけていました。フーさんの頭《あたま》のなかも同《おな》じようにまっ暗《くら》でした。

　ところが、急《きゅう》にフーさんはあることを思《おも》い出《だ》しました。お隣《となり》さんから借《か》りればよいのです。フーさんの頭《あたま》に熊野《くまの》モーゼスさんが浮《う》かびました。この人《ひと》はとても親切《しんせつ》な人《ひと》です。彼《かれ》はおしゃべりするだけでなく、ロウソクも持《も》っているはずです。フーさんは勇気《ゆうき》を出《だ》して手探《てさぐ》りでドアまで進《すす》み、長《なが》いことがたがたして、やっとドアを開《あ》けることができました。

ところが、廊下《ろうか》もまっ暗《くら》です。

　フーさんは熊野《くまの》モーゼスさんの家《いえ》は、右側《みぎがわ》すぐ一《ひと》つ目《め》のドアだということを思《おも》い出《だ》しました。フーさんは、ものを書《か》く時《とき》に使《つか》うほうの手《て》をかぷっと噛《か》んで確認《かくにん》し、そちらの方向《ほうこう》へ壁《かべ》づたいに進《すす》みました。フーさんは、自分《じぶん》は右利《みぎき》きだと信《しん》じていたのです。方位《ほうい》のことももちゃんと知《し》っているフーさんは、東《ひがし》は、北《きた》のお隣《となり》さんだということも知《し》っています。

　フーさんはやっとの思《おも》いでドアにたどり着《つ》きました。金属《きんぞく》のつまみもびっくりするほどかんたんにみつかり、フーさんは力《ちから》いっぱいひねりました。呼《よ》び鈴《りん》が鳴《な》りました。すると、スリッパで歩《ある》くやわらかな足音《あしおと》が聞《き》こえて来《き》ました。鍵《かぎ》を開《あ》ける音《おと》がして、ドアが開《ひら》きました。外《そと》にまぶしい光《ひかり》がもれてきました。フーさんの目《め》はまるでフクロウのように、しばらくのあいだなにも見《み》えませんでした。

「やあ、フーさんじゃないか。そんな暗《くら》いところでなにをやっているのかね。廊下《ろうか》の電気《でんき》をつければいいのに。」と熊野《くまの》モーゼスは言《い》うと、壁《かべ》にあるスイッチボタンを押《お》しました。すると部屋《へや》のなかと同《おな》じようなまぶしい光《ひかり》が廊下《ろうか》全体《ぜんたい》に広《ひろ》がりました。「さてと。なかへどうぞ。君《きみ》がいつ来《き》てくれるかと待《ま》ちわびていたところなんだ。」

モーゼスさんの家《いえ》はフーさんの家《いえ》とだいたい同《おな》じようでした。ただ部屋《へや》は少《すこ》し小《ちい》さいようです。モーゼスさんは、名前《なまえ》と同《おな》じでからだも大《おお》きく、ぼんやりもっそりした人《ひと》でした。その上《うえ》、部屋《へや》にはいろんなものがあふれていました。なにかの機械《きかい》や装置《そうち》があって、そのあいだには、手入《てい》れもされていない緑色《みどりいろ》の植物《しょくぶつ》がところせましと生《は》えていました。植物《しょくぶつ》の大《おお》きな葉《は》っぱは、雨《あめ》もりをふせいでくれそうで、フーさんにはまるで雨傘《あまがさ》のように見《み》えました。大《おお》きな葉《は》っぱは、天井《てんじょう》を見《み》えなくするほど生《は》えています。

「君《きみ》が見《み》ているのは、オバケ葉《は》っぱだ。」と熊野《くまの》モーゼスさんは、大《おお》きな声《こえ》でうれしそうに言《い》いました。「わたしが、そこまで大《おお》きくしたんだ。大《おお》きく大《おお》きくなるように、ちょっといたずらをしたんだ。なにをしたか聞《き》きたいかい。わたしはね、定年退職《ていねんたいしょく》してからね、ちょっとした発明家《はつめいか》になったんだ。退職《たいしょく》まえは、四十年間《よんじゅうねんかん》、森林監視員《しんりんかんしいん》だったんだ。でも、寒《さむ》いところでの作業《さぎょう》でリウマチがひどくなってね。だから、街《まち》に引《ひ》っ越《こ》すことにしたんだ。」

熊野《くまの》モーゼスさんは、クリスマス・ツリーの幹《みき》くらいに大《おお》きくて長《なが》くて太《ふと》い、木製《もくせい》の笛《ふえ》を取《と》り出《だ》しました。穴《あな》を指《ゆび》でしばらくさわったあと吹《ふ》き始《はじ》めました。低《ひく》いお腹《なか》にひびくような音《おと》が部屋《へや》いっぱいに広《ひろ》がりました。その音《おと》を聞《き》いたオバケ葉《は》っぱは、夢《ゆめ》でも見《み》ているようにゆらゆらし始《はじ》めています。そしてどんどん天井《てんじょう》にむかって伸《の》び、ますます大《おお》きくなり、まるで指《ゆび》でリズムをきざむように葉《は》っぱをたたき出《だ》しました。熊野《くまの》モーゼスさんが笛《ふえ》を吹《ふ》くのを止《や》めると、葉《は》っぱはリズムをきざむのを止《や》め、下《した》をむいてぶらぶらします。

熊野《くまの》モーゼスさんはフーさんがびっくりしているのを、ふり返《かえ》って笑《わら》いながら見《み》ていました。「なかなかのものだろう。なにかのはずみでオバケ葉《は》っぱは大《だい》の音楽好《おんがくず》きだということに気《き》がついたんだ。それになかなかセンスもいい。音《おと》をはげしくかき鳴《な》らすとしぼんでしまうんだ、でも、こういう落《お》ちついた笛《ふえ》の音《おと》ならこいつらにもとてもよく合《あ》うんだ。だが、そろそろこいつらともお別《わか》れしないといけないと思《おも》っているところだ。ほら、じきに天井《てんじょう》を突《つ》きぬけそうだからね。でも、いつも空気《くうき》をきれいにしてくれているんだ。だから、この部屋《へや》は、ときどき森《もり》のまんなかにいるような香《かお》りがするよ。こいつはかなりの量《りょう》の酸素《さんそ》をはき出《だ》すからね。君《きみ》なら信《しん》じてくれるよね。」

フーさんはその話《はなし》を信《しん》じました。

「とにかく、君《きみ》がここに来《き》てくれてうれしいよ。じつを言《い》うと、最近思《さいきんおも》いついたことをためそうとしていたところなんだ。それには、助《たす》けが必要《ひつよう》でね。ちょっと手伝《てつだ》ってくれんかね。」

フーさんは、どうしようかとまよいましたが、別《べつ》だん悪《わる》いこともないだろうと思《おも》いました。そして、いいよ、とうなずきました。

熊野《くまの》モーゼスさんは、たくさんのもののうしろから黒《くろ》い箱《はこ》を取《と》り出《だ》しました。ふたには、きらきらして透明《とうめい》なガラスの玉《たま》がついていて、玉《たま》のなかにはうずまき状《じょう》の紐《ひも》のようなものが入《はい》っています。フーさんは、なんだろうと思《おも》いながら見《み》つめていました。

熊野《くまの》モーゼスさんはあちこち動《うご》き回《まわ》りながら「これは、電球《でんきゅう》だ。あそこの天井《てんじょう》にあるのと同《おな》じようなものだ。でも、これはほんとうにすごいしろものだぞ。電気《でんき》を消《け》してくれないか。」と言《い》いました。

フーさんは、熊野《くまの》モーゼスさんをぽかんと口《くち》を開《あ》けたまま見《み》つめました。

「スイッチボタンがわからないのか。ここだよ。」と言《い》うと、熊野《くまの》モーゼスさんは、壁《かべ》についているつまみみたいな小《ちい》さな鉄線《てっせん》を下《さ》げました。するとまっ暗《くら》になりました。

フーさんはちょっと考《かん》えこみました。つまみのことは知《し》っているような気《き》がしました。フーさんの部屋《へや》の壁《かべ》にも同《おな》じようなものがついています。そうか、これで電気《でんき》がつけられるんだ。

「おおっと、いけない。忘《わす》れていたぞ。ちょっと待《ま》ちたまえ。」熊野《くまの》モーゼスさんが、今《こん》度《ど》はつまみを上《あ》げると、天井《てんじょう》のガラス玉《だま》がまたきらきらとかがやき出《だ》しました。熊野《くまの》モーゼスさんは黒《くろ》い箱《はこ》のなかをいじって準備《じゅんび》をしました。

フーさんにとって、天井《てんじょう》のガラス玉《だま》のなかのロウソクが、どうしてこんなに明《あか》るいのかはどうでもいいことです。重要《じゅうよう》なのはこれが自分《じぶん》のまえにあるということです。家《いえ》に帰《かえ》ったらすぐにためしてみよう。でも、フーさんは、こういう明《あ》かりはあまり好《す》きではありませんでした。ロウソクの灯《あか》りのほうがやわらかいし、心《こころ》が落《お》ちつきます。

「さて、もう一度《いちど》やってみようか。」と熊野《くまの》モーゼスさんは言《い》うと、電気《でんき》の光《ひかり》を消《け》してテーブルの上《うえ》にあるロウソクに火《ひ》をつけました。そして、箱《はこ》のふたを開《あ》けました。

「この箱《はこ》は、ロウソクの灯《あか》りを集《あつ》めるものなんだ。」と熊野《くまの》モーゼスさんは説明《せつめい》しました。

「黒《くろ》い色《いろ》は、光《ひかり》の反射《はんしゃ》を吸収《きゅうしゅう》するんだ。だから、十分《じゅうぶん》に光《ひかり》を吸収《きゅうしゅう》すると、ここの導火線《どうかせん》が回《まわ》り始《はじ》めるんだ。そうすると、ふたについている電球《でんきゅう》に灯《あか》りがともるというわけさ。そして、また、灯《あか》りはこの黒《くろ》い箱《はこ》に吸収《きゅうしゅう》されて、電球《でんきゅう》がともるのさ。こうやって電球《でんきゅう》はいつまでもついているという仕組《しく》みさ。どうだね。」

「どうして、いつまでもついているんですか。日中《にっちゅう》は、灯《あか》りはいらないじゃないですか。」

とフーさんはたずねました。

熊野《くまの》モーゼスさんは考《かんが》えて答《こた》えました。「日中《にっちゅう》はおおいをしておくことだってできるさ。でもそうすると、この機械《きかい》はおかしくなってしまうんだ。いまのところ、これ以上《いじょう》のことはできなくてね。でも、この開発《かいはつ》はもっと急《いそ》がないといけないんだ。新聞《しんぶん》で読《よ》んだんだが、電気《でんき》を作《つく》るにはとてもお金《かね》がかかるので、そのうち電気量《でんきりょう》が足《た》りなくなるらしい。だから、少《すこ》しばかり手《て》を貸《か》そうと思《おも》ったのさ。『永久《えいきゅう》にともりつづける電球《でんきゅう》。発明者《はつめいしゃ》、熊野《くまの》モーゼス。定年退職者《ていねんたいしょくしゃ》。元森林監視《もとしんりんかんし》員《いん》。』ということで、勲章《くんしょう》だってもらえるかもしれん。なかなかいいと思《おも》わないか。」

フーさんは、「うん、そうだね。」と答《こた》えました。その勲章《くんしょう》とやらについて、フーさんはなにも知《し》らなかったのですけれど。

「さて、もう十分吸収《じゅうぶんきゅうしゅう》したはずだ。」と言《い》うと熊野《くまの》モーゼスさんは、箱《はこ》をばんっと閉《し》めて、ロウソクを吹《ふ》き消《け》しました。

二人《ふたり》は暗闇《くらやみ》のなかに座《すわ》って、次《つぎ》にどうなる

かじっと待《ま》ちました。フーさんは、箱《はこ》のふたについている丸《まる》いガラスの玉《たま》をじっと見《み》つめています。ただの計画倒《けいかくだお》れに終《お》わるのだろうか、それとも、ほんとうにうっすらと赤《あか》い灯《あか》りがともるのだろうか。

　うそもほんとうもありません、薄赤《うすあか》い色《いろ》が少《すこ》しずつ、しっかりとした灯《あか》りになってきたのです。ところが、灯《あか》りがもっと強《つよ》くなりはじめた時《とき》、冷《つめ》たい風《かぜ》が窓《まど》のすき間《ま》から入《はい》ってきて、灯《あか》りをふっと消《け》しました。この時《とき》ロウソクにマッチで炎《ほのお》をつけたり、吹《ふ》き消《け》したりする時《とき》と同《おな》じような音《おと》がしました。部屋《へや》のなかは、ふたたびまっ暗闇《くらやみ》になりました。

「おお、水《みず》、海《うみ》、湖《みずうみ》。地価《ちか》、地下《ちか》、地下室《ちかしつ》。」熊野《くまの》モーゼスさんはあわてて電気《でんき》をつけました。「ああ、また消《き》えたか。ほんのわずかの風《かぜ》にもたえられないんだ。ああ、残念《ざんねん》だ。でも、どこがいけないのか、もう少《すこ》し調《しら》べてみよう。ロウソクの灯《あか》りはやわすぎるからな！」

　そう言《い》うと、熊野《くまの》モーゼスさんはまた箱《はこ》のなかをいろいろいじり始《はじ》めました。

　フーさんは、見《み》るのがくたびれるまで、モーゼスさんがやっていることを見守《みまも》っていました。そして、自分《じぶん》がなぜここにきたのかを思《おも》い出《だ》しました。

「あの、ロウソクの余分《よぶん》などは持《も》っておられないですよね。ロウソクがなくなりそうで。」とフーさんはおずおずとたずねました。「あの、ちゃんとお支払《しはら》いはいたしますので。」と言《い》うと、フーさんはお財布《さいふ》から硬貨《こうか》を一枚出《いちまいだ》して熊野《くまの》モーゼスさんへさし出《だ》しました。彼《かれ》は硬貨《こうか》には目《め》もくれずにテーブルの上《うえ》にほうり投《な》げると、ふたたび箱《はこ》のなかをかき回《まわ》し始《はじ》めました。

「そこのテーブルの上《うえ》から持《も》って行《い》きなさい。この装置《そうち》を開発《かいはつ》するためにたくさん予備《よび》を買《か》いためてあるから。それにしても、当初《とうしょ》のアイデアをずいぶん変更《へんこう》しないといけなさそうだ。光《ひかり》は太陽《たいよう》から直接《ちょくせつ》取ったほうがいいだろうな。太陽《たいよう》なら、風《かぜ》で消《き》えることはないからね。それだけはたしかだ！」

フーさんは、ロウソクの包《つつ》みを手《て》に取《と》り、それから、太陽《たいよう》のまえに雲《くも》が出《で》てきたらどうするつもりか熊野《くまの》さんにたずねようかと思《おも》いましたが、聞《き》かないでおくことにしました。モーゼスさんは、また作業《さぎょう》が進《すす》められることに喜《よろこ》びいっぱいの様子《ようす》だったからです。

家《いえ》に戻《もど》ると、フーさんはロウソクに灯《あか》りをともしました。ロウソクの灯《あか》りを見《み》つめているとなんだかほっとしました。それから壁《かべ》についている小《ちい》さなまん丸《まる》い器《うつわ》のようなものをみつけ、そのまんなかにあるつまみを下《した》に下《お》ろすと、天井《てんじょう》に、まるで太陽《たいよう》をビンのなかに入《い》れたようにかがやく光《ひかり》がともりました。

さあ、これで、ここにも明《あ》かりがついた。でも、やっぱりロウソクの灯《あか》りのほうがいいな、とフーさんは思《おも》いました。ロウソクの灯《あか》りは、明《あか》るすぎなくて、ちょうどいいんだ。

そうじゃなければ、日中《にっちゅう》と夜《よる》をいったいどうやって区別《くべつ》するというのだろう。たぶん、モーゼスさんが考《かんが》え出《だ》すものは、ぼくじゃなくて、他《ほか》のたくさんの人《ひと》たちに役立《やくだ》つのだろうな。

壁《かべ》のむこうがわからコツコツという音《おと》と、低《ひく》い声《こえ》が聞《き》こえてきました。道《みち》からは車《くるま》や市電《しでん》のブーブー、ゴトゴト言《い》う音《おと》が聞《き》こえてきます。どこかで、雑種犬《ざっしゅけん》がワンワンほえています。女《おんな》の人《ひと》がかん高《だか》い声《こえ》で「わ〜たし〜は〜、あ〜なた〜が、だいすき〜なの〜。」と大声《おおごえ》で歌《うた》っていて、ドスン、バタンという音《おと》とガラスが割《わ》れるような音《おと》も聞《き》こえてきます。フーさんは建物《たてもの》の色々《いろいろ》なところから聞《き》こえてくる音《おと》を心静《こころしず》かに聞《き》いていました。人間《にんげん》はいつもにぎやかだ。彼《かれ》らにとっては明《あか》るくて強《つよ》い光《ひかり》は大切《たいせつ》なものなんだろう、とフーさんは思《おも》いました。だって、自分《じぶん》たちがやっていることが、はっきりと見《み》えるからね。

風《かぜ》が少《すこ》しのあいだ、窓《まど》にガタガタガタッと吹《ふ》きつけてきました。その音《おと》はまるでフーさんに、そうだねっと言《い》っているようでした。暗闇《くらやみ》が建物《たてもの》をゆらっと包《つつ》みこみ、風《かぜ》の音《おと》は、まるでつかれきって子守唄《こもりうた》を歌《うた》っている人《ひと》のようで、だんだん、だんだん静《しず》かに静《しず》かになっていきました。

9 フーさん壁怪物《かべかいぶつ》に遭遇《そうぐう》する

フーさんはコルップがまた底《そこ》をつき始《はじ》めたことに気《き》がつきました。街《まち》で暮《く》らしていると、いろんなものがいきなりなくなるなあ。灯《あか》りの次《つぎ》は食《た》べ物《もの》か。また、お店《みせ》に行《い》かないといけない。まあ、変化《へんか》に富《と》んでいるということかもしれないけれど。小《ちい》さな部屋《へや》のなかをぐるぐる歩《ある》き回《まわ》るのが、世《よ》のなかで一番《いちばん》いい運動《うんどう》というわけではないしね。あれからまだ海《うみ》のそばには行《い》っていません。嵐《あらし》の荒々《あらあら》しさと怖《こわ》さはあいかわらずです。こういう怖《こわ》さには、終《お》わりがなさそうです。

フーさんは口笛《くちぶえ》を吹《ふ》き、靴《くつ》をはき、お財布《さいふ》をポケットに入《い》れました。マフラーは、のどが痛《いた》かったので、すでに夜《よる》のうちに首《くび》に巻《ま》いていました。くしゃみが出《で》ました。部屋《へや》の空《くう》気《き》はなんだかとても暑《あつ》く、しかもかわいています。フーさんは、まるで乾燥《かんそう》用《よう》の納屋《なや》にねかされているライ麦《むぎ》パンになったような気分《きぶん》でした。自分《じぶん》が、ベッドの上《うえ》でぽろぽろと、こなごなになるような気《き》がしたので、ちょっと考《かんが》えて、蛇口《じゃぐち》から水《みず》を出《だ》してみました。水《みず》が落《お》ちるのを見《み》ていましたが、ほんのわずかしかすずしくなりません。下《した》の階《かい》の婦人《ふじん》はどうかしてしまったのでしょうか。というのも天井《てんじょう》を立《た》てつづけにたたいているのです。しかし、フーさんが水《みず》を止《と》めると、音《おと》も止《と》まりました。フーさんは、びっくりしました。水《みず》は蛇口《じゃぐち》から落《お》ちるために水道管《すいどうかん》のなかにたまっているんじゃないのだろうか？　でも下《した》の階《かい》の婦人《ふじん》の動《うご》きから、そうでないことはわかります。

フーさんはドアを開《あ》け、意《い》を決《けっ》したように閉《し》めました。そして、ドアを背《せ》にしたひょうしに、床《ゆか》につまずいてころんでしまいました。なんてことだ。フーさんは床《ゆか》に頭《あたま》をおもいきり打《う》ちつけてしまったのです。うれしそうでいじわるな笑《わら》い声《ごえ》がどこからともなく聞《き》こえて来《き》ました。見《み》ると、黒《くろ》いイヌを連《つ》れて黒《くろ》い服《ふく》を着《き》た背《せ》の低《ひく》い女《おんな》の人《ひと》が立《た》っていて、たいへんなめにあっているフーさんのことを、心《こころ》の底《そこ》からうれしそうにしてながめています。イヌもうなっています。

フーさんはしかめっつらをしながら、なんとか立《た》ち上《あ》がり、まるで火《ひ》のようにポッポする手《て》をなでました。黒服《くろふく》の女《おんな》の人《ひと》は近寄《ちかよ》って来《く》ると、もうしわけなさそうな顔《かお》をして言《い》いました。

「大丈夫《だいじょうぶ》ですか。わたしのせいですね。**ほんとうに**ごめんなさいね。イヌのヒモをきつくし過《す》ぎていたの。まあまあ、ワンちゃんごめんなさいね。ママがいけなかったのよ。まあまあ、こんなことでうなったりしないで。」

女《おんな》の人《ひと》は腕《うで》をさすっているフーさんをしてやったりという顔《かお》でながめました。

「わたしは、大鳥《おおがらす》ともうしますのよ。大鳥《おおがらす》アダルミナ。このワンちゃんは、イェッペ。おたくは、フーさんね。どう、こちらのおうちは？　ここに移《うつ》られて楽《たの》しいかしら？」

フーさんは、なんだか良《よ》からぬことをたくらんでいそうな女《おんな》の人《ひと》の目《め》をちらっと見《み》ましたが、目《め》をあわせないようにしました。

でも、女《おんな》の人《ひと》はすぐには立《た》ち去《さ》らない様子《ようす》です。「イェッペ。フーさんにごあいさつなさい。」と命《めい》じると、イヌはフーさんの足元《あしもと》にずるがしこいヘビのようにすり寄《よ》って来《き》ました。「さあ、しっぽをふって。そうそう。さあ、いまなら怒《おこ》っていませんから、なでても大丈夫《だいじょうぶ》ですよ。なでてやらないと、がっかりしますから。」

フーさんは不安《ふあん》そうにしてかがみこみ、イヌをぽんぽんっとしようとしました。ところがたちまちイヌは怒《おこ》り出《だ》し、フーさんの手《て》を痛《いた》くなるまで噛《か》んだのです。それから遠《とお》くへ逃《に》げ、フーさんの目《め》に涙《なみだ》があふれ出《で》てくるのを待《ま》っています。大烏《おおがらす》アダルミナさんは鼻《はな》でふふんっと笑《わら》いました。

「まあまあ、わたしのイェッペちゃんときたら、どうしたのかしら。遊《あそ》んでいるだけですのよ。**悪《わる》いこと**を考《かんが》えているわけではないんです。ケガなどされてはいませんよね？　大《だい》丈夫《じょうぶ》ですね。まあ、よかったこと。イェッペ！　どうしてあなたはフーさんを噛《か》んだりしたの。」と女《おんな》の人《ひと》はうれしそうに言《い》いました。「痛《いた》みが長《なが》くつづかないといいですわね。」

　フーさんは帽子《ぼうし》を目深《まぶか》にかぶり、からだをふるわせ始《はじ》めました。フーさんの癖《くせ》を知《し》っている人《ひと》であれば、いまはフーさんといっしょにいないほうが良《よ》い時《とき》だということがわかります。ところが女《おんな》の人《ひと》はそんなことは知《し》りませんでしたし、すでにフーさんに今朝《けさ》の分《ぶん》の喜《よろこ》びを満《み》たしてもらいましたので、満足《まんぞく》そうに高笑《たかわら》いしながら自分《じぶん》の部屋《へや》のドアを開《あ》け、イヌを引《ひ》っぱって入《はい》って行《い》くところです。ドアは、ちょうどフーさんの両手《りょうて》が、ある特別《とくべつ》な動《うご》きをしようとした瞬間《しゅんかん》にバタンと閉《し》まりました。

　こんなふうにして女《おんな》の人《ひと》は行《い》ってしまったので、フーさんはとりあえず今回《こんかい》は気持《きも》ちをおさめることにしました。ですが、かならずやり返《かえ》すつもりです！　フーさんはエレベーターを呼《よ》ぶと一階《いっかい》におり、走《はし》ってお店《みせ》に行《い》き、コルップの包《つつ》みを持《も》って戻《もど》りました。家《いえ》に戻《もど》るとコルップの包《つつ》みをテーブルの上《うえ》に置《お》き、わざと床《ゆか》に一《ひと》つ落《お》としました。ネズミの家《いえ》からここしばらく物音《ものおと》がしませんが、かならず起《お》きているはずです。その証拠《しょうこ》にコルップはあっという間《ま》に消《き》えました。フーさんは満足《まんぞく》げな様子《ようす》でテーブルに座《すわ》ると、本《ほん》を読《よ》み始《はじ》めました。

外《そと》はまだまだかがやくように晴《は》れわたっているみたいです。ネコヤナギの芽《め》が小《ちい》さくぽっぽっとあらわれ、風《かぜ》の強《つよ》さも少《すこ》しずつおさまって、やがて風《かぜ》も止《や》みました。静《しず》まりかえっていることに気《き》づかされるほど、とても静《しず》かになったので、フーさんは耳《みみ》をすませました。静《しず》けさにも音《おと》があって、音《おと》をかなでます。でも、街中《まちなか》でかなでられる音《おと》は、フーさんが森《もり》の家《いえ》にいる時《とき》に聞《き》く音《おと》よりも低《ひく》いひびきです。それにここでは静《しず》けさにも常《つね》になにかしら音《おと》が混《ま》ざります。

階下《かいか》に住《す》む女《おんな》の人《ひと》のコンコンコンッという、フーさんへのあいさつがまた始《はじ》まりました。フーさんには理由《りゆう》がわかりません。蛇口《じゃぐち》を確認《かくにん》しました。ですが、水《みず》はもう二《に》、三時間《さんじかん》はながしていません。フーさん自身《じしん》はじいっとだまって椅子《いす》に座《すわ》っていただけです。ネズミも音《おと》を一切出《いっさいだ》していません。

コンコンッという音《おと》はますます大《おお》きくなってきます。

フーさんはがまんできなくなって立《た》ち上《あ》がると、部屋《へや》をすみからすみまで確認《かくにん》して回《まわ》りました。音《おと》はいまはここから聞《き》こえています。でもおかしなことに脇《わき》のほうからも聞《き》こえてきます。

コンコンッという音《おと》は、フーさんの頭《あたま》の高《たか》さまで上《あ》がってきました。フーさんは、壁《かべ》を背《せ》にしてマネをするように壁《かべ》を軽《かる》くたたきました。コン、コンコン、コン、コンコン。

音《おと》が止《や》みました。すると今度《こんど》は、ガリガリッと言《い》う音《おと》が小《ちい》さく聞《き》こえてきます。しばらくすると、またコンコンッという音《おと》が、さっきフーさんがたたいたところから聞《き》こえてきました。

フーさんは、いったいなにが起《お》こっているのかを考《かんが》えているわけではありません。フーさんは壁《かべ》を見《み》つめていて、壁《かべ》はフーさんを見《み》ています。でも壁《かべ》とフーさんのあいだに友《ゆう》情《じょう》がめばえないことははっきりしています。

今度《こんど》は、ドアのラス〔木摺《きず》り。塗壁《ぬりかべ》の下地《したじ》用《よう》の小幅板《こはばいた》〕のところからコンコンッという音《おと》が聞《き》こえてきました。

フーさんは音《おと》がするほうへ近《ちか》づきました。そして、恐怖《きょうふ》のあまり目《め》をかっと見開《みひら》きました。なぜって、だれかがうめき声《ごえ》を上《あ》げながら、ドアのまぐさ〔ドアの上《うえ》の枠《わく》の横木《よこぎ》〕をはずしていたのです。こんなこと、ありえない。だって、こんな薄《うす》い壁《かべ》のなかに入《はい》ることができる人《ひと》なんているわけないのですから。こんなところでは、呼吸《こきゅう》だってできないじゃないで

すか。壁《かべ》は普通《ふつう》、セメントとかレンガとか石《いし》でできているものですし。

　ところがその時《とき》、ラスがかさかさっと音《おと》をたてて開《ひら》き、薄《うす》いラスからなにかが姿《すがた》をあらわし始《はじ》めたのです。フーさんの心臓《しんぞう》はいまにも止《と》まる寸前《すんぜん》です。フーさんの脳《のう》はまったくなにも命令《めいれい》を出《だ》さなくなり、心臓《しんぞう》がドック、ドックとふたたび脈《みゃく》をうち始《はじ》めるようになるまでにしばらく時間《じかん》がかかりました。それだけ、フーさんはおそろしかったのです。

　こうして怪物《かいぶつ》は全身《ぜんしん》をあらわしました。怪物《かいぶつ》は人間《にんげん》でした。でも、いったいどんな人間《にんげん》なのでしょう。怪物《かいぶつ》は、壁《かべ》に寄《よ》りかかると、うすっぺたの手《て》でからだをささえました。服《ふく》も着《き》ていましたし、目《め》、鼻《はな》、耳《みみ》もあり、紙《かみ》のようにまっ白《しろ》な肌《はだ》、血色《けっしょく》の悪《わる》い唇《くちびる》をしていて、とてもおそろしく見《み》えました。その怪物《かいぶつ》をよりいっそうおそろしく見《み》せているのは、なんと言《い》ってもその細《ほそ》さでした。まるで紙《かみ》テープみたいに薄《うす》くて、厚《あつ》みのある部分《ぶぶん》は、全《ぜん》身《しん》を見《み》わたしてみても、どこにも見《み》あたらないのです。

「あなたは、どちら様《さま》ですか。」と怪物《かいぶつ》はお葬式《そうしき》の最中《さいちゅう》のような陰鬱《いんうつ》な声《こえ》で聞《き》きました。

「ぼくは、フーさんです。」とフーさんは言《い》うしかありませんでした。怪物《かいぶつ》は、暑《あつ》くなったり、寒《さむ》くなったりしているのか、まるでカメレオンみたいにからだの色《いろ》を変《か》えました。

「いつもここでコンコンッという音《おと》を出《だ》しているのは、あなたですか？」と怪物《かいぶつ》は、フーさんのことを感情《かんじょう》を表《おもて》に出《だ》さずにじっと見《み》つめながら、きびしい口調《くちょう》でたずねました。なんだかまるで目《め》が見《み》えない人《ひと》のようでした。

「いいえ、ちがいます。ぼくは、コンコンッなんて音《おと》は出《だ》していませんよ。」とフーさんは、やっとの思《おも》いで答《こた》えました。

怪物《かいぶつ》は、フーさんのことをうたがわしそうな目《め》で見《み》ています。

「ここで、だれか日《ひ》がな一日《いちにち》、コンコンッという音《おと》を出《だ》す人《ひと》がいて、我々《われわれ》の仕事《しごと》の邪魔《じゃま》になっているのです。」と怪物《かいぶつ》は言《い》いました。「意見書《いけんしょ》も持《も》っています。海《うみ》に面《めん》した部屋《へや》の四《よん》階《かい》。意味《いみ》のないノックは止《や》めるべし。我々《われわれ》のノック作業《さぎょう》の邪魔《じゃま》になる。この意見書《いけんしょ》はまちがってはいないでしょう。」

フーさんは、怪物《かいぶつ》の言《い》うことを聞《き》いて、こまったように咳《せき》ばらいをしました。「その意《い》見書《けんしょ》に書《か》いてあることはたぶん、まちがってはいないでしょう。でも、階《かい》がちがっています。ここは五階《ごかい》なんですよ。四階《よんかい》は下《した》になります。たしかに下《した》からよくコンコンッという音《おと》が聞《き》こえてきますよ。」

その時《とき》です、下《した》の階《かい》の女《おんな》の人《ひと》が天井《てんじょう》をたたきました。落《お》ちつきのないフーさんの足音《あしおと》で、部屋《へや》のどのあたりにフーさんがいるのかがわかったようです。世界《せかい》の終《お》わりだろうがなんだろうが、この女《おんな》の人《ひと》にとってなにが最悪《さいあく》かといえば、それは騒音《そうおん》をおいて他《ほか》にないのです。その音《おと》は、いつも決《き》まって、真上《まうえ》の家《いえ》から聞《き》こえてくるので、警察《けいさつ》にとどけようとすら思《おも》っていたのです。といっても、これはその女《おんな》の人《ひと》が意地悪《いじわる》だからなのではなくて、たんに孤独《こどく》すぎたからなのです。孤独《こどく》すぎて、他《ほか》から聞《き》こえる音《おと》しか聞《き》こえなくなっているのです。

フーさんの目《め》を見《み》れば、フーさんがウソをついていないことは明《あき》らかでした。怪物《かいぶつ》が感謝《かんしゃ》の意《い》をこめてうなずき、元《もと》の壁《かべ》のすき間《ま》に入《はい》って行《い》こうとするのを見《み》て、フーさんは勇気《ゆうき》をふるい起《お》こして大急《おおいそ》ぎでたずねました。「あの、壁《かべ》のなかでいったいなにをしているのですか？」

怪物《かいぶつ》はちょっと考《かんが》え、そして答《こた》えてくれました。でも、怪物《かいぶつ》は、どうして、自分《じぶん》のことや、自分《じぶん》の仕事《しごと》が知《し》られていないのか、ちょっともどかしく、がっかりしている様子《ようす》です。「我々《われわれ》は、石《いし》でできた建物《たてもの》の一番大切《いちばんたいせつ》な部分《ぶぶん》なのです。」と怪物《かいぶつ》は言《い》いました。「我々《われわれ》は、建物《たてもの》の壁《かべ》がきちんとしているか、地震《じしん》や火事《かじ》の時《とき》でも大丈夫《だいじょうぶ》か、こわれないかどうかを監視《かんし》しているのです。もしも、こわれそうなところがあれば修理《しゅうり》します。夜《よ》な夜《よ》なコツコツという小《ちい》さな音《おと》が聞《き》こえたら、それは我々《われわれ》が壁《かべ》の状態《じょうたい》をしらべているということです。我々《われわれ》は、石造《いしづく》りの家《いえ》であればどこの家《いえ》にもいるのです。でも、今回《こんかい》のことでおわかりの通《とお》り、もしも、人間《にんげん》がコンコンッというような音《おと》を出《だ》せば、我々《われわれ》の仕事《しごと》はまったく機能《きのう》しなくなってしまいます。本来《ほんらい》は、階《かい》をまちがえることはありません。わたしはこれから下《した》の階《かい》へ行《い》って話《はな》し合《あ》ってきます。コンコンッという音《おと》が、これ以上《いじょう》つづいたらかないませんから。」

フーさんは、壁怪物《かべかいぶつ》に、なにを食《た》べているのかとか、子《こ》どもがいるのかとか、どうやって寝《ね》ているのかとか、まあ、たぶん、立《た》ったまま寝《ね》ているのでしょうけれど、そういうことを聞《き》きたかったのですが、壁怪物《かべかいぶつ》はこれ以上《いじょう》フーさんの質問《しつもん》には耳《みみ》を貸《か》さず、ドアのまぐさのうしろにあるすき間《ま》に入《はい》ると音《おと》もなく消《き》えてしまいました。そして不思議《ふしぎ》なことに、すき間《ま》までもが音《おと》もなく、消滅《しょうめつ》してしまったのです。怪物《かいぶつ》が先《さき》ほどまでここにいた痕跡《こんせき》すらも壁《かべ》には残《のこ》っていませんでした。

フーさんはひたいの汗《あせ》をぬぐい、夢《ゆめ》でも見《み》たのだろうと思《おも》いました。でも、すぐに小《ちい》さなコンコンッという音《おと》が聞《き》こえてきて、やがて静《しず》まりました。しばらくすると階下《かいか》からとつぜん、ものすごいさけび声《ごえ》が聞《き》こえてきました。

フーさんはびっくりして思《おも》わず立《た》ち上《あ》がりましたが、自分《じぶん》ではどうすることもできないことに気《き》がつくと心《こころ》を落《お》ちつけました。女《おんな》の人《ひと》は、へんな壁人間《かべにんげん》を見《み》てびっくりしたにちがいありません。怪物《かいぶつ》は、自分《じぶん》から悪《わる》いことをしかけたりはしないはずです。壁《かべ》に寄《よ》りかからなければ立《た》っていることさえできないのですから。そのうち女《おんな》の人《ひと》も落《お》ちつくでしょう。

実際《じっさい》そうなったようです。翌日《よくじつ》、建物《たてもの》の下《した》のドアのまえには引《ひ》っ越《こ》しの車《くるま》がありました。それから一週間後《いっしゅうかんご》、女《おんな》の人《ひと》の部屋《へや》には、化学《かがく》を専攻《せんこう》するゆかいな女《おんな》の子《こ》が二人《ふたり》引《ひ》っ越《こ》してきて、夜《よ》な夜《よ》なやさしい声《こえ》で、二重唱《にじゅうしょう》を歌《うた》いました。二人《ふたり》は田舎《いなか》から出《で》てきたようでした。

　でも、いま、階下《かいか》はとても静《しず》かです。フーさんは窓《まど》のところへ行《い》くとまたまたびっくりしました。小《ちい》さくて白《しろ》いふわふわしたものが空《そら》に浮《う》かんでいるのです。雪《ゆき》でした。いったいどうして街《まち》でも雪《ゆき》が降《ふ》るのでしょう。フーさんはいままでそんな話《はなし》を聞《き》いたことはありません。これは、いったいどういうことだ、とフーさんは考《かんが》えこみました。子《こ》どもたちがおしえてくれたことがあったけれど、でも実《じっ》

際《さい》にこんなことが起《お》こるなんて信《しん》じられません。

フーさんはそうっと窓《まど》を開《あ》けました。窓枠《まどわく》のところには、ふわふわしたものが分厚《ぶあつ》く積《つ》もっていました。フーさんは、手《て》いっぱいに雪《ゆき》をかき集《あつ》め、玉《たま》の形《かたち》に固《かた》めました。雪《ゆき》ってなんて不思議《ふしぎ》でおもしろいんだろう。雪《ゆき》を忘《わす》れないように、テーブルの上《うえ》に置《お》きました。そこまですると急《きゅう》にものすごくくたびれたので、朝《あさ》になって、目《め》を覚《さ》ましたらこの玉《たま》を外《そと》へ投《な》げようと決《き》めました。雪《ゆき》はしんしんと降《ふ》り、空《そら》は静《しず》かで、でも、まだ海《うみ》は凍《い》てついていなくて、雪《ゆき》をかぶった海岸《かいがん》や海《うみ》に浮《う》かぶ小島《こじま》や岩《いわ》も暗《くら》く、暗《くら》くなっていきました。やがて海《うみ》も、海《うみ》をおおう暗闇《くらやみ》の夜《よる》のように暗《くら》くなりました。

10 フーさん旧友《きゅうゆう》に再会《さいかい》する

雪《ゆき》は一晩中《ひとばんじゅう》降《ふ》りつづきました。味気《あじけ》のない建物《たてもの》も雪《ゆき》をかぶってこぢんまりと、家《いえ》らしく見《み》えるようになりました。人々《ひとびと》は、窓《まど》から雪《ゆき》をこそげたりたたいたりしてはらい落《お》とし、道《みち》では雪《ゆき》を両脇《りょうわき》へ掃《は》き寄《よ》せています。雪《ゆき》が降《ふ》るまでは目《め》にしたくもなかった丸《まる》はだかの木々《きぎ》も、一気《いっき》にかわいらしくなって、まるでおとぎの森《もり》から持《も》ってこられたみたいです。窓《まど》を開《あ》け、息《いき》をはき出《だ》すと、フーさんの口《くち》からは湯気《ゆげ》が出《で》ました。

窓枠《まどわく》の下《した》のほうは、また雪《ゆき》でいっぱいになっています。フーさんは雪《ゆき》の玉《たま》のことを思《おも》い出《だ》し、テーブルから持《も》ってきて外《そと》へ投《な》げようとテーブルに目《め》をやりました。でも、どうしたことでしょう。雪《ゆき》の玉《たま》は、テーブルの上《うえ》から消《き》えて影《かげ》も形《かたち》もありません。フーさんはいまオバケごっこをしている最中《さいちゅう》なのかなと思《おも》って、テーブルの下《した》をのぞきこみました。もしかしたら、ぼくが寝《ね》ているあいだに、壁怪物《かべかいぶつ》が動《うご》き回《まわ》ったのかもしれない。フーさんは家中探《いえじゅうさが》し回《まわ》りました。でも、どこを探《さが》してもけっきょく見《み》つかりませんでした。

フーさんはちょっとした実験《じっけん》を思《おも》いつきました。窓枠《まどわく》からまた雪《ゆき》をかき集《あつ》めると、しっかりと玉《たま》になるように固《かた》めました。それから玉《たま》をテーブルの上《うえ》に置《お》くと、ときどき確認《かくにん》してみることにしたのです。こうしてさえいれば、壁怪物《かべかいぶつ》を一人《ひとり》くらいはつかまえられるかもしれないと思《おも》ったのです！　もともとこんなだまし討《う》ちみたいなことは、フーさんはいやでしたが。

フーさんはネズミの家《いえ》をちらっと見《み》ました。ネズミがカーテンを少《すこ》しだけ開《あ》けて、ちょっとだけしたしみをこめて笑《わら》ったのです。ネズミはつい最近重大《さいきんじゅうだい》な決意《けつい》をしていました。『幸《しあわ》せと不幸《ふしあわ》せに関《かん》する問答《もんどう》いろいろ』という本《ほん》を何回《なんかい》も読《よ》み、長《なが》いあいだ考《かんが》えました。そして、冬眠《とうみん》することもできなかったので、なにか別《べつ》のことをしようと思《おも》ったのです。自《じ》分《ぶん》が幸《しあわ》せになるには、他《ほか》の人《ひと》も幸《しあわ》せでなければなりません。これは、人間《にんげん》が一人《ひとり》では生《い》きていけないのと同《おな》じです。ネズミは、自分《じぶん》の持《も》っているなかで最高級《さいこうきゅう》の便箋《びんせん》と封筒《ふうとう》を取《と》り出《だ》して、フーさんの森《もり》の家《いえ》に手紙《てがみ》を書《か》いていました。

手紙《てがみ》は㊙《まるひ》のものですから、ネズミがなにを書《か》いたかを明《あき》らかにすることはできません。ですが、返事《へんじ》はすぐにとどき、いまの状況《じょうきょう》についても書《か》かれていたようです。フーさんがネズミの家《いえ》の窓《まど》からなかをのぞくと、かわいらしくて小《ちい》さくて元気《げんき》そうなネズミ夫人《ふじん》が、

テーブルのところでいそがしそうにしていました。ネズミはもう一度《いちど》フーさんのほうをふりむくと、今度《こんど》ははっきりとほほえみ、そして、カーテンをサッと閉《し》めました。きっと、とってもとってもはずかしがり屋《や》なのでしょう。

椅子《いす》に腰《こし》かけると、フーさんの心《こころ》には、とても大《おお》きな哀《かな》しみが広《ひろ》がってきました。ぼくがただここにこうして腰《こし》をかけているだけで時間《じかん》は過《す》ぎていく。海《うみ》の波《なみ》がしぶきを上《あ》げる場所《ばしょ》で男《おとこ》の人《ひと》が言《い》っていた通《とお》り、じきにぼくはこの部屋《へや》に囚人《しゅうじん》のように捕《と》らわれてしまうんだ。知《し》らず知《し》らずのうちにワナにかかっているんだ、とフーさんは思《おも》いました。だいたいのことがわかったぞ。少《すこ》し外《そと》に出《で》てみるといいのかもしれない。たとえば海《うみ》を見《み》に行《い》くなんてどうだろう。それに、いまネズミはぼくのことを必要《ひつよう》とはしていないようだから。

フーさんは、出《で》かける準備《じゅんび》をしました。ネズミの家《いえ》からは笑《わら》い声《ごえ》とたぷたぷと小《ちい》さな手《て》をたたく音《おと》が聞《き》こえ、それから歌声《うたごえ》が聞《き》こえてきました。フーさんはため息《いき》をつき、外《そと》に出《で》ました。エレベーターでもふさぎこんでいたので、怖《こわ》がることさえしませんでした。

庭《にわ》でフーさんは狐川《きつねがわ》さんを見《み》かけました。狐川《きつねがわ》さんは、大《おお》きな雪《ゆき》かきであっちからこっちへ雪《ゆき》を移動《いどう》させていました。狐川《きつねがわ》さんはフーさんを見《み》つけると大《おお》きな声《こえ》で声《こえ》をかけました。「やあやあ。また、冬《ふゆ》だねえ、兄弟《きょうだい》。やることがいっぱいあるねえ。」

こんなことを言《い》いながらも、狐川《きつねがわ》さんはなんだかうれしそうです。ロッタが狐川《きつねがわ》さんのうしろで小《ちい》さなシャベルを押《お》しながらフーさんのことをまじまじと見《み》つめていました。この時《とき》ロッタは、仕事《しごと》に一生懸命《いっしょうけんめい》で、フーさんにほほえみかける気分《きぶん》ではなかったのです。お庭《にわ》のすみに、子《こ》どもたちが雪《ゆき》のお城《しろ》を作《つく》り上《あ》げていました。雪《ゆき》のかたまりには、きらきらしたプラスチック製《せい》のボトルが差《さ》しこんでありました。なかからイヌがまるで酔《よ》っぱらいのように出《で》てきて、休《やす》むことなくほえつづけ、ぐるぐる、ぐるぐる雪《ゆき》のお城《しろ》のまわりを回《まわ》っています。飼《か》い主《ぬし》がつかまえようとしましたが、うまくいきません。

道路《どうろ》は、身動《みうご》きがとれないほどの車《くるま》の量《りょう》でした。フーさんは、道《みち》を渡《わた》るために車《くるま》のながれがとぎれるのを待《ま》ちました。でも、なかなか道《みち》を渡《わた》ることができそうにありません。フーさんは、待《ま》って待《ま》って待《ま》ちつづけました。ですが、車《くるま》はただひたすらながれていくばかりです。

フーさんのうしろには、たくさんの人《ひと》たちが待《ま》たされることにぶつぶつ言《い》いながら、たまり始《はじ》めています。急《きゅう》にフーさんは、背中《せなか》を押《お》されました。たまった人垣《ひとがき》はまるで要塞《ようさい》を築《きず》いたようになり始《はじ》めています。ひとかたまりの要塞《ようさい》となって道《みち》を渡《わた》ろうとしているのです。フーさんは、そのかたまりの先頭《せんとう》に立《た》っています。

顔《かお》が長《なが》くていやらしい笑《え》みを浮《う》かべた、まるでサメみたいな車《くるま》がちょうどフーさんにむかってきていました。運転手《うんてんしゅ》は、もちろんブレーキをふみましたが、あまりにも猛《もう》スピー

10　フーさん旧友に再会する

ドで走《はし》っていた上《うえ》、道《みち》は凍《こお》っています。車《くるま》は、はげしくスリップしました。フーさんはくらくらしてきました。

フーさんは呆然《ぼうぜん》としながらもポケットをさぐり、目《め》をふくためのハンカチを探《さが》しました。その時《とき》です、指《ゆび》が小《ちい》さな棒《ぼう》にふれました。フーさんは棒《ぼう》を取《と》り出《だ》すと、車《くるま》にむけました。ところが、車《くるま》のスピードは下《さ》がるどころか、むしろ、上《あ》がったようです。

フーさんは、この緊急事態《きんきゅうじたい》に大《おお》きく息《いき》をはき出《だ》すと、棒《ぼう》の先《さき》を家《いえ》の屋根《やね》にむけて、車《くるま》が昇《のぼ》っていくための道《みち》を作《つく》りました。この時《とき》警備《けいび》の男《おとこ》たちにも、車《くるま》のところへ行《い》くように、命令《めいれい》が下《くだ》りました。車《くるま》は空中《くうちゅう》に浮《う》き上《あ》がり、人々《ひとびと》の頭《あたま》をぎりぎりかすめました。車《くるま》は、ぶつかるほんのわずかの距離《きょり》にまで近《ちか》づいていたのです。それから、上昇《じょうしょう》していきました。フーさんは棒《ぼう》で、車《くるま》が停《と》まるのに適当《てきとう》な平《たい》らな場所《ばしょ》を指《さ》しました。少《すこ》ししてからドスンッという音《おと》が聞《き》こえてきました。車《くるま》は、一《ひと》つの部品《ぶひん》も落《お》とすことなく、大《おお》きなテラスつきの屋根《やね》の上《うえ》に停《と》まっています。

人々《ひとびと》は、恐怖《きょうふ》とおどろきで悲鳴《ひめい》を上《あ》げました。こうなると、他《ほか》の車《くるま》はこの人《ひと》だまりにはまったく近《ちか》づこうとしません。車《くるま》が空中《くうちゅう》を飛《と》ぶなんていう前代未聞《ぜんだいみもん》の出来事《できごと》は、もう、完《かん》全《ぜん》に現実《げんじつ》ばなれしたことでした。すべての車《くるま》が方向転換《ほうこうてんかん》して道《みち》をひきかえして行《い》くまでは、まさに混乱《こんらん》のきわみでした。車《くるま》はすぐに一台《いちだい》もなくなりました。道《みち》はハイハイしてでも渡《わた》ることができるようになったのです。

テラスつきの屋根《やね》の上《うえ》に車《くるま》を停《と》めた男《おとこ》は、もちろんとても有名人《ゆうめいじん》になりました。彼《かれ》は、ありとあらゆる新聞《しんぶん》、雑誌《ざっし》に自分《じぶん》の身《み》に起《お》こったことを語《かた》りました。円盤《えんばん》に乗《の》ってやってきた、背《せ》が低《ひく》くて緑色《みどりいろ》をした火星人《かせいじん》が、魔法《まほう》を使《つか》ったのだと語《かた》っていました。彼《かれ》は、一生《いっしょう》涯《がい》この話《はなし》を語《かた》りつづけ、奥《おく》さんや子《こ》ども、近所《きんじょ》の人《ひと》たちや仕事仲間《しごとなかま》は、もうすっかりうんざりしていました。でも、この男《おとこ》の人《ひと》にはこれ以外《いがい》のことは、生涯《しょうがい》なにも起《お》こらなかったのです。それもまた、けっこう哀《かな》しいことですよね。

フーさんは、いたたまれなくなってきました。なぜって、まわりの人《ひと》たちが、注目《ちゅうもく》のまとになったフーさんのことについて、小声《こごえ》で噂話《うわさばなし》をしたり、指《ゆび》をさすようになったからです。フーさんは、まるでウサギがはねるように道路《どうろ》を渡《わた》り、雪《ゆき》かきされてできた山《やま》のうしろを走《はし》りぬけ、舟《ふね》の下《した》に隠《かく》れ、植《う》えこみのあいだをすりぬけました。汗《あせ》だくになるまで走《はし》りつづけました。ようやくだれもフーさんのことを追《お》っかけなくなりました。フーさんはこんなことばかりをずっとつづけるのはいやでした。

フーさんは、息《いき》をぜえぜえ言《い》わせながらブロックの上《うえ》に座《すわ》り、自分《じぶん》がどこまでやってきたのか、まわりを見《み》てやっと確認《かくにん》しました。

海《うみ》が目《め》のまえに広《ひろ》がっています。海岸《かいがん》は白々《しらじら》とした色《いろ》をしていましたが、海《うみ》はまっ暗《くら》で、荒々《あらあら》しく、自由気《じゆうき》ままに見《み》えました。でも、いま、海岸《かいがん》に波《なみ》ははげしくぶつかってはいません。風《かぜ》がむきを変《か》え、雨《あめ》はドイツやエストニアの方向《ほうこう》へ去《さ》ったようです。かわりに、北《きた》からは、風《かぜ》といっしょにキンキンに冷《ひ》えた空気《くうき》が何百万《なんびゃくまん》キロも一挙《いっきょ》に運《はこ》ばれてきました。岸《きし》の際《きわ》のあたりは、氷《こおり》が薄《うす》く張《は》り始《はじ》め、氷《こおり》の張《は》るキリキリ、ピシッピシッという音《おと》が聞《き》こえています。沖《おき》あいではカモメたちが氷《こおり》のかたまりに乗《の》り、それを大《おお》ガラスが先導《せんどう》しています。

フーさんは凍《こご》えてきました。防波堤《ぼうはてい》を見《み》ようとしてずいぶん遠《とお》くまで来《き》たことに気《き》がつきました。いま、目《め》のまえには、小《ちい》さな防波堤《ぼうはてい》があります。そこから海岸《かいがん》と平行《へいこう》して埠頭《ふとう》が伸《の》び、船《ふね》が二《に》艘停泊《そうていはく》していました。フーさんは船《ふね》をもっと近《ちか》くで見《み》ようと思《おも》いました。その他《ほか》になにも思《おも》いつかなかったのです。

はるか沖《おき》あいでは海《うみ》はまだまだはげしく南《みなみ》へむいて波打《なみう》っていて、まるでお鍋《なべ》の蒸気《じょうき》のように波《なみ》しぶきを上《あ》げていました。小《ちい》さな島《しま》は、波《なみ》に乗《の》って盛《も》り上《あ》がっているみたいです。

すると、急《きゅう》に空《そら》と海《うみ》のあいだで太陽《たいよう》がかがやきました。目《め》もくらむような見《み》たこともないような光《ひかり》でした。フーさんはみいられたようになりました。

船《ふね》はゆれ、ぎしっぎしっと音《おと》をたて、埠頭《ふとう》の太《ふと》いポールにすれてあたっていました。一《ひと》つ目《め》の船《ふね》の名前《なまえ》はカモメでした。白《しろ》くて木底靴《きぞこぐつ》のように丸《まる》い船《ふね》でした。船《ふね》のまんなかにある操縦室《そうじゅうしつ》からはわずかに光《ひかり》がもれていて、細《ほそ》い金属製《きんぞくせい》の煙突《えんとつ》からは、かろやかに煙《けむり》が上《あ》がって、薪《まき》の香《かお》りがただよっていました。フーさんは目《め》を閉《と》じると、いま自分《じぶん》は、森《もり》の小屋《こや》にいるんだと空想《くうそう》しました。

もう一《ひと》つの船《ふね》は少《すこ》し遠《とお》くにありましたが、フーさんはすぐにそちらの船《ふね》も見《み》に行《い》こうと決《き》めました。どうも、見《み》たことがある船《ふね》のような気《き》がしたのです。

フーさんは、埠頭《ふとう》をドタドタ歩《ある》きましたが、凍《こお》っているところではつるつるとすべってしまいます。フーさんはまっ黒《くろ》の海《うみ》を見《み》ると固《かた》まってしまいました。気《き》をつけたほうがいいな。もしも、あそこへ落《お》っこちたら、一瞬《いっしゅん》で氷《こおり》のかたまりになってしまうぞ。

フーさんは引《ひ》きかえそうとむきを変《か》えましたが、もう目《め》のまえに氷《こおり》はありませんでした。埠頭《ふとう》のはしからはしまでさっさとすばやく移動《いどう》して、それからまっしぐらに戻《もど》ろう。こうしていれば、少《すく》なくとも運動《うんどう》になるし、さわやかな空気《くうき》を吸《す》うことだってできます。

船《ふね》はゆれ、船首《せんしゅ》を埠頭《ふとう》にぶつけるようにして盛《も》り上《あ》がり、あちこちにむきを変《か》えています。その時《とき》、船首《せんしゅ》に書《か》いてある文字《もじ》がフーさんの目《め》に入《はい》りました。**エ**、それから**ン**、最後《さいご》の文字《もじ》は、**モ**もしくは、**マ**のようです。ということは、**エンモ**か**エンマ**です。

エンマなのです！　フーさんはその船《ふね》をじっと見《み》たものの、自分《じぶん》が目《め》にしているものを信《しん》じることができません。なんと、提督《ていとく》の船《ふね》だったのです！　こんなことってあるんですね。大砲《たいほう》の口《くち》は閉《と》じられていましたが、その他《ほか》は、フーさんが夢《ゆめ》にまでみたエンマ号《ごう》でした。木製《もくせい》の橋渡《はしわた》しが甲板《かんぱん》にかかっています。どったどったいう足音《あしおと》が行《い》ったり来《き》たりしているのが聞《き》こえてくるので、操舵室《そうだしつ》にだれかがいるのはまちがいありません。

フーさんは手《て》さぐりで操舵室《そうだしつ》の扉《とびら》まで進《すす》み、ノックしてみました。返事《へんじ》がありません。もう一度《いちど》ノックしました。まだ、だれも応《こた》えません。フーさんはとってを回《まわ》してなかに入《はい》ってみました。操舵室《そうだしつ》の暗《くら》さに目《め》が少《すこ》しずつなれてきて、目《め》のまえに大《おお》きな黒《くろ》ひげの男《おとこ》がいるのがわかりました。

まぎれもなくビールバラ提督《ていとく》でした。提督《ていとく》はほっそりとしてよろよろしていましたが、その他《ほか》は以前《いぜん》とほとんど変《か》わりありません。提督《ていとく》は突《つ》っ立《た》ったままフーさんのことをまるで信《しん》じられないものを見《み》るような顔《かお》で力《ちから》なく見《み》ています。二人《ふたり》とも身動《みうご》きもせずおたがいにじっと目《め》をあわせています。

しばらくすると提督《ていとく》はため息《いき》をついて、かさかさした声《こえ》で言《い》いました。「おお、愛《いと》しの

10 フーさん旧友に再会する

友人《ゆうじん》フーさんか。君《きみ》に会《あ》えてとてもうれしいぞ。こんなことが起《お》こるとは、思《おも》いもよらぬことだ。とにかく座《すわ》って、わしといっしょに紅茶《こうちゃ》でも一杯《いっぱい》飲《の》んでいってくれたまえ。君《きみ》は、きっとかなり凍《こご》えているだろう。」

フーさんはうなずくと大《おお》きな椅子《いす》に腰《こし》を下《お》ろしました。湯気《ゆげ》が立《た》った大《おお》きな紅茶《こうちゃ》のカップを受《う》け取《と》ると一気《いっき》に飲《の》みほしました。紅茶《こうちゃ》を飲《の》んで血液《けつえき》が元気《げんき》にながれ始《はじ》め、凍《こご》えていたフーさんはほんわりとなりました。船《ふね》はゆらゆらゆれていて、埠頭《ふとう》にのんびりと停泊《ていはく》しています。

「どうして、ここにいるのですか。」とようやくフーさんがたずねました。

すると、提督《ていとく》はまた、ため息《いき》をつきました。

「君《きみ》はどうしてなんだ?」と聞《き》き返《かえ》しました。

提督《ていとく》とフーさんはおたがいの目《め》を見《み》つめました。この時《とき》、提督《ていとく》の目《め》に涙《なみだ》が浮《う》かんでいたのをフーさんは見《み》のがしませんでした。ようやく提督《ていとく》は話《はな》し始《はじ》めました。

「一番《いちばん》ひどい状況《じょうきょう》の時《とき》に会《あ》ってしまったのかもな。わしの人生《じんせい》にまた大《おお》きな変化《へんか》が起《お》こったのだ。あの場所《ばしょ》をはなれることになった時《とき》、エンマ号《ごう》も彼女《かのじょ》の元《もと》の世界《せかい》、つまり海《うみ》へ戻《もど》すことにしたのだ。そしてまた砂《すな》を運《はこ》び始《はじ》めたんだ。最初《さいしょ》はなかなか楽《たの》しくてね。古《ふる》くからの知人《ちじん》たちにも出会《であ》ったよ。でも、しだいにまっ黒《くろ》い雲《くも》が空《そら》に広《ひろ》がり始《はじ》めるような感《かん》じ

TEETÄ
TEETÄ

になってきたのだ。妻《つま》のエンマはね、海《うみ》が嫌《きら》いなのだ。彼女《かのじょ》ときたら船《ふね》が少《すこ》しでもゆれると気分《きぶん》が悪《わる》くなるのだ。だから、陸《りく》へ上《あ》がろうと言《い》い出《だ》したのだよ。せっかくビールも止《や》めたと言《い》うのにな。」

ここまで話《はな》すと提督《ていとく》は、紅茶《こうちゃ》をがぶりと飲《の》み、考《かんが》えごとをするように暖炉《だんろ》をにらみつけました。外《そと》は急《きゅう》に明《あか》るくなって、太陽《たいよう》が顔《かお》を出《だ》し、雪《ゆき》もきらきらかがやいて、水蒸気《すいじょうき》が上《あ》がり始《はじ》めています。提督《ていとく》は自分《じぶん》の世界《せかい》に入《はい》りこんでいましたが、しばらくしてまた話《はな》し始《はじ》めました。

「そうなのだ。それで、なにをしてもダメだったのだ。エンマも自分《じぶん》の気持《きも》ちは変《か》わらなくてね、いまはまた、サヴォンリンナ〔フィンランド共和国《きょうわこく》の首都《しゅと》・ヘルシンキから約《やく》三百三十キロの、東《ひがし》フィンランドにある街《まち》〕にいる。そして、わしはここにいるのだ。わしは自分《じぶん》の愛《あい》する船《ふね》と仕事《しごと》をあきらめることができなかったのさ。世界中《せかいじゅう》の海《うみ》を船《ふね》で回《まわ》る以外《いがい》、わしにできることはないからな。これが、わしの人生《じんせい》だ。それに、陸《りく》に上《あ》がったって仕事《しごと》なんてないんだ。だから、わしはここにいるのさ。」と言《い》うと、提督《ていとく》はフーさんのことを見《み》つめました。「それにしても、いったいどうしてここにいるのかね？」

フーさんは、わけもわからないうちに引《ひ》っ越《こ》さなければならなくなったこと、夢《ゆめ》じゃないかと思《おも》ったこと、でも、これがまぎれもない現実《げんじつ》で、街《まち》の生活《せいかつ》になれなければならなくなったことを話《はな》しました。「まあ、でも、まだ、ここが自分《じぶん》の場所《ばしょ》だとは思《おも》えないんだ。」とフーさんは言《い》うとため息《いき》をつきました。

「そうだったのか。」と提督《ていとく》は悲《かな》しそうに言《い》いました。「それにしても、世《よ》のなかと言《い》うのはこういうものなのかもしれんな。でも、短《みじか》い時間《じかん》でもこうして会《あ》うことができるなんて、それだけでも喜《よろこ》ばないといけないな。明日《あした》になったらエンマ号《ごう》を冬用《ふゆよう》の波止場《はとば》のあるポルヴォー〔ヘルシンキから東《ひがし》へ五十《ごじっ》キロの街《まち》〕へ移動《いどう》させるのだ。海《うみ》が凍《こお》ってしまうまえにね。あそこで冬《ふゆ》を過《す》ごすつもりだ。また、早春《そうしゅん》のころにはこっちへ航海《こうかい》してくる予定《よてい》だよ。また、その時《とき》には会《あ》えるだろうね。」

提督《ていとく》の目《め》はさっきとはちがってきらきらかがやいています。提督《ていとく》は咳《せ》きこんだので紅茶《こうちゃ》を一口《ひとくち》ごくりと飲《の》みました。でも紅茶《こうちゃ》は熱々《あつあつ》で提督《ていとく》はあっちっちと大声《おおごえ》を上《あ》げました。にもかかわらず、提督《ていとく》はやかんをレンジから取《と》ると、カップにつぎ、まず角砂糖《かくざとう》を口《くち》にほうりこみました。提督《ていとく》は、昔《むかし》の時代《じだい》の人《ひと》なのです〔砂糖《さとう》が貴重《きちょう》な時代《じだい》に育《そだ》った人《ひと》のなかには、コーヒーに砂糖《さとう》を入《い》れずこういう飲《の》み方《かた》をする人《ひと》がいます〕。

「そうそう。」と提督《ていとく》はなにかを思《おも》い出《だ》したように話《はな》し始《はじ》めました。「君《きみ》に会《あ》えて、言葉《ことば》にならないほどうれしかったよ。これからもここに来《く》れば君《きみ》に会《あ》えるのだと思《おも》うと、なんだか気持《きも》ちが落《お》ちついてきたよ。いまはこうして一人《ひとり》で暗《くら》い海《うみ》を航海《こうかい》しているだろう。そうすると何度《なんど》となく君《きみ》と隣同士《となりどうし》で暮《く》らしていたころのことを思《おも》い出《だ》すのだ。あのころはよかったな。」

フーさんも、自分《じぶん》がすすり泣《な》きしそうになっていることに気《き》がつきました。ですから、紅茶《こうちゃ》のカップ深《ふか》くに鼻《はな》を突《つ》っこみ、飲《の》んでいるふりをしました。でも、紅茶《こうちゃ》はぜんぜん減《へ》らなくて、どちらかというと、少《すこ》しばかり増《ふ》えてしまったようでした。

提督《ていとく》は、それからずいぶん長《なが》い時間《じかん》、口《くち》を開《ひら》きませんでした。でも少《すこ》しずつなめらかに話《はな》し始《はじ》めました。おたがいに話《はな》すことはたくさんあったのです。

提督《ていとく》とフーさんは長《なが》い時間《じかん》いっしょに腰《こし》をかけていました。太陽《たいよう》がきらきらかがやいた一日《いちにち》も、そろそろ夕方《ゆうがた》です。まっ暗《くら》な海《うみ》がざっぶーん、ざっぶーんと船《ふね》の横腹《よこばら》に当《あ》たっています。白《しろ》くて軽《かる》い雪《ゆき》が少《すこ》しずつ地面《じめん》に積《つ》もり始《はじ》め、太陽《たいよう》の光《ひかり》がなくなると灰色《はいいろ》に変《か》わり、夜《よる》のとばりもおりてきて、ますます暗《くら》くなってきました。

やがてまっ暗《くら》になりました。その時《とき》です、雪《ゆき》が急《きゅう》に明《あか》るくなって、暗《くら》かったところも光《ひかり》に満《み》たされ、それはまるで全世界《ぜんせかい》に光《ひかり》がともったかのようでした。沖《おき》あいだけは漆黒《しっこく》の闇《やみ》に閉《と》ざされたままです。どこか遠《とお》くの黄色《きいろ》い灯台《とうだい》の光《ひかり》だけは、海《うみ》を暗《くら》く沈《しず》ませずにいることでしょう。波《なみ》の音《おと》に乗《の》って、一羽《いちわ》のカモメの心細《こころぼそ》そうな鳴《な》き声《ごえ》が聞《き》こえてきます。

とうとう、お別《わか》れの時《とき》がやってきました。とつぜん提督《ていとく》はフーさんの胸《むね》をつかんだかと思《おも》うと、はげしくたたき、そして、くるっと背中《せなか》をむけてしまいました。「それじゃな。春《はる》になったらまた会《あ》おう。そのうちに、春《はる》になるさ。」

フーさんはしっかりと提督《ていとく》の背中《せなか》を見《み》つめて言《い》いました。

「また会《あ》えますよ、きっと。もしも、ミッコやリンマやティンパを見《み》かけることがあったら、くれぐれもよろしくと伝《つた》えてください。みんなのことがちょっとなつかしいのです。」

提督《ていとく》はそうすると約束《やくそく》してくれました。提督《ていとく》はもう一杯紅茶《いっぱいこうちゃ》を入《い》れると一気《いっき》に飲《の》みほしました。これで少《すこ》し気持《きも》ちが軽《かる》くなりました。

フーさんが歩《ある》いて家《いえ》に帰《かえ》ると、空《そら》が屋根《やね》をおおうように広《ひろ》がっていました。星《ほし》たちはいつもの場所《ばしょ》にありましたし、黄色《きいろ》い月《つき》はまん丸《まる》く大《おお》きくなって、ちょうど頭《あたま》の上《うえ》にありました。夜《よる》になって風《かぜ》はおだやかになりましたが、冷《ひ》えこみはますますきびしくなってきています。でも、フーさんは冷《ひ》えこんでいることにさえ気《き》づきません。フーさんは、どこかで偶然会《ぐうぜんあ》う可能性《かのうせい》がある人《ひと》が一人《ひとり》でもいるってすごいや、と思《おも》っています。たとえ人生《じんせい》が陰気《いんき》で暗《くら》いものだったとしても、気持《きも》ちを明《あか》るくしてくれるし、まるで降《ふ》ったばかりの新雪《しんせつ》のように気分《きぶん》を良《よ》くしてくれるのですから。

11 フーさん森《もり》の家《いえ》を探《さが》しに行《い》く

ビールバラ提督《ていとく》と再会《さいかい》して以来《いらい》、フーさんは深《ふか》く考《かんが》えこんでいます。自分《じぶん》の以前《いぜん》の家《いえ》がどれだけ心地良《ここちよ》かったか、落《お》ちつけていたか、なつかしいりんごの木《き》のこと、小鳥《ことり》たちが遊《あそ》んでいる様子《ようす》、秋《あき》から冬《ふゆ》、冬《ふゆ》から春《はる》、春《はる》から夏《なつ》へと季節《きせつ》のうつろいとともに変《か》わるお庭《にわ》のことを、まえにもまして思《おも》い起《お》こしていました。こうなると、街《まち》の建物《たてもの》は、騒々《そうぞう》しく、ただ大《おお》きいだけ。一軒《いっけん》ごとはせま苦《くる》しく、そっけないものに感《かん》じられました。なんとも言《い》いようのないみじめさにフーさんはおそわれました。このところ、ネズミはとても満足《まんぞく》して毎日《まいにち》を送《おく》っているようなのですが、それを見《み》てもこのみじめな気持《きも》ちはおさまりませんでした。ネズミは毎朝《まいあさ》家《いえ》から出《で》てくると散歩《さんぽ》に出《で》かけ、フーさんを見《み》かけると帽子《ぼうし》を取《と》ってごあいさつ。ときどき夫人《ふじん》をともなっていることもありました。そして、こんな歌《うた》を歌《うた》います。

11　フーさん森の家を探しに行く

おお、なんとすばらしい朝《あさ》
おお、なんと楽《たの》しい我《わ》が家《や》
いまだかつてないこのひと時《とき》
愛《いと》しい人《ひと》はかたわらに
ああ、人生《じんせい》はすばらしい

フーさんは、その様子《ようす》をじっと見《み》て、歌《うた》に聞《き》き入《い》ると、自分《じぶん》はいままでになく孤独《こどく》だと感《かん》じました。雪《ゆき》の玉《たま》も、フーさんがいないあいだにまた消《き》えてしまっていました。フーさんはとても不思議《ふしぎ》に思《おも》いました。

とうとう、フーさんはみじめな気持《きも》ちにたえきれなくなってしまいました。なにをしたら良《よ》いのかさっぱりわかっていませんでしたが、とにかく立《た》ち上《あ》がりドアのところまで行《い》きました。口笛《くちぶえ》を四度《よんど》吹《ふ》きました。すると、帽子《ぼうし》とマフラーとお財布《さいふ》と小《ちい》さな棒《ぼう》がいつもの場所《ばしょ》に飛《と》んできました。これで、出《で》かける準備《じゅんび》はととのいました。ドアのところでフーさんは、お財布《さいふ》に緑色《みどりいろ》のお札《さつ》と金貨《きんか》が入《はい》っていることを確認《かくにん》しました。ようやくこれで準《じゅん》備完了《びかんりょう》です。

11　フーさん森の家を探しに行く

ここ数日《すうじつ》、お天気《てんき》はめまぐるしく変《か》わりました。霧《きり》が急《きゅう》に立《た》ちこめ、雨《あめ》が降《ふ》り、やっと積《つ》もった雪《ゆき》もきれいに消《き》え、と同時《どうじ》に、人々《ひとびと》のやさしさやおだやかさもどこかへ消《き》えてしまいました。それでも、いまはまた、冬《ふゆ》が戻《もど》ってきています。荒《あ》れくるったような風《かぜ》が、雪《ゆき》をあちこちへ飛《と》ばし、自家用車《じかようしゃ》もほうほうのていで家《いえ》までたどり着《つ》いています。道《みち》の四ツ辻《よつじ》のところでは、赤《あか》い上着《うわぎ》を着《き》た白《しろ》いおひげのおじいさんたちが、子《こ》どもたちにまわりをかこまれてかがみこんでいます。お店《みせ》の窓《まど》には星《ほし》やモミの木《き》の枝《えだ》、赤《あか》や青《あお》の灯《あか》りが見《み》えています。歌《うた》も聞《き》こえてきました。フーさんには、いったいなにをしているのかさっぱりわかりませんでしたが。

でも、フーさんには、他《ほか》にやるべきことがありました。自分《じぶん》の家《いえ》の様子《ようす》を見《み》に行《い》こうと決《き》めたのです。そして、決《き》めたことを実行《じっこう》しようとしているのです。フーさんはタクシーを探《さが》しました。一度《いちど》、タクシーで街《まち》から家《いえ》に戻《もど》ったことがありました。ですから、今度《こんど》もタクシーで行《い》こうと思《おも》ったのです。もしも、家《いえ》がちゃんと残《のこ》っているのであれば、タクシーで森《もり》の家《いえ》まで行《い》って、自分《じぶん》の荷物《にもつ》を持《も》ってこようと思《おも》ったのです。街《まち》に住《す》むことだってできるけれど、自分《じぶん》のほんとうの家《いえ》はいつだって森《もり》のなかのあの家《いえ》なんだ。たぶん、まだ間《ま》に合《あ》うだろう。たぶんね。たまたまなにかのまちがいが起《お》こっただけのことさ、と考《かんが》えるとフーさんの心《こころ》は、希望《きぼう》でいっぱいになりました。

やっとタクシーをつかまえることができました。運転席《うんてんせき》では、歳取《としと》ったおじいさんが、まるでしなびたプルーンのようにうなだれていて、革製《かわせい》のタバコ入《い》れのようなにおいがしました。二十世紀《にじっせいき》の初《はじ》めの、まだ馬《うま》が車《くるま》をひいていた時代《じだい》にサンクトペテルブルグ〔かつてのロシア帝国《ていこく》の首都《しゅと》〕で仕事《しごと》を始《はじ》めた人《ひと》でした。フーさんがタクシーに乗《の》りこんでも、運転手《うんてんしゅ》はうしろを見《み》ることさえしませんでした。

「松《まつ》のこんもり森《もり》、悪魔池《あくまいけ》のうしろ。」とフーさんは言《い》いました。こんなふうにまえも言《い》ったのです。そして、ちゃんと行《い》きたいところに着《つ》いたのです。

「旧道《きゅうどう》ですか。それとも、あたらしい道《みち》を行《い》きますか。」とおじいさん運転手《うんてんしゅ》はぼそっと聞《き》きました。

「旧道《きゅうどう》で。」とフーさんは答《こた》えました。

車《くるま》は出発《しゅっぱつ》しました。しばらく行《い》くと、細《ほそ》いややこしい道《みち》に入《はい》り、だんだんと街《まち》の大《おお》きな建物《たてもの》は少《すく》なくなってきて、田舎《いなか》の風景《ふうけい》に変《か》わっていきました。木《き》があり、森《もり》があり、小《ちい》さな家《いえ》があって煙突《えんとつ》からは煙《けむり》が立《た》ちのぼっています。あ、あそこに、ウマがいる！　あ、あそこでは、小《ちい》さな塀《へい》がくずれているぞ！　ああ、あっちでは、カササギが二羽《にわ》、雪《ゆき》の吹《ふ》きだまりから木《き》へ飛《と》びうつった！　フーさんは、すっかり景色《けしき》にみとれています。ふたたび家《いえ》へ、自分《じぶん》の愛《いと》しの家《いえ》へ、木《き》の香《かお》りがする小《ちい》さな家《いえ》へとむかっているのです！

11　フーさん森の家を探しに行く

　道《みち》がなつかしい曲《ま》がり角《かど》を曲《ま》がりました。むこうにガラス製《せい》のポーチがついている見慣《みな》れた黄色《きいろ》い家《いえ》が建《た》っています。その先《さき》を行《い》くと、モミの木《き》の立《た》ちならぶ細《ほそ》い道《みち》があって、夏《なつ》になると花《はな》をつけるナナカマドの古木《こぼく》やシナノキ、カエデの木《き》がたくさんしげる大《おお》きな公園《こうえん》につき当《あ》たります。そのうしろには、まるで教会《きょうかい》の柱《はしら》のような、樹齢百年《じゅれいひゃくねん》ほどのマツの木《き》がまっすぐにそびえたっています。フーさんは急《いそ》げ急《いそ》げとうずうずして、車《くるま》の動《うご》き一《ひと》つ一《ひと》つにいちいち反応《はんのう》していました。次《つぎ》にせまってきたのは、ちょうど、家《いえ》のある一角《いっかく》にあった二階建《にかいだ》ての青《あお》い建物《たてもの》です。まだあと曲《ま》がり角《かど》が二《ふた》つほどあって、それから野原《のはら》があって、そして、そして、家《いえ》が見《み》えてこなければいけません。

　フーさんは興奮《こうふん》しすぎて、車《くるま》のうしろの座席《ざせき》にまん丸《まる》くうずくまると、手《て》で顔《かお》をおおいました。もう、目《め》のまえの光景《こうけい》を見《み》つづける自信《じしん》がなくなったのです。どの家《いえ》も、まえと同《おな》じまま同《おな》じ場所《ばしょ》にありましたから、そうしたなにもかもを、自分《じぶん》の希望《きぼう》の力《ちから》にしたいと思《おも》いました。これまでの人生《じんせい》でフーさんがなにかを望《のぞ》んだのはこれが初《はじ》めてのことです。

「さあ、着《つ》きましたよ。ここでよろしいですか。」とおじいさんが声《こえ》をかけました。

　フーさんはぱっと眼《め》を開《あ》けると、外《そと》を、まわりをながめました。でも、明《あき》らかにちがう場所《ばしょ》でした。なじみのものはなに一《ひと》つありません。広々《ひろびろ》と開《ひら》けたところに、車《くるま》があとからあとから、まるで地下《ちか》でネズミがおっかけっこでもしているみたいに走《はし》っている、まっ黒《くろ》の道《みち》が通《とお》っているだけです。なれ親《した》しんだ木《き》も一本《いっぽん》も見当《みあ》たりません。

「ここじゃありません。」とフーさん。「こんなところ、いままで一度《いちど》も見《み》たことありません。ぼくが、住《す》んでいたところに行《い》ってください。」

　フーさんは、おじいさんが、まちがえましたと言《い》って、家《いえ》へ戻《もど》ってくれることをなかば期待《きたい》していました。でも、おじいさんはまるでウマのように頭《あたま》をうなだれるだけです。

「他《ほか》にこれと同《おな》じ名前《なまえ》のところはありませんよ。それに、このあたりはちょっと変《か》わってしまったんですよ。ここにはもう森《もり》も、池《いけ》も、あなたの小《ちい》さな家《いえ》もないんじゃないでしょうか。あたらしい道《みち》が開通《かいつう》したのでね。この道《みち》のおかげで、他《ほか》の街《まち》へも早《はや》く行《い》けるようになったんですよ。」

　フーさんにとっておじいさんの言葉《ことば》は、まるでかなづちでたたかれたように衝撃的《しょうげきてき》なものでした。いったいなにが

起《お》こったんだ。つまり、これが現実《げんじつ》ってことか。フーさんは目《め》のまえに広《ひろ》がる光景《こうけい》をながめました。自分《じぶん》の家《いえ》を思《おも》い起《お》こさせるものはなに一《ひと》つありません。頭上《ずじょう》に広《ひろ》がる空《そら》でさえ、いままでとはちがって見《み》えました。フーさんは、脳裏《のうり》にわき上《あ》がってくるものをふりはらうように、頭《あたま》をふりました。とつぜん、もうこの光景《こうけい》を見《み》たくない、と思《おも》ったのです。

「戻《もど》ってください。出発《しゅっぱつ》したところへ、戻《もど》ってください。」とフーさんはむせぶような声《こえ》で言《い》いました。

道《みち》の両脇《りょうわき》に雪《ゆき》が積《つ》みあがっています。トウヒ〔松科《まつか》の木《き》〕は白《しろ》いスカートを身《み》にまといパーティに出《で》かけるみたいです。目《め》にうつる風景《ふうけい》は見《み》なれたものでしたが、フーさんの心《こころ》は激《はげ》しく痛《いた》みました。なにを見《み》ても、なにをしても、もうどうにもなりません。もし、気持《きも》ちに重《おも》みがあるのなら、車《くるま》は地面《じめん》のなかに、石《いし》を湖《みずうみ》にほうり投《な》げた時《とき》のように沈《しず》んで行《い》ってしまったことでしょう。でも、車《くるま》は車《くるま》、気持《きも》ちは気持《きも》ちです。そんななか、運転手《うんてんしゅ》のおじいさんはおだやかに街《まち》へと車《くるま》を走《はし》らせています。

運転手《うんてんしゅ》のおじいさんはようやく車《くるま》を止《と》め、フーさんは硬貨《こうか》をさし出《だ》しました。おじいさんはまるで年老《としお》いたウマがパンをかじるように硬貨《こうか》をかじり、外国語《がいこくご》でなにかを言《い》いながらポケットにつっこみました。おじいさんは、サンクトペテルブルグにいたころに、フーさんがカバンのなかに入《い》れて持《も》っている以上《いじょう》の金貨《きんか》を見《み》たことがありました。ですからお金《かね》なんて、いまではどうでもよかったのです。彼《かれ》はただ、家《いえ》のサモワール〔ロシアふうの湯沸《ゆわ》かし器《き》〕のかたわらへ、ふわふわと居眠《いねむ》りをしに戻《もど》りたかっただけです。

街《まち》か、とフーさんは思《おも》いました。また、街《まち》にいるんだな。戻《もど》って来《き》たくはなかったけれど。ここが、ぼくの唯一《ゆいいつ》の家《いえ》というわけだ。

フーさんは、まだ部屋《へや》へ戻《もど》りたくありませんでした。ですから海岸《かいがん》へと歩《ある》いていきました。海《うみ》はとても静《しず》かで、もう固《かた》まりかけていて、そのうち凍《こお》りつくでしょう。海《うみ》は暗《くら》いままですが、もう荒《あ》れくるってはいませんでした。

フーさんは凍《い》てつく海《うみ》をながめました。海《うみ》に手《て》を入《い》れてみて、大《おお》あわてで引《ひ》っこめました。異常《いじょう》に冷《つめ》たくて、指《ゆび》のまわりにはすぐに氷《こおり》の指輪《ゆびわ》ができてしまうほどだったのです。海岸《かいがん》は見渡《みわた》すかぎりなにもありません。遠《とお》く遠《とお》く、ちょうど提督《ていとく》の船《ふね》があったあたりも、すっかりなにもありません。ひっくり返《かえ》った舟《ふね》があることが、そこが海《うみ》である面影《おもかげ》をかすかにとどめているだけです。海《うみ》はかなりの速《はや》さで、きらきら光《ひか》るものでおおわれ始《はじ》めています。

フーさんは海《うみ》へ目《め》をやると、灯台《とうだい》を探《さが》しました。でも、海上《かいじょう》にはなにも見《み》えませんでした。フーさんの足元《あしもと》で雪《ゆき》がきゅっ、きゅっと音《おと》をたてるだけです。

やがてまっ暗《くら》に、なんの兆《きざ》しもなくまっ暗《くら》になり、空《そら》はくっきりと晴《は》れ、何千《なんぜん》という星《ほし》があらわれました。

フーさんはたくさんの星《ほし》と月《つき》を見《み》つめました。少《すく》なくとも、星《ほし》も月《つき》もいつもの場所《ばしょ》でかがやいています。星《ほし》も月《つき》も移動《いどう》してはいません。たぶん、街《まち》がもう街《まち》でなくなる時《とき》も、きっと同《おな》じ場所《ばしょ》にあるでしょう。

フーさんは近《ちか》くからずるっずるっという足音《あしおと》が聞《き》こえてきたので、音《おと》のするほうをむきました。熊野《くまの》モーゼスさんが暗闇《くらやみ》のなかから大《おお》きな筒《つつ》を持《も》ってあらわれました。彼《かれ》はフーさんを見《み》るなりおどろいて、ちょっと頭《あたま》をかきむしり、それから毛皮《けがわ》の帽子《ぼうし》をかぶりなおしました。

「こんなに遅《おそ》い時間《じかん》に、おまけにまっ暗《くら》なのに、どうして外《そと》にいるのかね。」と熊野《くまの》モーゼスさんは言《い》いました。「初《はじ》め、だれかと思《おも》ったよ。こんなに寒《さむ》いじゃないか。」

熊野《くまの》さんの言葉《ことば》に、フーさんは自分《じぶん》が凍《こご》えていることに初《はじ》めて気《き》がつきました。そして本能的《ほんのうてき》にその場《ば》でぴょんぴょん飛《と》び始《はじ》めました。

「ちょうどよい時《とき》にここにいるね。」と熊野《くまの》モーゼスさんが大《おお》きな声《こえ》で言《い》いました。「こんなに空《そら》がきれいな夜《よる》は、ものすごくめずらしい。今年《ことし》は、秋《あき》からこっち月《つき》を見《み》るのは今日《きょう》が初《はじ》めてだ。ちょうどいい時期《じき》だ。まだ満月《まんげつ》ではないし、月《つき》に影《かげ》があるからクレーターも見《み》やすいんだ。もし、時間《じかん》があるんだったら君《きみ》にも見《み》せてあげるよ。まず、準備《じゅんび》が先《さき》だけ

れどね。」
熊野《くまの》モーゼスさんは運《はこ》んできたものを広《ひろ》げ、三脚《さんきゃく》を組《く》み立《た》て、筒《つつ》をその上《うえ》に取《と》りつけました。それから、筒《つつ》を月《つき》の方向《ほうこう》へむけると、ねじを回《まわ》し、レンズをきれいにし始《はじ》めました。フーさんはなにをどう考《かんが》えたらよいのかわかりません。
熊野《くまの》モーゼスさんは深呼吸《しんこきゅう》をすると、筒《つつ》のなかを長《なが》い長《なが》いあいだのぞいていました。フーさんが月《つき》を見《み》つめると、月《つき》の青白《あおじろ》いほっぺたには、黒《くろ》っぽいぽちぽちが見《み》えました。月《つき》はいつだってこんなふうだったはずです。月《つき》がちがう見《み》え方《かた》をしたことなんてあったでしょうか。
「さあ、見《み》てごらん。」と熊野《くまの》モーゼスさんはささやくように言《い》いました。「ピントも合《あ》わせてあるからね。でも、月《つき》は動《うご》きが早《はや》いから注意《ちゅうい》して。」

フーさんは小《ちい》さな穴《あな》をのぞいてみました。どうしてこんなに小《ちい》さな穴《あな》からいろんなものを見《み》ることができるのか、フーさんにはさっぱりわかりません。

フーさんの目《め》のまえには、大《おお》きなうす灰色《はいいろ》のボールがありました。そのボールはとても静《しず》かで、いまにも死《し》んでしまいそうです。まるであばただらけで包帯《ほうたい》グルグルギプスのようです。ボールには、周囲《しゅうい》がとても高《たか》く盛《も》り上《あ》がった大《おお》きな円《えん》があちこちにありました。月《つき》の大《おお》きさにくらべると、輪《わ》っかは小《ちい》さいものばかりでしたが、とても大《おお》きなものもありました。ある一《ひと》つの輪《わ》のまんなかには、また別《べつ》の輪《わ》があって、とても高《たか》く盛《も》り上《あ》がっています。フーさんは自分《じぶん》の目《め》をうたがいました。これは、月《つき》なんかじゃないよ。

「この輪《わ》っかはいったいなんですか。」とただもうおどろくばかりのフーさんが熊野《くまの》モーゼスさんにたずねました。

「クレーターが今日《きょう》はとってもよく見《み》えるんだ。」とモーゼスさんは満足《まんぞく》そうにほほえんでいます。「おどろいたかい。ほとんどなんにもないところは、雨《あめ》の海《うみ》と呼《よ》ばれる場所《ばしょ》さ。月《つき》には、水《みず》は一滴《いってき》もないんだがね！　それから、あそこの、はしっこにあるのは、月《つき》で一《いち》番大《ばんおお》きなクレーターのバイイだよ。直径《ちょっけい》が二百九十《にひゃくきゅうじっ》キロメートルもあるんだ。すごいだろ！」

フーさんが、ふとした拍子《ひょうし》に望遠鏡《ぼうえんきょう》を動《うご》かしてしまうと、視界《しかい》から月《つき》が消《き》えてしまいました。熊野《くまの》モーゼスさんは急《いそ》いでまた焦点《しょうてん》をあわせました。彼《かれ》は全神経《ぜんしんけい》を月《つき》に集中《しゅうちゅう》させています。

フーさんはもう一度《いちど》、月《つき》を見《み》ました。望遠鏡《ぼうえんきょう》を通《とお》さずにながめると、黄色《きいろ》くて、まるで生《い》きているみたいで、とてもやさしそうに見《み》えるのに。現実《げんじつ》はちがうんだ。見《み》れば見《み》るほど世《よ》のなかはおかしくなっていくな、とフーさんは思《おも》いました。望遠鏡《ぼうえんきょう》でながめると、空《そら》や地面《じめん》の境目《さかいめ》は移動《いどう》するし、世《よ》のなかはさかさまになるし、月《つき》にいたっては顔《かお》がなくなってしまいます。最初《さいしょ》に目《め》にしたものと、こんなにも変《か》わってしまうものなんて、月《つき》の他《ほか》になにがあると言《い》うのでしょう。人間《にんげん》といっしょに過《す》ごすということは、こういうことなのかもしれない。きっと、ぼくの森《もり》の家《いえ》だって、どこか別《べつ》の場所《ばしょ》に残《のこ》っているにちがいない。おそらくちょっと移動《いどう》しただけだろうから、見《み》つけることだってできるさ。いつの日《ひ》か探《さが》してみよう。もしかしたら、ちがう色《いろ》になっているかもしれないし、ちがう大《おお》きさになっているかもしれないし、形《かたち》も変《か》わっているかもしれない。それでも、やっぱりぼくの家《いえ》だし、きっとどこかにあるはずだ。ぼくが見《み》れば、ぼくの家《いえ》だってきっとすぐにわかるはずだ。

あれこれ考《かんが》えつつ、フーさんは寒《さむ》さにふるえながら大急《おおいそ》ぎで家《いえ》へと戻《もど》りました。熊野《くまの》モーゼスさんはフーさんが立《た》ち去《さ》った音《おと》さえも耳《みみ》に入《はい》っていませんでした。彼《かれ》は月《つき》の明《あ》かりを浴《あ》びすぎたのです。じつは、月《つき》の明《あ》かりというのは、ある特別《とくべつ》な人《ひと》にとっては、もう二《に》度《ど》と月《つき》の魅惑《みりょく》からははなれられなくなるような力《ちから》がそなわっているのですよ。

12 フーさんサーカスへ行《い》く

フーさんは何日《なんにち》もふさぎこんでいましたが、ようやくなんとかベッドから起《お》き上《あ》がり、紅茶《こうちゃ》を沸《わ》かしました。毛布《もうふ》にくるまったままで、頭《あたま》に浮《う》かぶことを次《つぎ》から次《つぎ》へと考《かんが》えていました。明《あか》るさと暗《くら》がりが交互《こうご》にやってきて、外《そと》はとても冷《ひ》えこんでいます。けれどもフーさんは、そんなことにはまったく気《き》がついていません。自分《じぶん》の世界《せかい》にすっかり入《はい》りこみ、ネズミの歌声《うたごえ》さえも耳《みみ》に入《はい》りませんでしたし、建物《たてもの》を修繕《しゅうぜん》している音《おと》も聞《き》こえていません。ネズミはちょうどナッツの殻《から》で乳母車《うばぐるま》を作《つく》っているところです。どうやら、ネズミ夫人《ふじん》はもうすぐあたらしい家族《かぞく》をむかえる時期《じき》のようです。

ようやくフーさんも行動《こうどう》を開始《かいし》する時《とき》が来《き》ました。もう、今朝《けさ》から、フーさんにそんな気配《けはい》がありました。服《ふく》を着《き》ると急《いそ》いで起《お》き上《あ》がり、空気《くうき》がほら穴《あな》のなかのようによどんでいたので、窓《まど》を大《おお》きく開《あ》けました。冷《ひ》えた空気《くうき》が家《いえ》のなかにすうっと入《はい》ってきて、フーさんは喜《よろこ》んで空気《くうき》をむかえ入《い》れました。「どんどんなかに入《はい》っておいで。」空気《くうき》が入《い》れ替《か》わる音《おと》がしばらくしていましたが、やがて静《しず》かになりました。フーさんは、とてもすてきな笑顔《えがお》をうかべ、それから窓《まど》を閉《し》めました。うん、いつもどおりに迅速《じんそく》に行動《こうどう》できたぞ。

その時《とき》です、ドアの呼《よ》び鈴《りん》が鳴《な》りました。フーさんは、すぐにはチリンチリンという音《おと》がどこから聞《き》こえてくるのかわかりませんでしたが、やがてドアのところへむかいました。ドアのむこうには狐川《きつねがわ》カリさんが、ロッタと手《て》をつないで立《た》っていました。ロッタは、髪《かみ》の毛《け》をボウタイでまとめ、あたらしいミトンの手袋《てぶくろ》とかわいらしい冬用《ふゆよう》のつなぎを着《き》ていました。彼女《かのじょ》は、フーさんを期待《きたい》のこもったまなざしで見《み》ています。

「さてと。いったいなにから話《はな》したらよいのやら。」と狐川《きつねがわ》さんが話《はな》し始《はじ》めました。どうやら、狐川《きつねがわ》さんはこまっているようです。なにかが起《お》こったんだなとフーさんは感《かん》じました。

「じつは、このロッタが……。」

いったい、ロッタはなにをしでかしたんだろう？　とっても落《お》ちついていて、悪《わる》さをするような子《こ》じゃないはずなのに。フーさんは自分《じぶん》の耳《みみ》をうたがいました。

「じつは、このロッタがサーカスへ行《い》きたいと言《い》うのだ。ここにチケットが二枚《にまい》ある。妻《つま》は、わたしが行《い》くべきだと言《い》うのだ。だがわたしには自分《じぶん》の仕事《しごと》があって……。」

フーさんは、狐川《きつねがわ》さんがなにを言《い》おうとしているのか考《かんが》えてみましたが、わかりません。「ものすっごく行《い》きたいの。ただで行《い》けるんだからいいでしょ。」

「ねえ、いっしょに行《い》ってくれない。」とロッタがかすれた声《こえ》で言《い》いました。

フーさんにはやっとわかりました。いっしょにどこかのサーカスを見《み》に行《い》くということか。でもそれっていったいどういうことだろう。でも、ロッタが行《い》きたいと言《い》うのなら、どこへなにを見《み》に行《い》こうと同《おな》じことだ。彼女《かのじょ》とならいつでもどこでもいっしょについて行《い》くのはかまわないよ。

フーさんは了解《りょうかい》しました。急《いそ》いで口笛《くちぶえ》を四回吹《よんかいふ》いて身支度《みじたく》をととのえ、黒《くろ》い棒《ぼう》も持《も》ちました。フーさんはこの棒《ぼう》を、もう家《いえ》に置《お》きっぱなしにすることはありません。なぜかというと、フーさんはものすごく車《くるま》が怖《こわ》くなったのです。じつは、だれもフーさんに信号《しんごう》というものを説明《せつめい》していなかったのです。

狐川《きつねがわ》カリさんの歯《は》のあいだから紙巻《かみま》きタバコが落《お》っこちました。あるいは、脳《のう》の回路《かいろ》が一《いっ》瞬止《しゅんと》まってしまったのかもしれません。だって、マフラー、靴《くつ》、お財布《さいふ》、棒《ぼう》がたしかに空中《くうちゅう》を飛《と》んでフーさんのところまでやって来《き》たのです。それに靴紐《くつひも》は、ひとりでに結《むす》ばれました。彼《かれ》はいまのことは見《み》なかったことにしようと決《き》めました。目《め》のまえで起《お》きたことをそのまま信《しん》じる人《ひと》なんてほとんどいません。ちょっと、睡眠不足《すいみんぶそく》だったのさ、と狐川《きつねがわ》さんはひとり言《ごと》をいいました。奥《おく》さんがやかましくて寝《ね》かせてくれなかったのです。それから、彼《かれ》は船《ふね》のエンジンのための配電機《はいでんき》のことを考《かんが》え始《はじ》めました。

　道《みち》に出《で》るとフーさんはふと立《た》ち止《ど》まりました。

「いったいどうやったらサーカスへ行《い》けるんだろう？」

「わたしが君《きみ》たちを車《くるま》で送《おく》って行《い》くよ。」と狐川《きつねがわ》さんは上《うわ》の空《そら》でつぶやきました。「さあ、車《くるま》に乗《の》って。」

　車《くるま》は、ナット、スパナ、歯車《はぐるま》、点火《てんか》プラグ、パイプやチューブ、コンテナ、金属《きんぞく》でできた入《い》れ物《もの》や工具《こうぐ》など、いったいこれはなんだろうというものでいっぱいでした。でもロッタは、ごく当《あ》たりまえのようになにも気《き》にせず

乗《の》りこみました。彼女《かのじょ》にしてみれば、むしろ普通《ふつう》の車《くるま》のように、よけいなものなんてなにものっていない車《くるま》のほうが変《へん》に思《おも》えたのかもしれません。なぜって、もう赤《あか》ん坊《ぼう》のころからこういう車《くるま》だけしか見《み》たことがなかったのです。

狐川《きつねがわ》さんがこの世《よ》のものとは思《おも》えないほど、乱暴《らんぼう》な運転《うんてん》をしたので、フーさんは帽子《ぼうし》をぎゅっと押《お》さえなければなりませんでした。彼《かれ》がブレーキを踏《ふ》んでも、車《くるま》はひたすらひたすら走《はし》りつづけ、狐川《きつねがわ》さんはとうとう車《くるま》の床《ゆか》にあるハッチを開《あ》け、そこから足《あし》を外《そと》に出《だ》しました。こうやってやっと車《くるま》を停車《ていしゃ》させることができたのです。

「さあ、着《つ》いたよ。お花通《はなどお》り十三番《じゅうさんばん》。ここは古《ふる》いサーカスなんだ。二《に》、三時間《さんじかん》したらむかえに来《く》るから。じゃ、楽《たの》しんでおいで。」

車《くるま》はエンジンをふかすと煙《けむり》を上《あ》げ、馬力《ばりき》を全開《ぜんかい》にして道《みち》に飛《と》び出《だ》すや、あっという間《ま》に角《かど》を曲《ま》がって消《き》えました。

フーさんはまだ車《くるま》に乗《の》っていた時《とき》の余韻《よいん》で頭《あたま》がぐるぐるしていました。でもこんな時《とき》にはどうしなければいけないのか、ロッタはわかっていました。こういうふうに頭《あたま》がぐるぐるになるおじさんと車《くるま》に乗《の》るのが初《はじ》めてではありませんでしたから。彼女《かのじょ》はフーさんを扉《とびら》のところへ連《つ》れて行《い》くと、チケットを出《だ》し、フーさんがなかへ入《はい》るのを手伝《てつだ》いました。

そこは大《おお》きなホールでした。どこもかしこもやかましい人《ひと》ばかり。なかには、い、ろ、は、に、ほ、へ、と、と書《か》いた小《ちい》さな扉《とびら》がありました。フーさんは、いったいなにがどうなっているのか、かいもく見当《けんとう》がつきません。

ロッタはフーさんを列《れつ》にならばせました。そして、自分《じぶん》たちの順番《じゅんばん》になるとアイスクリームとジュースと白《しろ》いぼんぼりのようなものが入《はい》った袋《ふくろ》を買《か》いました。フーさんは女《おんな》の人《ひと》に緑色《みどりいろ》の紙幣《しへい》をさし出《だ》すと、1という数字《すうじ》が入《はい》ったものすごく高価《こうか》な硬貨《こうか》をたくさんお釣《つ》りにもらいました。フーさんは、このお釣《つ》りがとても気《き》に入《い》りました。ここにはまた来《こ》なくちゃ。

それからロッタに「と」の扉《とびら》のところへ連《つ》れて行《い》かれました。「と」って、「動物《どうぶつ》」っていう言葉《ことば》の初《はじ》めの文字《もじ》の「と」のことだなとフーさんは思《おも》いつきました。自分《じぶん》の名前《なまえ》には動物《どうぶつ》の名前《なまえ》は入《はい》っていないけれどね。きっとこの会場《かいじょう》ではみんな、自分《じぶん》の名前《なまえ》にちなんだ場所《ばしょ》をわけられるんだろうな。

二人《ふたり》の場所《ばしょ》は、十列目《じゅうれつめ》でした。サーカスは、ものすごく天井《てんじょう》の高《たか》い大《おお》きなホールでおこなわれていました。ステージの中央《ちゅうおう》には円《えん》が描《えが》いてあり、その円《えん》にそって、十頭《じっとう》のウマがおたがいにからだをよせあってはねるように走《はし》り回《まわ》っています。ウマたちは前足《まえあし》を持《も》ち上《あ》げて歌《うた》を歌《うた》いました。すると、彼《かれ》らの背中《せなか》に燃《も》えたたいまつを持《も》った女《おんな》の人《ひと》たちが飛《と》び乗《の》りました。フーさんはものすごく不思議《ふしぎ》に思《おも》っています。いったい彼《かれ》らはなにをしようとしているのだろう。

ムチを打《う》つ音《おと》がしました。そして、黒《くろ》いジャケットを着《き》た男《おとこ》の人《ひと》が手《て》でなにか合図《あいず》をしてあいさつを始《はじ》めました。

「さて、会場《かいじょう》の紳士淑女《しんししゅくじょ》の皆《みな》さま。これからご覧《らん》に入《い》れますのは、ウマの曲芸《きょくげい》の最高峰《さいこうほう》でございます。」

観衆《かんしゅう》はどよめきました。

男《おとこ》の人《ひと》がまたムチをぴしゃりと打《う》つと、ウマたちが他《ほか》のウマの背中《せなか》に飛《と》び乗《の》り、それがつづくと最後《さいご》にはピラミッドの形《かたち》が出来上《できあ》がりました。一番《いちばん》てっぺんでは白馬《はくば》がよろよろしています。それから、順序《じゅんじょ》よく下《した》に下《お》り、順番《じゅんばん》に舞台裏《ぶたいうら》へと消《き》えて行《い》きました。フーさんはロッタにちらっと目《め》をやりました。ロッタは、ウマのことをうっとりした目《め》でながめていて、人々《ひとびと》は二《ふた》つの手《て》を猛烈《もうれつ》にたたいています。ここは、そんなに寒《さむ》いかな、とフーさんはびっくりしました。ぼくは汗《あせ》をかいているっていうのに。フーさんはマフラーをはずしました。

つづいて、ステージでは、まっ黒《くろ》い色《いろ》をした巨大《きょだい》なクマがぐるぐると歩《ある》き回《まわ》り始《はじ》めました。クマのすぐあとからはライオンが出《で》て来《き》て、あちらこちらを走《はし》りまわっています。フーさんは、帽子《ぼうし》を目元《めもと》までおろし、目《め》のまえの光景《こうけい》を見《み》ないようにしました。奴《やつ》らはもしかしたら観衆《かんしゅう》のなかに飛《と》びこんでくるかもしれません。でも、ロッタがフーさんのことを安心《あんしん》させました。フーさんが怖《こわ》がっているのがわかったので、こうささやいたのです。

「みんな飼《か》いならされているから、噛《か》んだりしないのよ。これは、たんなる曲芸《きょくげい》なんだから。」こう言《い》うと、ロッタは、ステージに集中《しゅうちゅう》しました。人々《ひとびと》は芸《げい》のすばらしさにどよめいています。

百羽《ひゃくわ》ほどのハトがホールのなかを上《うえ》から下《した》へ、下《した》から上《うえ》へと飛《と》び回《まわ》りました。それから男《おとこ》の人《ひと》が空中《くうちゅう》を走《はし》りました。この男《おとこ》の人《ひと》の肩《かた》には、頭《あたま》に女《おんな》の子《こ》を二人《ふたり》乗《の》せた男《おとこ》の人《ひと》がもう一人《ひとり》立《た》っていて、二人《ふたり》の女《おんな》の子《こ》のあいだにはさらにもう一人《ひとり》女《おんな》の子《こ》がいました。フーさんは空中《くうちゅう》に細《ほそ》いワイヤーが張《は》ってあることにしばらくは気《き》づきませんでした。それからあとの出来事《できごと》は、もう信《しん》じられないことの連続《れんぞく》でした。フーさん自身《じしん》、こんなふうに自分《じぶん》の家《いえ》の窓《まど》から道《みち》に落《お》ちずに移動《いどう》することができればどんなにすごいだろう、と考《かんが》えたくらいです。サーカスには、不思議《ふしぎ》なしかけがあるにちがいない。きっとね。フーさんはまたステージに目《め》をやりました。

天井《てんじょう》のいちばん高《たか》いところに明《あ》かりが一《ひと》つともると、他《ほか》の明《あ》かりがいっせいに消《き》えました。小《ち》さな女《おんな》の子《こ》がたいまつを手《て》に空中《くうちゅう》を飛《と》び、歯《は》でロープをつかんでぶら下《さ》がりました。もしも、落《お》ちでもしたら、ばかになってしまいます。フーさんはおそろしくなりました。

12　フーさんサーカスへ行く

大急《おおいそ》ぎで棒《ぼう》をさがして取《と》り出《だ》しました。もしかしたら、棒《ぼう》の力《ちから》が必要《ひつよう》かもしれないと思《おも》ったのです。

女《おんな》の子《こ》はたいまつを手《て》からはなすと、軽々《かるがる》と、でもちょっとふらつきながら小《ちい》さなステージへ下《お》りたったのですが、さあ、たいへん、片方《かたほう》の足《あし》がうまくステージに乗《の》らなかったのです。いまやステージから落《お》ちる寸前《すんぜん》。フーさんは急《いそ》いで口笛《くちぶえ》を吹《ふ》き、棒《ぼう》を女《おんな》の子《こ》へむけました。すると、女《おんな》の子《こ》はすぐにバランスを取《と》り戻《もど》し、おまけにものすごく見事《みごと》なとんぼ返《がえ》りを二回《にかい》もやってのけたのです。観衆《かんしゅう》は熱狂《ねっきょう》しました。なによりも、女《おんな》の子《こ》自身《じしん》がとてもおどろきました。いったいなにが起《お》こったのか自分《じぶん》でもさっぱりわかりません。なにがすごいかって、こんなに見事《みごと》なとんぼ返《がえ》りは、これまでどれだけ練習《れんしゅう》しても、できたためしがなかったのです。でも、このとんぼ返《がえ》りで彼女《かのじょ》は大評判《だいひょうばん》になりました。

会場《かいじょう》が明《あか》るくなり、人々《ひとびと》は席《せき》をはなれ始《はじ》めました。ロッタも立《た》ち上《あ》がり、フーさんもそれについて行《い》きました。

「これで終《お》わりなの。」とロッタにたずねました。ロッタは、まるで子《こ》どものことを見《み》るみたいにフーさんのことをちらっと見《み》ました。「いまは休憩時間《きゅうけいじかん》なの。このあとに魔法《まほう》があるの。」

「魔法《まほう》だって？」フーさんはいったいなんのことだかさっぱりわかりません。いったいサーカスでどうして魔法《まほう》ができるというんだ。本物《ほんもの》の魔法《まほう》というのは、秘密《ひみつ》のなかの秘密《ひみつ》だっていうのに。人間《にんげん》は魔法《まほう》の危険《きけん》にさらされたいとでも思《おも》っているのだろうか？

「魔法《まほう》ってすごいのよ。帽子《ぼうし》からウサギが出《で》てきたり、ハトが消《き》えちゃったりするの。」

とロッタが言《い》いました。

フーさんは、ロッタが言《い》っているのは、ちょっとした魔法《まほう》の遊《あそ》びだということに気《き》づきました。たんなるめくらましです。それならば残《のこ》って見《み》ていこうと思《おも》いました。

二人《ふたり》は自分《じぶん》たちの席《せき》へ戻《もど》りました。他《ほか》の人《ひと》たちもちょうど席《せき》に戻《もど》ってきたところで、まだステージではなにも始《はじ》まっていません。フーさんには、ステージが始《はじ》まるまで周囲《しゅうい》を見《み》回《まわ》す時間《じかん》がありました。

フーさんの隣《となり》には白《しろ》い髪《かみ》の小《ちい》さな男《おとこ》の子《こ》が座《すわ》っています。その隣《となり》にはとても元気《げんき》な女《おんな》の子《こ》が、そのまた隣《となり》には少《すこ》し背《せ》の高《たか》い男《おとこ》の子《こ》が座《すわ》っています。フーさんには、その子《こ》どもたちが自分《じぶん》がとてもよく知《し》っている子《こ》どもたちのように思《おも》えました。小《ちい》さい男《おとこ》の子《こ》がとつぜんフーさんのほうへ顔《かお》をむけました。

「フーさんだ。いったいどこにいたの。」と男《おとこ》の子《こ》は大《おお》きな声《こえ》で言《い》いました。

フーさんはびっくりして身《み》ぶるいしました。男《おとこ》の子《こ》は、そう、ティンパだったのです。その隣《となり》に座《すわ》っていたのはリンマとミッコでした。

再会《さいかい》ってこんなふうに起《お》こるものなんです！　フーさんの口元《くちもと》にもうっすらと笑《え》みがこぼれました。こんなことが起《お》こるなんて、思《おも》ってもみませんでした。子《こ》どもたちも街《まち》へ引《ひ》っ越《こ》して、おたがい近《ちか》くに住《す》んでいるのだと話《はな》してくれました。それに、彼《かれ》らはみんな同《おな》じ学校《がっこう》に通《かよ》っているそうです。もちろん、田舎《いなか》に未練《みれん》はあるけれど、街《まち》にはいろいろ楽《たの》しいことがあるもの、このサーカスみたいにね。フーさんはどこに住《す》んでいるの？

こんな会話《かいわ》をしている最中《さいちゅう》に明《あ》かりが消《き》えました。フーさんはティンパに、この公演《こうえん》のあとでまた会《あ》おうとささやいて、自分《じぶん》の席《せき》に戻《もど》りました。なんという偶然《ぐうぜん》だろう、とフーさんは思《おも》いました。でも、まあ、人生《じんせい》ってこういうものです。まあ、こんなふうにうまく行《い》かないことのほうが多《おお》いのも事実《じじつ》ですが。

「あの子《こ》たちはだれ。」とロッタが真剣《しんけん》な顔《かお》つきでたずねました。彼女《かのじょ》は三人《さんにん》をじいっと見《み》つめています。

「むかしからの友《とも》だちなんだ。」とフーさんは説明《せつめい》しました。

「わたし、あの子《こ》たちのこと嫌《きら》い。」ときっぱり言《い》いました。

「まだ好《す》きじゃないんだね。でもそのうちにきっと好《す》きになるよ。」とフーさんが言《い》いました。

「そんなこと、ありっこない。」とロッタはむきになってこたえました。「好《す》きになんかなりたくない。わたしの手《て》、にぎっててよ。」

ロッタはフーさんの袖口《そでぐち》をぎゅっとつかみました。

もうとっくのむかしに、ロッタはフーさんがお人形《にんぎょう》ではないと言《い》うことに気《き》がついていました。でも、フーさんが他《ほか》の子《こ》どもたちと知《し》り合《あ》いだということがゆるせなかったのです。フーさんは、わたしのもの、とロッタは意地《いじ》をはって、フーさんのことをぎゅうっとつかまえました。もしもあの子《こ》たちがフーさんと遊《あそ》びたいというのなら、わたしにお願《ねが》いしないといけないのよ。ロッタはこう心《こころ》に決《き》め、くちびるをぎゅっと結《むす》びました。

ステージには、どこからともなく黒《くろ》い服《ふく》を来《き》た男《おとこ》の人《ひと》があらわれ、キオと名乗《なの》りました。フーさんは最初《さいしょ》のうち、その男《おとこ》の人《ひと》のことを、どれほどの腕前《うでまえ》だろうとただながめているだけでしたが、だんだんと、この男《おとこ》の人《ひと》はかなり腕《うで》ききの手品師《てじなし》だということがわかってきました。それもそうです。フーさんは、彼《かれ》がやっている手品《てじな》をなに一《ひと》つできないのですから。でも、動揺《どうよう》していることをまわりに悟《さと》られないようにじっとしていました。たぶん、そのうちに、手品《てじな》の一《ひと》つや二《ふた》つはできるようになるさ、とフーさんは思《おも》いました。

手品師《てじなし》キオは、五人《ごにん》の人《ひと》を別々《べつべつ》の、それぞれ小《ちい》さな箱《はこ》に押《お》しこめて、エイッと言《い》うとあっという間《ま》に消《け》してしまいました。次《つぎ》にキオ自身《じしん》が箱《はこ》に入《はい》り、エイッと言《い》うと一瞬《いっしゅん》にして箱《はこ》は空《から》っぽになり、箱《はこ》は軽《かる》くなって、いまにも空中《くうちゅう》に持《も》ち上《あ》がりそうです。ところがその瞬間《しゅんかん》、キオは、車《くるま》に乗《の》ってステージにあらわれました。それから車《くるま》とライオンを二頭《にとう》消《け》しました。その次《つぎ》に、ステージ上《じょう》の、美《うつく》しい女《おんな》の人《ひと》に火《ひ》をつけると、女《おんな》の人《ひと》をのみこんだ火《ひ》はトナカイに変《か》わり、そのあとに別《べつ》の箱《はこ》からはもっとすてきな女性《じょせい》があらわれました。フーさんは、口《くち》をぽかんと開《あ》けたまま見《み》ていました。こんな人《ひと》と、まっ暗闇《くらやみ》のなかでとつぜん出会《であ》いたくはありません。フーさんはなにが起《お》こってもいいように、しっかりと棒《ぼう》をにぎりなおしました。この男《おとこ》の人《ひと》がいったいなにをしでかすかわかりませんからね。

しばらくしてキオの手品《てじな》は終《お》わり、彼《かれ》はステージから下《さ》がりました。会場《かいじょう》はシーンとしています。すると、ステージにまっ黒《くろ》いネコがあらわれて、二回《にかい》ほど鳴《な》きました。フーさんは、どこかで見《み》たことがあるネコだなと思《おも》いました。もしかして、このネコは、時《とき》おりフーさんの家《いえ》の廊下《ろうか》をふらふらしているネコじゃないだろうか。でも、ネコなんて、みんな同《おな》じようなものだ、特《とく》に黒《くろ》ネコはね、とフーさんはぼそっと言《い》いました。

「さあ、みなさん。本日《ほんじつ》二《ふた》つ目《め》のメインイベントをご覧《らん》に入《い》れましょう。マジック博士《はかせ》渡烏《わたりがらす》エルです。紳士淑女《しんししゅくじょ》の皆《みな》さま、そして、ちびっ子《こ》たち。宙《ちゅう》に浮《う》かないように、しっかりと椅子《いす》に腰掛《こしか》けていてくださいよ。」それから、おそろしい演目《えんもく》が始《はじ》まりました。天《てん》井《じょう》から、とてつもなく大《おお》きなさけび声《ごえ》がひびきわたると、明《あ》かりがすべて消《き》えました。

フーさんは渡烏《わたりがらす》エルのことを思《おも》い出《だ》しました。いつもネコがそういう名前《なまえ》のついたドアのまえに立《た》っていましたっけ。この人《ひと》は、同《おな》じ階《かい》に住《す》んでいる人《ひと》です。そういうことだったのか、とフーさんはびっくりです。いつかこの人《ひと》の家《いえ》にお邪魔《じゃま》できるかもしれないな。

小《ちい》さく明《あ》かりがともりました。背《せ》が高《たか》くて黒《くろ》い服《ふく》を着《き》た人物《じんぶつ》がステージの上《うえ》に立《た》っています。その人《ひと》が手《て》を伸《の》ばすと、まっ赤《か》なトリが二羽《にわ》、観客席《かんきゃくせき》の上《うえ》をぐるぐると飛《と》び始《はじ》めました。つづいて手《て》で空中《くうちゅう》を指《さ》すと、トリはリスに変《か》わりました。二匹《にひき》はマツぼっくりに乗《の》って、ボールで遊《あそ》んでいます。渡烏《わたりがらす》がもう一度《いちど》合図《あいず》をしました。すると、リスは今度《こんど》はヘラジカになって、あっちへ行《い》ってはぶつかり、こっちへ来《き》てはよたよたしました。それからマジシャンは手《て》をたたきました。

ヘラジカはひゅうっと空中《くうちゅう》に浮《う》き上《あ》がると、いきなり、なんのまえぶれもなく消《き》えてしまいました。マジシャンが手《て》を地面《じめん》へむけると、今度《こんど》は美《うつく》しいみごとな花《はな》が二《ふた》つ伸《の》び始《はじ》めました。その花《はな》ときたらゆらゆらゆれて歌《うた》を歌《うた》っています。葉《は》っぱの上《うえ》にはチョウが止《と》まっていて、音楽《おんがく》にあわせて飛《と》び回《まわ》り、とうとう音符《おんぷ》になって五線譜《ごせんふ》の上《うえ》にくっつきました。

こうしていつの間《ま》にかステージ上《じょう》にあらわれたものみんなが音楽《おんがく》に合《あ》わせ始《はじ》めました。

観衆《かんしゅう》は、拍手《はくしゅ》するのも忘《わす》れて、次《つぎ》から次《つぎ》へとあまりにもすばらしくて、信《しん》じられないようなことがおこるので、ただ息《いき》をのんで見入《みい》っています。

「さあ、ちびっ子たち、紳士淑女《しんししゅくじょ》の皆《みな》さま。渡烏《わたりがらす》エルは、手助《てだす》けしてくれる方《かた》が一人《ひとり》必要《ひつよう》のようです。さあ、どなたかやりたい方《かた》はおられますかな。手助《てだす》けしてもよいという方《かた》はおられませんか！」

「ここにいるよ。フーさんがやるよ。」といきなりティンパが大声《おおごえ》を上《あ》げました。

「それはすばらしい。では、ステージへどうぞ。」という声《こえ》がしました。

フーさんは抵抗《ていこう》しようとするよりもまえに、さっさとステージへ運《はこ》ばれてしまいました。棒《ぼう》をぎゅっとにぎりしめて立《た》っているフーさんは、とても弱々《よわよわ》しく、頼《たよ》りなさそうに見《み》えたので、観衆《かんしゅう》は大笑《おおわら》いです。この反応《はんのう》に、フーさんはだんだんと怒《いか》りがこみ上《あ》げてきました。

「さて、これから二人《ふたり》の戦《たたか》いを楽《たの》しむことといたしましょう。普通《ふつう》の人《ひと》がいったいどうやってマジシャン・渡烏《わたりがらす》エルの超人的《ちょうじんてき》なパワーに対抗《たいこう》するのか。さあ、それでは、戦《たたか》いの始《はじ》まりです。」

ところが、マジックらしきものはいっこうに出《で》て来《き》ません。一方《いっぽう》、フーさんは、怒《いか》りでシューシューとヘビのような音《おと》を出《だ》しています。「神様《かみさま》、お助《たす》けください。ぼくの力《ちから》を使《つか》いたいのです……。」フーさんは、もう遠慮《えんりょ》なんかするもんかと心《こころ》に決《き》めました。

「なぜマジックがかからない。」

マジシャンは、手《て》を上《あ》げました。ところがマジックがかからないのでおじけずいてしま

い、上《あ》げた手《て》を下《お》ろすしかありません。

「さてさて。観客《かんきゃく》の皆《みな》さんが、お待《ま》ちですよ。日《ひ》がな一日《いちにち》待っているわけにはまいりませんよ。さあ、もう戦《たたか》いは始《はじ》まっているんですよ。」

マジシャンは、ありったけの力《ちから》をこめて手《て》を上《あ》げました。すると、まばゆいばかりの稲《いな》妻《づま》がフーさんにむかってほとばしりました。ところが警戒《けいかい》していたフーさんは、稲妻《いなづま》を棒《ぼう》で天井《てんじょう》へむけました。稲妻《いなづま》は、そこでぐるぐる、ぐるぐる、シューシュー、パンッパンッと言《い》いながらまるで迷子《まいご》になったロケットのように回《まわ》っています。

見《み》ている人《ひと》みんなの想像《そうぞう》を超《こ》えた出来事《できごと》でした。こんなサーカス、いままでだれ一人《ひとり》として見《み》たことはありません。観衆《かんしゅう》はおたけびを上《あ》げ、おたがいに抱《だ》き合《あ》い、いまや興奮《こうふん》のるつぼです。

今度《こんど》はフーさんの番《ばん》です。急《いそ》いで口笛《くちぶえ》を吹《ふ》くと、棒《ぼう》でマジシャンの足元《あしもと》を指《さ》し、それから棒《ぼう》を天井《てんじょう》へむけました。初《はじ》めのうち、マジシャンはひっしになって抵抗《ていこう》していましたが、望《のぞ》もうが望《のぞ》むまいが、いやおうなく空中《くうちゅう》に上《あ》がっていきました。すぐに十《じゅう》メートルの高《たか》さまであがりました。こんなこと、あり得《え》ない、と観衆《かんしゅう》のだれもが思《おも》っています。なにかしかけがあるにちがいない。でも、ロープなんてどこにも見《み》あたりません。

フーさんは、マジシャンを二《に》、三回空中《さんかいくうちゅう》でぐるぐる回転《かいてん》させると、ステージへ下《お》ろしました。まあ、今日《きょう》のところはここまでにしておこう。あとのことは手紙《てがみ》でも書《か》いて伝《つた》えればいいや、とフーさんは思《おも》いました。フーさんは、自分《じぶん》のベッドに戻《もど》りたかったのです。明《あ》かりと歓声《かんせい》とにたえられなくなっていたのです。

マジシャンはステージへ戻《もど》ると、しばらくは動《うご》くこともせず、あえぎ、そしてはげしくすすり泣《な》きを始《はじ》めました。「もういや。こんなことやってられない。」と言《い》うと、帽子《ぼうし》とお面《めん》を取《と》って、床《ゆか》にばんっと投《な》げつけました。もしかしたら、フーさんのことだって、この帽子《ぼうし》と同《おな》じように撃《う》ちつけることだってできたかもしれません。お面《めん》を取《と》ると、泣《な》き顔《がお》のうらめしそうなエルネスティーナの顔《かお》があらわれました。彼女《かのじょ》は、しっと口《くち》に指《ゆび》を当《あ》てると、腕《うで》を伸《の》ばしてフーさんに近《ちか》づいてきました。「あなたがわたしをがっかりさせるのは、これが二回目《にかいめ》よ。」彼女《かのじょ》がなげくようにそう言《い》うので、フーさんは自分《じぶん》がいまどこにいるのかをはっと思《おも》い出《だ》しました。彼女《かのじょ》は泣《な》きながらステージをあとにし、そのあとに黒《くろ》ネコがつづきました。フーさんも同《おな》じようにさっとステージから消《き》えました。そのままフーさんは、ロッタを連《つ》れて外《そと》に出《で》、ミッコ、ティンパ、リンマもあとにつづきました。

外《そと》ではすでに狐川《きつねがわ》さんが待《ま》っていました。フーさんとロッタだけでなく、子《こ》どもたちが何人《なんにん》もいっしょになって出《で》てきたのでおどろきましたが、たまたま他《ほか》の子《こ》どもたちもいっしょに出《で》て来《き》たにすぎないんだと思《おも》いました。彼《かれ》はエンジンをかけると家《いえ》へむかって車《くるま》を走《はし》らせ始《はじ》めました。フーさんは、ティンパ、ミッコ、リンマまでいっしょについてきているこことにまったく気《き》がついていません。

家《いえ》の中庭《なかにわ》までやってきて、フーさんはようやく我《われ》に返《かえ》り、子《こ》どもたちがまわりにいることに気《き》がつきました。ティンパ、ミッコ、リンマのうしろに、フーさんのことを独《ひと》りぼっちにしたくないと思《おも》っているロッタが見《み》えかくれしています。ロッタは、みんなのなかで一番小《いちばんちい》さかったので、みんなの一番《いちばん》うしろにいました。小《ちい》さい子《こ》は、最初《さいしょ》はこんなふうになるものです。

フーさんは一言《ひとこと》も発《はっ》せずエレベーターへむかいました。子《こ》どもたちがうしろにつづきます。フーさんは、ボタンを押《お》すためにジャンプすることもできないくらいくたびれていました。それに、エレベーターのなかはこみ合《あ》っていました。でも、ミッコが背伸《せの》びをするとボタンにとどきました。エレベーターは、すぐに五階《ごかい》に到着《とうちゃく》しました。

家《いえ》に戻《もど》ると、フーさんは、子《こ》どもたちに一番広《いちばんひろ》い部屋《へや》に座《すわ》ってもらいました。みんなとても静《しず》かで、ロッタの息《いき》づかいだけが聞《き》こえています。

「やあ。君《きみ》たちに会《あ》えてとてもうれしいよ。でも、ぼくは考《かんが》えなければいけないことがあるんだ。明日《あした》もう一度《いちど》来《き》てくれないかな。もう遅《おそ》いし、じきに暗《くら》くなるからね。みんなこの場所《ばしょ》はわかるよね。ほんとうに心《こころ》から君《きみ》たちのことを待《ま》っているよ。ほんとうだよ。」

「わかった。」とミッコが言《い》い、ティンパとリンマもうなずきました。ロッタは絶対《ぜったい》に来《こ》ようと思《おも》っています。彼女《かれじょ》は、フーさんが自分《じぶん》のことも空中《くうちゅう》に浮《う》かすことができるかどうか、たしかめたかったのです。

子《こ》どもたちが帰《かえ》っていくと、静《しず》かになりました。フーさんは腰《こし》をかけて考《かんが》えました。ネズミもすっかりおとなしくしているようです。掃除機《そうじき》の音《おと》が小《ちい》さく聞《き》こえましたが、ハチが飛《と》ぶ音《おと》のようでかえって眠気《ねむけ》をさそいます。じきにフーさんのすーっすーっという寝息《ねいき》が聞《き》こえてきました。フーさんは列車《れっしゃ》に乗《の》って、遠《とお》い夢《ゆめ》の国《くに》への、長《なが》い長《なが》い旅《たび》に出《で》ていました。

13 フーさんとエルネスティーナ

フーさんは眠《ねむ》っていましたが、朝《あさ》になって眼《め》がさめると、夢《ゆめ》のなかで考《かんが》えごとをしていたことがわかってびっくりしました。フーさんはお客様《きゃくさま》にお呼《よ》ばれし、しかも、お呼《よ》ばれした相手《あいて》はエルネスティーナだったのです！　どうしてだろう、なぜなんだ、とフーさんは不思議《ふしぎ》に思《おも》いながら自問《じもん》しました。そして、エルネスティーナのところへ行《い》ってあやまれっていうことだ、と自答《じとう》しました。だれかをがっかりさせてしまった時《とき》は、やっぱりそうしなければいけません。それから、フーさんは考《かんが》えこみました。でも、エルネスティーナには、特《とく》に目《め》でそれとわかる傷《きず》はできていませんでした。それに血《ち》が出《で》たわけでもなかったし。考《かんが》えればいいことも見《み》つかるものだとフーさんは思《おも》いました。

まずフーさんはとてもていねいに身《み》じたくをととのえました。お腹《なか》がすいていても、きれいにすることでお腹《なか》は半分《はんぶん》くらい満《み》たされます。それから鏡《かがみ》のまえに立《た》ち、帽子《ぼうし》を合《あ》わせてみました。そして荷物《にもつ》のなかから緑色《みどりいろ》の箱《はこ》を取《と》り出《だ》しました。この箱《はこ》のなかにはプレゼントにぴったりのものが入《はい》っていることを思《おも》い出《だ》したのです。熊野《くまの》モーゼスさんのところにはホウライショウの花《はな》の枝《えだ》を分《わ》けてもらいに行《い》きました。なぜって、普通《ふつう》、女《おんな》の人《ひと》にはお花《はな》を持《も》っていくものだからです。それからフーさんは長《なが》いこと、夫人《ふじん》がいそがしそうに動《うご》き回《まわ》っているネズミの家《いえ》を見《み》つめました。フーさんはネズミの声《こえ》を聞《き》いていました。ネズミは夫人《ふじん》にとてもおだやかに話《はな》しています。フーさんは、この雰囲気《ふんいき》を忘《わす》れないでおこうと思《おも》いました。

「こんにちは、エルネスティーナ。昨日《きのう》のことは、ほんとうにもうしわけありませんでした。あなたがやっているなんてこれっぽっちも思《おも》わなかったのです。」とフーさんは鏡《かがみ》にむかって話《はな》してみました。

鏡《かがみ》はフーさんを怒《おこ》ったように見《み》ています。言《い》い方《かた》があまりにもそっけなかったのだろうか、とフーさんは思《おも》いました。もっとやさしい声《こえ》で言《い》うようにしてみよう。

そして、こんなふうにつづけました。「あの、これ。ささやかだけれどお花《はな》です。それからこの緑色《みどりいろ》の箱《はこ》。プレゼントです。受《う》け取《と》っていただけたらうれしいです。これで少《すこ》しは気持《きも》ちがやわらぐといいのですが。それから、ぼくがいま思《おも》っているのと同《おな》じような気《き》

13　フーさんとエルネスティーナ

持《も》ちになってくれればと願《ねが》っているんです。」
　ところが鏡《かがみ》は、とてもがっかりしたらしく、怒《おこ》ったようにカーテンをぴしゃっと閉《し》めてしまったので、フーさんはカーテンの花《はな》の絵柄《えがら》しか見《み》ることができなくなってしまいました。鏡《かがみ》がなにかに怒《おこ》るのは、人《ひと》が本来《ほんらい》の姿以外《すがたいがい》の姿《すがた》を見《み》せた時《とき》なのです。みにくいものはみにくく、美《うつく》しいものは美《うつく》しい、それが人間《にんげん》というものだと鏡《かがみ》は思《おも》っているのです。みにくくないものってなんでしょう、それに美《うつく》しさってなんでしょう。たかが鏡《かがみ》さ！　そんなのは、顔《かお》にはあらわれるものか。でも鏡《かがみ》は長《なが》い長《なが》いあいだ、あまりにもたくさんのことを見《み》つづけていたのです。
　フーさんは、ばつが悪《わる》くなりました。がっくりして、むきを変《か》え、いったいどんな変《へん》なことを言《い》ったのか思《おも》い出《だ》そうとしました。ところが、とても古《ふる》い『黄金《おうごん》の本《ほん》』から学《まな》んだ文言《もんごん》は、右《みぎ》から左《ひだり》へときれいさっぱり忘《わす》れていました。もっともそれは、フーさんにとって幸《さいわ》いなことでした。自分《じぶん》が考《かんが》えていることを言葉《ことば》にするのが一番《いちばん》です。ですから言《い》いたいことがなにもないのであればだまっているべきなのです。人間《にんげん》はテープレコーダーのようにはいかないのですから。

ぼくがこの場《ば》に立《た》っていることだって意味《いみ》のないことかもしれない、とフーさんは思《おも》いました。それにエルネスティーナは鏡《かがみ》じゃない。とにかく、出《で》かけよう、とフーさんは自《じ》分《ぶん》の足《あし》に話《はな》しかけました。ぱた、ぱた。とにかくやってみることだ。フーさんはふるえる手《て》でドアを開《あ》けました。

廊下《ろうか》はいつもよりまっ暗《くら》です。まっ暗闇《くらやみ》の静《しず》けさは、まるでお腹《なか》で呼吸《こきゅう》している獣《けもの》のようです。フーさんは目《め》を閉《と》じると、手《て》さぐりでエルネスティーナがいるであろう方向《ほうこう》へ進《すす》みました。熱《あつ》いグリーンピースのスープを飲《の》むんだ、ニワトリのような心臓《しんぞう》だって、タマネギのみじん切《ぎ》りほどてごわくないぞ、とフーさんは思《おも》いました。タマネギはあんまり好《す》きではないし、ましてやグリーンピースはもっときらいだけれど。すぐにでも家《いえ》に帰《かえ》って、自分《じぶん》のベッドにもぐりこみたいよ。「すーっ。」フーさんは用心深《ようじんぶか》く音《おと》を出《だ》してみました。すると、ふるえるようなこだまが返《かえ》ってきました。「**す、す、す、す、す。**」音《おと》はまるで何《なん》歳《さい》も歳《とし》を重《かさ》ねた、世界中《せかいじゅう》のおじいさんたちの声《こえ》のようでした。

やっとフーさんはドアを見《み》つけました。フーさんは慎重《しんちょう》に、自分《じぶん》の手《て》に呼《よ》び鈴《りん》を鳴《な》らすよう命《めい》じました。ドアが開《ひら》くと、フーさんは目《め》を閉《と》じました。そして、早口《はやくち》で言《い》いました。「あ、あの、こ、これ。君《きみ》に。」ここまで言《い》うとフーさんは詰《つ》まってしまいました。これ以《い》上《じょう》、言葉《ことば》が出《で》てこなかったのです。

実験途中《じっけんとちゅう》の熊野《くまの》モーゼスさんが怒《おこ》りながらドアを開《あ》けました。「いつもわたしの実験《じっけん》を中断《ちゅうだん》させるなんて、いったいどういうことなんだ。」と熊野《くまの》さんはぶつぶつ言《い》っていました。「この花《はな》を返《かえ》しに来《き》たのかね。そりゃありがたい。」むこうのほうから聞《き》こえてくるしゅうしゅう言《い》う音《おと》で、フーさんには、また太陽《たいよう》が黒《くろ》い箱《はこ》から逃《に》げ出《だ》してしまったことがわかりました。「返《かえ》してくれてありがとよ。じゃあな!」と言《い》うとモーゼスさんはバンッと音《おと》をたててドアを閉《し》めました。じつは、彼《かれ》はフーさんにものすごく怒《おこ》っていたのです。長《なが》い時間《じかん》をかけて取《と》り組《く》んでいた実験《じっけん》が、一瞬《いっしゅん》にしてダメになったのですから。

フーさんにはなんのことだかさっぱりわかりませんでした。フーさんは、ただ、大《おお》きな手《て》が花《はな》を持《も》ち去《さ》り、ドアがぴしゃっと閉《し》まったのを目《め》にしただけでした。こうなると、フーさんがエルネスティーナにあげられるものは緑色《みどりいろ》の箱《はこ》だけです。フーさんは、落《お》ちこんだ気分《きぶん》でエルネスティーナのドアのほうへ行《い》き、ためらうことなく呼《よ》び鈴《りん》を鳴《な》らしました。フーさんにとっては、もうなにをするのも一瞬《いっしゅん》のことでした。

ドアがバーンッと開《ひら》きました。あまりのいきおいにフーさんは気《き》が動転《どうてん》して、思《おも》わずなかに飛《と》びこんでしまいました。フーさんは、エルネスティーナの家《いえ》の玄関《げんかん》マットを、雪《ゆき》かきで雪《ゆき》をかいた時《とき》みたいにぐしゃぐしゃにしてしまい、テーブルからは雑誌《ざっし》が落《お》ち、黒《くろ》ネコは壁《かべ》づたいにあばれ回《まわ》り、フーさんの首元《くびもと》につかまってようやく動《うご》きを止《と》めました。ネコはうなり声《ごえ》を立《た》て、寝技《ねわざ》をかけています。ネコはこんなに大《おお》きなネズミを、いままで見《み》たことがなかったのです。フーさんはフーさんでネコが怖《こわ》くて、ピクリとも動《うご》きません。それに、気持《きも》ちもとてもへこんでいました。ああ、また、ぼくはぜんぶを台無《だいな》しにしちゃったよ、と思《おも》ってフーさんはぐったりしています。でもなんだかこのまま眠《ねむ》れそうだ。フーさんはいまにも眠《ねむ》りそうです。

　ところが、そうは行《い》きませんでした。なぜって、ほんとうは怒《おこ》りまくって当然《とうぜん》のエルネスティーナが笑《わら》い始《はじ》めたからです。彼女《かのじょ》の笑《わら》い声《ごえ》があまりにもはげしかったので、つかれきって眠《ねむ》ろうとしたことは、はかない夢《ゆめ》と終《お》わりました。フーさんの、なんの抵抗《ていこう》もできない姿《すがた》を見《み》られるなんて、なんてゆかいなことかしら、とエルネスティーナは思《おも》っています。だって、マットの上《うえ》に立《た》ち上《あ》がることさえできないんですもの。そう、わたしこそ真《しん》の偉大《いだい》なる魔法使《まほうつか》いなのよ！　エルネスティーナはふたたび笑《わら》いました。これこそまさに彼女《かのじょ》が長《なが》いこと待《ま》っていたことなのです。

フーさんはなさけなくなりました。どうにかこうにか床《ゆか》から立《た》ち上《あ》がりました。首《くび》には黒《くろ》ネコがしっかりぶら下《さ》がっています。でもこのマフラーは、フーさんが望《のぞ》んでいるものとはかけはなれていました。怒《いか》りのあまりフーさんは発作的《ほっさてき》に呪文《じゅもん》をとなえると、ネコをたたきました。ぴしゃっというかにも痛《いた》そうな音《おと》がして、ネコは電光石火《でんこうせっか》の速《はや》さで床《ゆか》に下《お》りました。ネコの黒《くろ》い毛《け》には、フーさんの手《て》のあとがまっ白《しろ》く残《のこ》っています。ネコはあたりかまわず泣《な》きわめき、ソファの下《した》にもぐりこみました。果《は》たしてこれから先《さき》も、ネコはマジシャンネコでいることができたでしょうか！

エルネスティーナは、まるで大気《たいき》から酸素《さんそ》がなくなってしまったみたいに笑《わら》うのを止《や》めました。「またなのね！　またフーさんがやってきて、なにもかもを台無《だいな》しにしたのね！」エルネスティーナの目《め》は、線《せん》のように細《ほそ》くなりました。もうフーさんを逃《に》がしはしない、とエルネスティーナは決《き》めたようです。絶対《ぜったい》にやり返《かえ》してやる。エルネスティーナは、手《て》を広《ひろ》げて近《ちか》づいてきました。

フーさんは、いまこそ決着《けっちゃく》をつける時《とき》だ、と思《おも》いました。幸《こう》か不幸《ふこう》か、黒《くろ》い棒《ぼう》を家《いえ》に置《お》いてきてしまい、この危機的《ききてき》な状況《じょうきょう》で駆使《くし》できるものと言《い》えば、まさに自分自身《じぶんじしん》だけでした。エルネスティーナもうそれに気《き》がついているようです。フーさんは自分《じぶん》を守《まも》るため、あらんかぎりの力《ちから》をこめて腕《うで》をまえに伸《の》ばしました。するとフーさんの手《て》から緑色《みどりいろ》の箱《はこ》が

飛《と》び出《だ》し、エルネスティーナのまえに落《お》ちました。このことにフーさんは気《き》がついていません。フーさんは大《おお》あわてで自分《じぶん》の森《もり》の家《いえ》と、お庭《にわ》を照《て》らす太陽《たいよう》の光《ひかり》を思《おも》いうかべました。そうそう、夏《なつ》の季節《きせつ》にはたしかにそれなりにすてきな場所《ばしょ》だったな、とフーさんは力《ちから》のかぎり思《おも》いました。

　こんなことを考《かんが》えたのであたたかくはなったのですが、足《あし》はすっかり冷《ひ》え切《き》っていました。フーさんは目《め》を開《あ》けると、おどろきのあまり固《かた》まってしまいました。エルネスティーナとネコの代《か》わりに、エルネスティーナとネコにそっくりの二体《にたい》の氷《こおり》の像《ぞう》が目《め》のまえにあらわれたのです。この像《ぞう》はいったいどこからやってきたんだ。それにいったいエルネスティーナとネコはどこへ行《い》ってしまったんだ。彼《かれ》らの姿《すがた》がどこにも見《み》あたらないのです。

　頭《あたま》を回《まわ》すと床《ゆか》に目《め》が行《い》きました。その時《とき》ちょうど氷《こおり》のように冷《つめ》たい、まっ白《しろ》い水蒸気《すいじょうき》の幕《まく》がまたたく間《ま》に床《ゆか》の上《うえ》に広《ひろ》がり、その幕《まく》に触《ふ》れたものすべてが凍《こお》りつきました。白《しろ》い水《すい》蒸気《じょうき》は、半分《はんぶん》ほどできあがったエルネスティーナ像《ぞう》のまえの緑色《みどりいろ》の箱《はこ》から出《で》ているのです。すぐにぼくも凍《こお》ってしまう、とフーさんは思《おも》い、あわてて椅子《いす》の上《うえ》に飛《と》び乗《の》りました。冷《れい》気《き》は、フーさんが椅子《いす》の上《うえ》に上《あ》がったことにすぐには気《き》がつかず、残念《ざんねん》そうにため息《いき》をつき、そして興奮《こうふん》のあまり冷《つめ》たい咳《せき》をしました。それでも、冷気《れいき》は少《すこ》しずつ上昇《じょうしょう》し、テーブルの上《うえ》に咳止《せきど》め用《よう》の薬《くすり》の瓶《びん》を見《み》つけると、さっと飲《の》みこみました。すると、また力《ちから》が出《で》てきて、なんだか元気《げんき》になった様子《ようす》です。どうやらフーさんは椅子《いす》の上《うえ》にいるようだ。フーさんが氷《こおり》の像《ぞう》に変《か》わるのも時間《じかん》の問題《もんだい》だと思《おも》い、冷気《れいき》は嬉々《きき》としています。冷気《れいき》は、凍《こお》った人形《にんぎょう》を集《あつ》めることが大好《だいす》きだったのです。

自分《じぶん》はなにに対《たい》してもとてものやわらかに対応《たいおう》できるけれど、氷《こおり》の像《ぞう》になってしまってはそんな自分《じぶん》の良《よ》いところを出《だ》すこともできない、とフーさんは思《おも》っています。なので、冷気《れいき》がフーさんの足《あし》を手《て》さぐりで探《さが》し当《あ》てたので、フーさんはあわてて別《べつ》の椅子《いす》へ飛《と》びのきました。そのうしろにはベッドがあったので、ありったけの力《ちから》をこめて今度《こんど》はそちらへ飛《と》びました。ベッドのスプリングがキーキーときしりましたが、ベッドの上《うえ》だと安全《あんぜん》です。でもそれもわずかのあいだのこと。冷気《れいき》がフーさんを見《み》つけるのに、それほど時間《じかん》がかかるとは思《おも》えません。こんな時《とき》こそ、おたがいに知《し》り合《あ》うためのパーティを開《ひら》くと、どれだけおもしろいことでしょう。

ベッドのうしろには小《ちい》さな椅子《いす》があって、椅子《いす》のむこうにはドアがあります。フーさんはなにはともあれまずは椅子《いす》に飛《と》びうつりました。それから手《て》さぐりでノブをつかみドアを開《あ》けました。ドアが開《ひら》くやいなやでんぐりがえりをしながら次《つぎ》の小《ちい》さな部屋《へや》へ飛《と》びこみます。と同時《どうじ》にフーさんはドアをバタンと閉《し》めました。これでしばらく、冷気《れいき》はこちらへはやってくることができないはずです。冷気《れいき》は、ドリルものこぎりも持《も》っているようには見《み》えませんでしたからね。

ところが、すぐにみょうな音《おと》が聞《き》こえてきました。フーさんがじっと目《め》をこらしてみると、ドアの下《した》のほうに、小《ちい》さな小《ちい》さな穴《あな》ができてきています。そこから少《すこ》しずつ冷《つめ》たい冷《つめ》たい空気《くうき》が広《ひろ》がってきているのです。穴《あな》はだんだんと大《おお》きく、もう目玉《めだま》くらいの大《おお》きさになって、穴《あな》からは空気《くうき》がもれるような音《おと》が聞《き》こえてきています。じきに冷気《れいき》がドアをやぶってこちらへやってくるぞ、とフーさんは思《おも》いました。

フーさんは冷気《れいき》に背《せ》をむけ降参《こうさん》することにしました。これは悪夢《あくむ》にちがいない。フーさんは本能的《ほんのうてき》に手《て》をまえにつき出《だ》すと、まるでそこに棒《ぼう》があってそれをつかんでひねるように腕《うで》をひねりました。こんな寒《さむ》さではぬくもりは悪《わる》あがきもできない、と思《おも》いながらフーさんは手《て》をこすりあわせました。フーさんの家《いえ》と同《おな》じように、オーブンのそばには蛇口《じゃぐち》がありました。フーさんは蛇口《じゃぐち》をつかむとお湯《ゆ》が出《で》るほうをひねりました。やわらかなあたたかさがフーさんのからだじゅうに広《ひろ》がってきました。寒《さむ》さで死《し》にそうになっている時《とき》に、こんなぬくもりが感《かん》じられるなんてすてきだな、とフーさんは感《かん》じています。

ところが、フーさんが待《ま》って待《ま》って、いくら待《ま》ちつづけても、少《すこ》しずつ汗《あせ》をかく他《ほか》は、なんの変化《へんか》も起《お》こりません。小《ちい》さな部屋《へや》はそろそろ熱《あつ》くなりすぎてきているようです。少《すこ》し冷《ひ》やさなきゃ、とフーさんはつぶやいて、ドアをバーンッと開《あ》けました。その時《とき》です、フーさんは自分《じぶん》がなにをやらかしたのかを理解《りかい》しました。避《さ》けることのできない氷《こおり》との恐怖《きょうふ》の対峙《たいじ》が待《ま》っているはずだったのですが。

みなさんは、いったいなにが起《お》こったと思《おも》いますか。小《ちい》さな部屋《へや》にたまった熱気《ねっき》が、まるで復讐《ふくしゅう》の女神《めがみ》のように床《ゆか》のところで冷気《れいき》と対峙《たいじ》しているのです。冷気《れいき》は、ひんぱんに音《おと》を出《だ》し、水蒸気《すいじょうき》をもうもうと上《あ》げ、熱気《ねっき》と戦《たたか》っていました。でも、かなり劣勢《れっせい》のようです。緑色《みどりいろ》の箱《はこ》は、もうすっからかんです。冷気《れいき》は、ネコとエルネスティーナを凍《い》てつかせるために、その持《も》っている力《ちから》のほとんどを使《つか》いきってしまったようです。冷気《れいき》がまるで太陽《たいよう》の下《した》に運《はこ》ばれた氷《こおり》のように悲《かな》しみの声《こえ》をあげると、エルネスティーナとネコが同時《どうじ》に溶《と》け始《はじ》めました。やがて床《ゆか》には、ただ水《みず》たまりと、びしょぬれのエルネスティーナとネコが、冷《れい》気《き》がいたことの証明《しょうめい》として残《のこ》るだけでした。

フーさんは、ネコがぶるぶるっと身《み》ぶるいしてしずくをはらうのを確認《かくにん》すると、エルネスティーナが「ごきげんよう。だれが起《お》こしてくれたのかしら。もう少《すこ》し火《ひ》をおこしてくださらない。」と言《い》うのを待《ま》ちました。フーさんは、「助《たす》けたのはぼくだ。」と心静《こころしず》かに思《おも》っていました。フーさんは、胸《むね》をはって、エルネスティーナのまえに進《すす》み出《で》ました。ためらう理由《りゆう》などどこにもないと思《おも》ったのです。

ぬれた手《て》がフーさんの首元《くびもと》にさし出《だ》されたので、フーさんはつばを飲《の》みこみました。ゴクリ。彼女《かのじょ》はフーさんの首《くび》を絞《し》めようとしているのでしょうか。フーさんは最高緊急事態《さいこうきんきゅうじたい》対応《たいおう》で抵抗《ていこう》しようと身《み》がまえます。ところが、その必要《ひつよう》はありませんでした。どういうわけかエルネスティーナは、急《きゅう》にすすり泣《な》きをし出《だ》し、手《て》のうちようがなくなってしまったからです。

フーさんは自分《じぶん》を役立《やくた》たずだと思《おも》いました。泣《な》いている女《おんな》の人《ひと》というのは、フーさんのいかなる術《じゅつ》を使《つか》ってもどうすることもできない、ちょっとしたものなのです。

フーさんは思《おも》いあぐねました。手《て》をさし出《だ》し、なにもできないままじっとエルネスティーナの涙《なみだ》を見《み》つめました。それから、フーさんが指《ゆび》に息《いき》を吹《ふ》きかけて「涙《なみだ》があふれてながれ出《だ》す。悲《かな》しみは気持《きも》ちを哀《かな》しくするものだ。さあ、水玉《みずたま》になって踊《おど》りだせ。心配事《しんぱいごと》がなくなるように。」と言《い》うと、さざなみの音《おと》が聞《き》こえてきて、涙《なみだ》は次々《つぎつぎ》と丸《まる》い水玉《みずたま》になって天井《てんじょう》へと上《のぼ》ってゆき、天井《てんじょう》でゆらゆらゆれ始《はじ》めたのです。天井《てんじょう》は、じきに銀色《ぎんいろ》のピストルの弾《たま》のようなものでいっぱいになりました。弾《たま》はどんよりした一日《いちにち》のわずかな光《ひかり》を吸《す》いこんでかがやいています。すぐに部屋中《へやじゅう》が銀色《ぎんいろ》の光《ひかり》であふれかえりました。それを見《み》たエルネスティーナは、もう泣《な》きやんでいます。

しかし、水玉《みずたま》が霜《しも》でおおわれたように曇《くも》ると、音《おと》をたてて割《わ》れ、ふたたび部屋《へや》は暗闇《くらやみ》に閉《と》ざされました。でも、もうそんなことはどうでもよいことです。なぜかというと、エル

ネスティーナがもうそれほど怒《おこ》ってはいないことがフーさんにはわかっていたからです。
でもね、ぼくはもう三回《さんかい》も彼女《かのじょ》に勝《か》っちゃったんだ、と心《こころ》のなかで思《おも》っています。そして
どういうわけか、フーさんは、自分《じぶん》がとても偉大《いだい》で、その上《うえ》まっ黒《くろ》、おまけに、とても満《まん》
足《ぞく》していることに気《き》がつきました。フーさんは、もしかしたら、その日《ひ》、その建物《たてもの》の、そ
の部屋《へや》のなかでもっとも幸《しあわ》せな人《ひと》だったかもしれません。
　もしもエルネスティーナが、蛇口《じゃぐち》は開《ひら》きっぱなしで、レンジがまっ赤《か》になって、まるで
火《ひ》が燃《も》え上《あ》がるように熱々《あつあつ》になっていることに気《き》づかなければ、二人《ふたり》はそのままずっと座《すわ》
りこんでいたかもしれません。エルネスティーナは、急《いそ》いでシンクの下《した》から鍋《なべ》を取《と》り出《だ》す
と、水《みず》を入《い》れてレンジの上《うえ》に置《お》きました。お湯《ゆ》はまたたく間《ま》に沸騰《ふっとう》しました。そして、す
ぐにフーさんの目《め》のまえに湯気《ゆげ》が立《た》った熱《あつ》い紅茶《こうちゃ》が用意《ようい》されました。フーさんはおそるお
そる飲《の》みました。なんだかまだ、変《へん》な気分《きぶん》です。エルネスティーナの動《うご》きがいつも通《どお》りに
なると、反対《はんたい》にフーさんの動《うご》きがゆっくりになりました。フーさんは口《くち》を開《あ》けたり閉《と》じた
りするのですが、ジャンボジェット機《き》でインドへ飛《と》んで行《い》き、とあるコンサートでヒンデ
ィー語《ご》〔インドの公用語《こうようご》〕の歌《うた》を歌《うた》っているみたいに、口《くち》から出《で》てくるものといえば、かすか
に紅茶《こうちゃ》の香《かお》りがするかすれた息《いき》の音《おと》だけでした。
　エルネスティーナは、フーさんのこの危機的状況《ききてきじょうきょう》に気《き》がついていましたが、ただ声《こえ》もな

く笑《わら》っているだけでした。彼女《かのじょ》はフーさんのむかいに座《すわ》って待《ま》っています。この人《ひと》は、なにかわたしに言《い》うことがあるはずよ。なにか言《い》わなければ、絶対《ぜったい》に許《ゆる》したりするものですか。彼女《かのじょ》はここで、いわゆる最後《さいご》の審判《しんぱん》〔世界《せかい》の終《お》わりに人類《じんるい》が神《かみ》によって裁《さば》かれること〕の日《ひ》まで待《ま》つつもりのようです。

フーさんには、エルネスティーナがなにかを期待《きたい》していることがわかりました。頭《あたま》にはかあっと血《ち》が上《のぼ》り、おでこからは汗《あせ》がふき出《で》てきました。なにか言《い》うことを考《かんが》えないと。こまりはてたフーさんが、あたりを見回《みまわ》すと、ちょうど黒《くろ》ネコが目《め》に入《はい》りました。あのネコの名前《なまえ》はなんと言《い》うんだったっけ、とフーさんは考《かんが》え、ハッと気《き》づきました。そうだ、ネコの名前《なまえ》を聞《き》けばいいんだ。

「ところで。」とフーさんは口《くち》を開《ひら》きました。

「なにかしら？」とエルネスティーナは期待《きたい》を胸《むね》にほほえみます。

「あの、ちょっとおたずねします……。」ここまで言《い》って、フーさんは言葉《ことば》をうしないました。

「いったい**なにが**聞《き》きたいのかしら。」とエルネスティーナがたずねます。

「あの、ちょっとおたずねしたいだけなんですが……。」と言《い》うと、フーさんは一回《いっかい》息《いき》を吸《す》いました。「あのネコの名前《なまえ》はなんというのですか？」

そうだよ。質問《しつもん》できたじゃないか、とフーさんは自分《じぶん》で自分《じぶん》のことをほめました。ところが、エルネスティーナはあっさり答《こた》えました。

「あの子《こ》の名前《なまえ》はニンニよ。というか、正式《せいしき》には、ワシントンなの。でも、白《しろ》い手《て》のあとがついてしまったから、もうそう呼《よ》ばないほうがいいかもしれないわね。あたらしい名前《なまえ》をつけてやらないとね。」

「ああ、そうなんだ。」とフーさんはつぶやくと、また押《お》しだまってしまいました。はっきりいって、フーさんはもうどうしようもないくらいこまっていて、貝《かい》のようになってしまっています。

エルネスティーナはフーさんのことをじっと見《み》つめ、もうこまらせるのはやめようと思《おも》いました。だって、この人《ひと》は冷《つめ》たい氷漬《こおりづ》けのなかから自分《じぶん》のことを助《たす》け出《だ》してくれたのですから。エルネスティーナはそんなことを思《おも》いながら、熱《あつ》い紅茶《こうちゃ》をもう一杯《いっぱい》飲み、フーさんのカップにもつぎました。この人《ひと》は、いつだってちょっと手《て》を使《つか》ってなにかやらかしてみたいようね。

「どうしてわたしがここにいるのか、不思議《ふしぎ》に思《おも》っているのね。」とエルネスティーナが話《はな》し始《はじ》めました。

フーさんはうなずきました。

「あの時《とき》、あなたがわたしに勝《か》ったでしょう……。」と言《い》うと、エルネスティーナははずかしさでまっ赤《か》になりました。「あれで、わたしは魔《ま》法《ほう》の国《くに》を出《で》なくちゃいけなくなったの。それが魔《ま》法《ほう》の国《くに》の掟《おきて》だから。地上《ちじょう》の国《くに》にやってきたら、初《はじ》めのうちは食《た》べるものもなくて死《し》にそうだったわ。でもね、偶然《ぐうぜん》、サーカスで空中《くうちゅう》ブランコに乗《の》っている女《おんな》の人《ひと》に出《で》会《あ》ったのよ。それにね、わたしにはまだ少《すこ》しだけど魔《ま》法《ほう》の力《ちから》が残《のこ》っていることがわかったの。だからサーカスに入《はい》ることができたのよ。いままではずっとうまく行《い》っていたのに……。そう、あなたに会《あ》うまでは……。」そう言《い》うと、エルネスティーナは、鼻《はな》をふんっと鳴《な》らしました。フーさんが自分《じぶん》のことを、どれだけ、どんなふうにこまらせたのかを思《おも》い出《だ》し、またまた怒《いか》りがこみ上《あ》げてきました。

「ぼくはね、ぼくの森《もり》に道路《どうろ》が通《とお》ることになったんだ。だからここに来《こ》なくちゃいけなくなったんだ。あそこはとてもうるさくて住《す》めないだろうからね。」フーさんは、エルネスティーナの記《き》憶《おく》のなかによみがえってきたことを急《いそ》いで忘《わす》れさせようと話《はな》し始《はじ》めました。「だから、ここに住《す》んでいるんだ。でもね、ほんとうのことを言《い》うと、森《もり》の家《いえ》に戻《もど》りたいんだ。でも、ここも悪《わる》くはないよ……。」ここまで話《はな》すとフーさんはまたこまってしまいました。これで話《はな》すことが終《お》わってしまったからです。

フーさんのひっしな様子《ようす》を見《み》てエルネスティーナは哀《かな》しくなってきました。その時《とき》、彼《かの》女《じょ》の心《こころ》になにかがひらめきました。なにか、フーさんに関係《かんけい》のあることです。そうだ。ある日《ひ》のこと、サーカスにフーさんのような見《み》なりをした、うすぼやけた人《ひと》がやってきたのです。彼《かれ》はフーさんと同《おな》じように哀《かな》しそうな目《め》をしていました。そうだ！　エルネスティーナはすべてを思《おも》い出《だ》しました。エルネスティーナたちの次《つぎ》の行先《いきさき》を聞《き》くと、男《おとこ》の人《ひと》はフーさん宛《あて》の手紙《てがみ》を託《たく》したのでした。サーカスとエルネスティーナは旅《たび》の途中《とちゅう》でした。

「ごめんなさい。」とエルネスティーナはフーさんに言《い》いました。「フランスでね、あなた宛《あて》の手紙《てがみ》をあずかったの。ほんとうは郵便《ゆうびん》ポストに投函《とうかん》しなくちゃいけなかったの。でも、忘《わす》れちゃったのよ。」エルネスティーナは自分《じぶん》がいけないことをしたとわかっていました。そして「ほんとうはね、手紙《てがみ》を送《おく》らないでおこうと思《おも》ったの。だって、わたし、怒《おこ》っていたんですもの。でもそのうちに、手紙《てがみ》がどこにあるのかわからなくなっちゃったの。それに、男《おとこ》の人《ひと》が、どうしてわたしのことを知《し》っていたのかもわからなかったし。でも、かならずどこかにあるはずよ。だって、捨《す》ててはいないもの。わたし、どんな物《もの》でも絶対《ぜったい》に捨《す》てたりしないの。いつかはかならず必要《ひつよう》になるから。」とつづけました。

フーさんは、ただ座《すわ》っているだけで、エルネスティーナがあっちこっちを探《さが》し回《まわ》りました。フーさんは彼女《かのじょ》が話《はな》していることをなにも聞《き》いてはいませんでした。エルネスティーナは最後《さいご》の最後《さいご》になってようやくポケットから手紙《てがみ》を見《み》つけ出《だ》し、フーさんの手《て》に押《お》しこ

みました。ティッシュペーパーか一万《いちまん》マルカ紙《し》幣《へい》を同《おな》じように渡《わた》してごまかすことだってできたはずですが、彼女《かのじょ》はそうはしなかったのです。

フーさんは、まるでさざなみが池《いけ》の面《おもて》から消《き》えるように手紙《てがみ》をポケットに入《い》れました。紅茶《こうちゃ》を二十三杯《にじゅうさんばい》飲《の》み、十分《じゅうぶん》すぎるほど紅茶《こうちゃ》の成分《せいぶん》を摂《せっ》取《しゅ》した、と実感《じっかん》しています。

「ありがとう。」とフーさんは弱々《よわよわ》しく言《い》うと、

「あの、ぼくそろそろお暇《いとま》しなきゃ。でも明日《あした》の午後《ごご》、ぼくの家《いえ》に来《き》ませんか。子《こ》どもたちも来《き》ますから。来《き》てくれると、げっぷ……。ふう。えっと、みんな来《き》てくれると思《おも》うけど、君《きみ》が来《き》てくれるとうれしいな。」

そして、まるで牛乳《ぎゅうにゅう》パックみたいになったフーさんは、からだをゆらさないようにしてドアまで歩《ある》いていきました。みんなも知《し》っている通《とお》

り、牛乳《ぎゅうにゅう》をはげしくふるとヨーグルトドリンクに変《か》わりますからね。特《とく》にいまのフーさんのようにあたたかいところにいるとね。

14 フーさん手紙《てがみ》を受《う》け取《と》る

フーさんは一晩中起《ひとばんじゅうお》きていました。毛布《もうふ》にくるまって椅子《いす》に座《すわ》り、外《そと》でびゅうびゅう降《ふ》っている雪《ゆき》を見《み》ていました。街灯《がいとう》の灯《あか》りも、はげしい雪《ゆき》のせいでぐるぐる回《まわ》っているように見《み》えます。ネズミは、フーさんのせいで眠《ねむ》ることもできず、窓《まど》からフーさんの様子《ようす》をのぞいています。フーさんは紅茶《こうちゃ》もいれず、ただ座《すわ》っているだけです。

やっと朝《あさ》になりました。明《あか》るくなると、白《しろ》いもやが立《た》ち始《はじ》め、景色《けしき》はますます雪《ゆき》におおわれていました。光《ひかり》のかがやきでフーさんはふと我《われ》に返《かえ》りました。ああ、眠《ねむ》らなきゃと夢心地《ゆめごこち》で思《おも》うとほわっとあくびをしました。なんだか起《お》きすぎていたようです。

フーさんがはうようにベッドのところまで行《い》ったので、ネズミはほっとため息《いき》をつきました。これでようやくネズミも少《すこ》しは心静《こころしず》かに休《やす》めそうです。

ベッドに入《はい》ってから、ふとフーさんは手紙《てがみ》のことを思《おも》い出《だ》しました。目《め》がさめたら手紙《てがみ》を開《あ》けてみようと思《おも》いましたが、そう考《かんが》えたのが良《よ》くなかったみたいです。どれだけ手紙《てがみ》のことを頭《あたま》のなかから消《け》し去《さ》ろうとしても、かえってどんどん気《き》になってきます。とうとうベッドから起《お》き上《あ》がると、手紙《てがみ》を読《よ》もうと意《い》を決《けっ》しました。まるで英雄《えいゆう》になった気分《きぶん》です。そうしないと、夢《ゆめ》を見《み》ることもできなさそうだったのです。フーさんはゆっくりと椅《い》子《す》へ移動《いどう》すると、ポケットから手紙《てがみ》を引《ひ》っぱり出《だ》しました。

封筒《ふうとう》はぐしゃぐしゃのしわしわになっていて、獅子《しし》がほえている絵柄《えがら》の切手《きって》（フィンランドの普通切手《ふつうきって》はすべて獅子《しし》の図柄《ずがら》。金額《きんがく》で色《いろ》がちがう）が貼《は》ってありました。封筒《ふうとう》には、力強《ちからづよ》くはっきりとした文字《もじ》で**フーさんへ**と書《か》いてあります。その下《した》には、「スオミ・フィンランド（スオミは、

フィンランド語《ご》でフィンランドのこと）。手渡《てわた》し。」の文字《もじ》。差出人《さしだしにん》の名前《なまえ》はありませんでした。

あくびをしながらフーさんは封筒《ふうとう》をやぶき、手紙《てがみ》を引《ひ》っぱり出《だ》しました。

何重《なんじゅう》にもたたんである手紙《てがみ》を広《ひろ》げているうちに、そのまま椅子《いす》で眠《ねむ》りこみそうになりましたが、やるべきことは最後《さいご》までやらないといけない、ということくらいフーさんだってわかっています。さもないと、眠《ねむ》ってから見《み》る夢《ゆめ》の最後《さいご》でもがっかりするのがオチだからです。

フーさんは長《なが》いこと文字《もじ》をじいっとながめ、それからゆっくりと読《よ》み始《はじ》めました。だんだんとフーさんはしゃっきりしてきました。眠気《ねむけ》はどこかへ遠《とお》のいています。フーさんはぱっちりと目《め》がさめました。こんな手紙《てがみ》を受《う》け取《と》ったのは初《はじ》めてだったのです。

「親愛《しんあい》なるフーさん。」書《か》き出《だ》しはこんなふうでした。「ようやくフィンランドへむかうという人《ひと》を見《み》つけることができたので、君《きみ》への手紙《てがみ》を書《か》くことにしました。その人《ひと》の名前《なまえ》は、エルネスティーナ。わたしのメッセージを彼女《かのじょ》にたくします。彼女《かのじょ》は君《きみ》のことを知《し》っているそうなので、この手紙《てがみ》が君《きみ》の元《もと》にたどりつくことを信《しん》じています。」

「わたしは、いままでいろいろとやらなければならないことがあったので、君《きみ》がわたしのことを耳《みみ》にするのは初《はじ》めてでしょう。わたしは君《きみ》のおじさんです。カウラと言《い》います。いまはフランスに住《す》んでいます。ベッレ・イレ島《とう》というところで宿屋《やどや》をいとなんでいます。

ベッレ・イレは、フランス語《ご》で美《うつく》しい島《しま》という意味《いみ》です。ここには、レ・パレス、つまりお城《しろ》という名前《なまえ》の街《まち》があります。たぶん、君《きみ》にとってもこの街《まち》は楽《たの》しいところだと思《おも》いますよ。宿屋《やどや》の名前《なまえ》は、錨《いかり》といいます。海《うみ》のことが嫌《きら》いだという年老《としお》いた女性《じょせい》からゆずってもらったものです。彼女《かのじょ》は山《やま》の近《ちか》くにある小《ち》さな宿屋《やどや》へうつりました。でもそこでも、海《うみ》の音《おと》が耳鳴《みみな》りのように彼女《かのじょ》におそいかかるので、なやみはつきない、という手紙《てがみ》をもらいました。」

「わたしもそろそろ歳《とし》で、ここを一人《ひとり》で管理《かんり》するのもむずかしくなってきました。だから、君《きみ》に助《たす》けてほしいのです。良《よ》かったら、ここまでわたしに会《あ》いに来《き》ませんか。どうやって来《く》ればいいかわからなければ、この手紙《てがみ》を運《はこ》んでくれる人《ひと》に場所《ばしょ》を聞《き》いてみてください。

親愛《しんあい》なる君《きみ》のおじさん、カウラ。」

フーさんは鏡《かがみ》のまえに行《い》き、鏡《かがみ》を見《み》ました。もう一人《ひとり》のフーさんがフーさんを見《み》ています。そこにいるのはたしかにフーさんで、他《ほか》のだれでもありません。

フーさんは三回手紙《さんかいてがみ》を読《よ》みました。朝《あさ》ももうじき昼《ひる》にかわる時間《じかん》で、雪《ゆき》もやんだようです。冷《つめ》たい北風《きたかぜ》のおかげで海岸《かいがん》はまるで鏡《かがみ》のようにつるつるになって、子《こ》どもたちはそろそろスケート靴《ぐつ》を引《ひ》っぱり出《だ》し始《はじ》めているようです。大人《おとな》たちは、まだ氷《こおり》が薄《うす》いから気《き》をつけるようにと注意《ちゅうい》しています。もうすぐほんとうに冬《ふゆ》がやってきます。でもフーさんの気分《きぶん》は夏《なつ》のようです。

おじさんのことは、ほんとうにこれまでに一度《いちど》も聞《き》いたことがありません。でも、とフーさんは思《おも》いました。会《あ》いにいかなければいけない。おじいさんは地下《ちか》の国《くに》にいて、もうそこに行《い》くつもりはありません。はっきり言《い》って、ぼくには、この知《し》らないおじさんの他《ほか》にはおじさんはいないんだ。この街《まち》にいて、ぼくにできることっていったいなんだろう、とフーさんは考《かんが》えました。他《ほか》の世界《せかい》を見《み》てみるのもおもしろいかもしれない。提督《ていとく》の話《はなし》だと他《ほか》の世界《せかい》はどこもおそろしいところばかりだけれど、彼《かれ》は話《はなし》を大《おお》げさにするからな。たぶん、なんとかなるさ。

フーさんは紅茶《こうちゃ》をいれに行《い》きました。そうさ！　なんとかなるさ！　旅《たび》に出《で》よう！　さあ、決《き》めたぞ！　エルネスティーナにいっしょに行《い》ってもらうようにおねがいするんだ！　いや、だめだ！　おねがいするんだ！　いや、だめだ！　どうして、だめなんだ。たのみごとをきいてくれるかどうか、まず聞《き》いてみればいいじゃないか、とフーさんは自分《じぶん》で押《お》し問答《もんどう》。だって、いっしょに行《い》ってほしいなんて言《い》えないもの。君《きみ》は正《ただ》しいよ、フーさん、とフーさんは自分《じぶん》に答《こた》えました。なんとか方法《ほうほう》を考《かんが》えなきゃ。フーさんはいろいろ考《かんが》え始《はじ》めました。

ところが、エルネスティーナにいっしょに行《い》ってもらうようにおねがいすることよりも、世界《せかい》が急《きゅう》に天地《てんち》さかさまになったらどうしよう、というもっと大《おお》きな恐怖《きょうふ》でフーさんはおののき始《はじ》めました。まえに、そんな世界《せかい》を見《み》たことがあるのです。頭《あたま》を下《した》に、足《あし》を天井《てんじょう》にしていったいどうやって生《い》きていけるというのでしょう？　そうなっては、フーさんには、どうすればいいのかわかりません。ますます心配《しんぱい》になってきました。ためしてみないといけない、とフーさんは思《おも》いました。

　フーさんはテーブルの上《うえ》に椅子《いす》を重《かさ》ね始《はじ》めました。天井《てんじょう》にはそのむかし、重《おも》たいランプがぶら下《さ》がっていたフックがついています。あそこにぶら下《さ》がってみよう。四苦八苦《しくはっく》して、ようやく足《あし》をフックに引《ひ》っかけることができましたが、足《あし》がフックに引《ひ》っかかった瞬間《しゅんかん》、つみ上《あ》げた椅子《いす》ががたがたっと床《ゆか》にくずれてしまいました。フーさんはまるでコウモリのように、頭《あたま》を下《した》にしてぶらぶらしています。

　がたがたっという音《おと》を聞《き》きつけたネズミが窓《まど》から顔《かお》をのぞかせました。天井《てんじょう》からぶら下《さ》がっているフーさんの姿《すがた》を見《み》て、こんなものが見《み》えるのは、夜《よる》ずっと起《お》きっぱなしだったからか、少《すこ》しばかり熱《ねつ》があるからにちがいないと思《おも》いました。ネズミは、幻覚《げんかく》なんか見《み》たいとは思《おも》っていません。ネズミはベッドにもぐりこむと夫人《ふじん》を起《お》こし、ハチミツ入《い》りの熱《あつ》いミルクを作《つく》ってくれるようたのみました。こんな時《とき》に飲《の》むと良《よ》いとされているむかしからのおまじないなのです。

AUPA

血液《けつえき》が急速《きゅうそく》に頭《あたま》に集《あつ》まってきたので、フーさんは、まるでランプのように赤《あか》くなってきました。いったいどうしたらここから下《お》りることができるだろう。頭《あたま》もだんだんと痛《いた》くなってきて、フーさんはただただおそろしいばかりです。

「助《たす》けて。だれか、助《たす》けてください。」とフーさんは大声《おおごえ》を出《だ》しました。「だれか助《たす》けに来《き》てください。」でもだれも返事《へんじ》をしてくれません。この声《こえ》を聞《き》き、ネズミはすぐに耳栓《みみせん》をしてしまいました。ネズミはこれは幻聴《げんちょう》にちがいないと思《おも》うようにしました。

果《は》たしてフーさんは、この先《さき》どうなってしまうのでしょうか。もちろんなにがおこるかなんてわかりません。でもフーさんはいつだって最後《さいご》の最後《さいご》でついています。エルネスティーナがちょうどフーさんの家《いえ》のドアの呼《よ》び鈴《りん》を鳴《な》らそうとした時《とき》に、助《たす》けを呼《よ》ぶフーさんの声《こえ》を聞《き》いたのです。彼女《かのじょ》は、ドアをつがいの部分《ぶぶん》から吹《ふ》き飛《と》ばすほどのいきおいで部《へ》屋《や》のなかに突入《とつにゅう》しました。

エルネスティーナは、フーさんがバカみたいに天井《てんじょう》からぶら下《さ》がっている様子《ようす》を見《み》ると、助《たす》け出《だ》すどころか笑《わら》い始《はじ》めました。彼女《かのじょ》は、まるで仔《こ》ネコを抱《だ》き下《お》ろすようにフーさんを下《した》に下《お》ろし、天井《てんじょう》に上《のぼ》った理由《りゆう》を聞《き》くと、ますます笑《わら》いころげました。エルネスティーナは、耳《みみ》をうたがいました。世界《せかい》が天地《てんち》さかさまになるですって！　たしかにフーさんは何《なん》回《かい》かエルネスティーナに勝《か》ったことがあるのかもしれないけれど、こうなると、それはおそらくなにかのまちがいだったにちがいありません。この小《ちい》さな男《おとこ》の人《ひと》は世《よ》のなかのことをなにひとつ知《し》らないのです。ほんとうに、冗談《じょうだん》ではなく、だれかがフーさんの面倒《めんどう》を見《み》なければいけない、とエルネスティーナは思《おも》い、髪《かみ》をうしろにはらいました。

エルネスティーナは、フーさんのことをなんて哀《あわ》れな人《ひと》なんだろうと思《おも》いながら見《み》つめ、ほほえみました。フーさんに対《たい》して怒《おこ》ってはいけないんだわ。こんなふうになにもできない人《ひと》って、なにかしら人《ひと》を引《ひ》きつけるものを持《も》っているのよね。この人《ひと》にはいろんなことを教《おし》えてあげないとね。手始《てはじ》めにエルネスティーナは、紅茶《こうちゃ》をいれました。たぶん、フーさんも同《おな》じように、お客様《きゃくさま》が来《き》たらお茶《ちゃ》を出《だ》すように、と教《おし》えられているとは思《おも》うのですが、果《は》たしてそのことを覚《おぼ》えていたでしょうか。エルネスティーナは、フーさんがおしだまっていることに気《き》づきました。

フーさんがおしだまっている理由《りゆう》は単純《たんじゅん》です。自分《じぶん》のことがとてもはずかしかっただけなのです。いったいどうすればエルネスティーナに、いっしょに行《い》ってほしいとおねがいできるでしょう。この人《ひと》は、ぼくのことを笑《わら》ったのですから。自分《じぶん》がやることといえば、いつだってたいていあべこべで、我《われ》ながら自分《じぶん》があわれだと思《おも》ってしまうようなことばかりです。なにをやってもうまくいかないのはどうしてだろう、と思《おも》うとフーさんは泣《な》けてきました。

エルネスティーナは紅茶《こうちゃ》を持《も》ってくると、ふたたび笑《わら》い出《だ》しました。というのも、フーさんの様子《ようす》がまるで木《き》から落《お》っこちた時《とき》みたいだったからです。でも、紅茶《こうちゃ》を一杯飲《いっぱいの》み、二《に》杯目《はいめ》も飲《の》みほすと、少《すこ》しずついつものフーさんに戻《もど》っていきました。エルネスティーナはフーさんのことをじっと観察《かんさつ》しています。ある角度《かくど》から見《み》ると、フーさんもけっこういけているわね、とエルネスティーナは思《おも》っています。ただし、こう言《い》えるのももう少《すこ》し時《じ》間《かん》がたって、いまよりも背《せ》が伸《の》びて、出世《しゅっせ》すればのことだけれどね。

ミッコとリンマとティンパがロッタをしたがえて、フーさんと、満足《まんぞく》げな様子《ようす》でほほえんでいるエルネスティーナに会《あ》いにやって来《き》ました。フーさんは、いままで一度《いちど》も会《あ》ったことのないおじさんから手紙《てがみ》をもらったことを話《はな》しました。「ぼくは出《で》かけてみようと思《おも》っているんだ。でも、ちゃんと行《い》けるかどうか自信《じしん》がないんだ。エルネスティーナだけが、どうやったらおじさんが住《す》んでいるところに行《い》けるのかを知《し》っているんだよ。」とフーさんは言《い》いました。ここまで言《い》うとフーさんは言葉《ことば》をつまらせました。まだはっきりと、エルネスティーナは、わかっているとでも言《い》うようにうなずきました。「あれ。」とリンマは思《おも》いました。エルネスティーナにいっしょに来《き》てほしい、とおねがいしてはいないのです。エルネスティーナのことを好《す》きなのかどうか、自分《じぶん》でもよくわからなかったのです。その時《とき》です、エルネスティーナが立《た》ち上《あ》がりました。

14　フーさん手紙を受け取る

「さあ、みんな。たぶん、みんながいまなにを考《かんが》えているのかわたし、良《よ》くわかるわ。わたしは、ここではちょっとよけいなお客《きゃく》よね。でも、少《すこ》しくらいならいっしょに楽《たの》しむことだってできると思《おも》うわ。わたし、あなたたちにプレゼントがあるのよ……。」と言《い》うと、ポケットから小《ちい》さな四角《しかく》い箱《はこ》を取《と》り出《だ》してテーブルの上《うえ》に置《お》きました。

「なんだろう。これはなに？」とティンパが小《ちい》さな声《こえ》で聞《き》きました。

「箱《はこ》だよ。そんなこともわからないのか。でも、なかになにが入《はい》っているんだろう？」とミッコが言《い》いました。

「ウマが入《はい》っているんじゃない。」とリンマ。

エルネスティーナはほほえんでいます。

「ちがうわよ。開《あ》けてみて。」

ティンパが開《あ》けようとしましたが、最後《さいご》の瞬間《しゅんかん》に手《て》を引《ひ》っこめてしまいました。

「ぼく、いやだよ。」とささやきました。

リンマはふんっと笑《わら》いましたが、けっきょくリンマも箱《はこ》のふたを開《あ》けることはできません。ティンパが、とうとうふたを開《あ》けました。

箱《はこ》のなかは空《から》っぽです！

「消《き》えちゃった。」とティンパががっかりしてつぶやきました。これで、箱《はこ》のなかになにが入《はい》っていたのかわからなくなってしまったのでしょうか。

するとその時《とき》、箱《はこ》のなかから、まるでため息《いき》をつくみたいにがっかりした、ティンパのうめき声《ごえ》が聞《き》こえてきたのです。ミッコは、大《おお》あわてでピシャリとふたを閉《し》めました。

「いまのはなに。」とリンマが目《め》をまん丸《まる》くしてたずねました。

エルネスティーナは笑《わら》いをこらえています。「この箱《はこ》を使《つか》うと、自分《じぶん》や、他《ほか》の人《ひと》が考《かんが》えていることを音《おと》にして聞《き》くことができるの。と言《い》うより、もっと言《い》えば、あなたたちが考《かんが》えていることが言葉《ことば》を使《つか》わなくてもわかるのよ。ちょっとためしてみましょうか。これから、ふたを開《あ》けるから、ティンパはなにかを考《かんが》えてみて。」

ティンパは、首《くび》をふり、箱《はこ》から遠《とお》くにはなれました。でももうエルネスティーナはふたを開《あ》けてしまっています。

「いやだよ。なんで、ぼくなんだよ。」と箱《はこ》が、ティンパの声《こえ》で話《はな》しました。それから箱《はこ》は、「どうして、ぼくが考《かんが》えていることを箱《はこ》がしゃべるんだ。ぼく、こんなこと信《しん》じないぞ。」とつづけました。

「なにか音楽《おんがく》を思《おも》い浮《う》かべてみて。」と、エルネスティーナがさらにティンパに言《い》いました。

すると、箱《はこ》から最初《さいしょ》はリズミカルなドラムの音《おと》が、それからまるで、小《ちい》さな小《ちい》さな金属《きんぞく》の粒《つぶ》を金属板《きんぞくばん》の上《うえ》に落《お》とすように小《ちい》さくて、眠気《ねむけ》をさそうような静《しず》かなピアノの音《おと》がながれてきました。ティンパはまっ赤《か》になって耳《みみ》を手《て》で押《お》さえています。

「さて、次《つぎ》ね。」とエルネスティーナが言《い》いました。

すると箱《はこ》からはフィンランド競馬《けいば》のにぎやかな音《おと》とウマがばたばた走《はし》る音《おと》が聞《き》こえてきました。それから、小《ちい》さな女《おんな》の子《こ》が歌《うた》う、青《あお》い色《いろ》の雨《あめ》が降《ふ》る歌《うた》が聞《き》こえてきます。女《おんな》の子《こ》の声《こえ》はリンマの声《こえ》でした。

「ぼくのも。」とミッコが声《こえ》を上《あ》げました。

エルネスティーナはうなずきました。聞《き》こえてきたのは、とつぜんの大嵐《おおあらし》にゆれる船上《せんじょう》の音《おと》です。つづいて命令《めいれい》する声《こえ》と荒波《あらなみ》の音《おと》です。ミッコは船長《せんちょう》になっているのです。「流《りゅう》氷《ひょう》が目《め》のまえだ。東南東《とうなんとう》へ進路《しんろ》を取《と》れ！　なんてことだ。座礁《ざしょう》するぞ……。」

「いやよ。沈没《ちんぼつ》するなんていや。」とロッタが大《おお》あわてで言《い》いました。

フーさんはおかしくてたまりません。エルネスティーナったらなかなかうまくやるじゃないか。子《こ》どもたちもすっかり信《しん》じているようだし。こんなに上手《じょうず》に箱《はこ》を使《つか》って、人《ひと》が考《かんが》えていることを言《い》いあてるなんて。フーさんには、これがたんなるまやかしみたいなものだということがわかっています。これくらいのことはだれだって腹話術《ふくわじゅつ》を使《つか》えばできるさ、とフーさんは思《おも》っています。

エルネスティーナはそんなフーさんの様子《ようす》を見《み》て、ほほえみました。「さて、今度《こんど》は、フーさんの番《ばん》ね。さて、フーさんの考《かんが》えていることを、箱《はこ》がなんていうかためしてみましょうか。」

「エルネスティーナは、おばかな女《おんな》だなあ。」と箱《はこ》が言《い》いました。フーさんは血《ち》の気《け》が引《ひ》きました。「ぼくはこんな魔法《まほう》信《しん》じないぞ。ぼくのほうが上手《じょうず》だもの。」

しーんとなりました。エルネスティーナは、固《かた》まってしまったように微動《びどう》だにしません。

それから急《きゅう》にエルネスティーナは箱《はこ》のふたを閉《し》め、「まあ、そんなふうに思《おも》っていたの。」とぽつりと言《い》いました。「さあ、そろそろわたしも家《いえ》に帰《かえ》らなくちゃ。荷造《にづく》りがたい

へんなの。夜《よる》にはサーカスが別《べつ》の場所《ばしょ》へ移動《いどう》するのよ。みんなに会《あ》えてうれしかったわ。それじゃ、ごきげんよう。元気《げんき》でね。もう、二度《にど》と会《あ》えないでしょうけれどね！」

エルネスティーナは、さっとむこうをむきました。

子《こ》どもたちは、うろたえながら彼女《かのじょ》を見《み》つめています。

フーさんはただもう、あわてふためくばかりです。いったい、ぼくはどうしたらいいんだ、とこまりはてました。一人《ひとり》で旅《たび》に出《で》るなんて、とても無理《むり》だよ。

フーさんの様子《ようす》に気《き》がついたティンパは、急《いそ》いで箱《はこ》のふたを開《あ》けました。すると、箱《はこ》からすっかりこまりきった様子《ようす》のフーさんの声《こえ》が聞《き》こえてきました。「ああ、エルネスティーナ。ぼくはいつもとても間《ま》が悪《わる》いんだ。ぼくには旅《たび》につき合《あ》ってくれる人《ひと》が必要《ひつよう》なんだ。だから、もしも、君《きみ》がいっしょに行《い》ってくれたらなと思《おも》って……。一人《ひとり》で旅《たび》に出《で》るなんておもしろくないし……、第一《だいいち》、目的地《もくてきち》にたどりつけないと思《おも》うんだ。それに、君《きみ》はそこにいたことがあるんだし。エルネスティーナ、君《きみ》がいっしょに行《い》ってくれたら、どんなにうれしいだろう。ただ、いっしょに行《い》ってくれたとしても、君《きみ》のかせぎになるわけじゃないんだけどね。」と言《い》うと、箱《はこ》はすすり泣《な》きを始《はじ》め、それを聞《き》いたフーさんもいまにも泣《な》きだしそうです。

エルネスティーナは箱《はこ》のふたを閉《し》め、ティンパに渡《わた》しました。「これはあなたが持《も》っていて。ただ気《き》をつけてね。他《ほか》の人《ひと》が考《かんが》えていることを聞《き》くのは、その人《ひと》が自分《じぶん》の考《かんが》えていることを他《ほか》の人《ひと》に聞《き》いてもらいたいと思《おも》っている時《とき》だけよ。いやなことだって聞《き》こえることもあるから。あなたは、これを上手《じょうず》に使《つか》えるって信《しん》じているわ。」

そう言《い》うと、エルネスティーナはフーさんのほうをむきました。

「わたし、あなたに言《い》わなければいけないことがたくさんあるわ。でも、いまは、一《ひと》つだけにしておくわ。これからどうするか決《き》めたの。これがもう最終決定《さいしゅうけってい》よ。なにを言《い》われても、いま決《き》めたことをくつがえそうとは思《おも》わないわ。決《き》めたことというのはね、わたしが、あなたといっしょに旅《たび》に出《で》るということ。でも、条件《じょうけん》があるの。どんなことでもだまって一人《ひとり》で決《き》めないで、わたしに話《はな》すこと。おじさんを見《み》つけ出《だ》すことができたら、そのあとのことは、その時《とき》に考《かんが》えましょう。あなたをひっぱって、色々《いろいろ》なところへ連《つ》れて行《い》く他《ほか》にも、わたしはやらなきゃいけないことがあるの。」

と言《い》うと、エルネスティーナは少《すこ》しほほえんで、もう決《き》めたの、という決意《けつい》をあらわすように口《くち》をきゅっとむすびました。フーさんは、このことをどう考《かんが》えればよいのかさっぱりわかりません。

夜《よる》は布《ぬの》が色《いろ》あせるようにゆっくりと過《す》ぎていきました。子《こ》どもたちは、もっとたくさんエルネスティーナの魔法《まほう》を見《み》たいと思《おも》っています。リンマが、エルネスティーナの魔法《まほう》のなかで一番《いちばん》すごいと思《おも》うのは、みんながお花《はな》のなかに吸《す》いこまれて、スライドショーを見《み》るみたいに植物《しょくぶつ》の不思議《ふしぎ》な世界《せかい》を見《み》せてくれる魔法《まほう》でした。ティンパは、一分間《いっぷんかん》だけ、自《じ》分《ぶん》が行《い》きたい所《ところ》へつれて行《い》ってくれる魔法《まほう》が一番好《いちばんす》きでした。ティンパは、その魔法《まほう》で、ふらふらしながらも、エッフェル塔《とう》のてっぺんに立《た》つことができました。それに、遠《とお》くを見《み》ていれば、それほど高《たか》いところにいるようには感《かん》じません。でも、エッフェル塔《とう》はものすごく巨大《きょだい》な鉄《てつ》のかたまりでした。他《ほか》の子《こ》どもたちのうしろに座《すわ》っていたロッタは、なにもしゃべりませんでした。でも、いろいろなものを見《み》たり聞《き》いたりしているうちに、大《おお》きな目《め》は、ますます、どんどん大《おお》きくなっています。

夜《よる》になり、フーさんはまた、長《なが》いことじっと座《すわ》っています。子《こ》どもたちもエルネスティーナもすでに帰《かえ》ってしまいましたが、まだみんな、部屋《へや》にいるような感《かん》じがしています。夜《よる》はますます暗《くら》くなり、通《とお》りや家々《いえいえ》の屋根《やね》は、雪明《ゆきあ》かりで明《あか》るくなり、テレビのアンテナや煙突《えんとつ》には雪《ゆき》がつもっています。こんな光景《こうけい》を見《み》ていると、人間《にんげん》が考《かんが》えていることも、心《こころ》のなかも、なんだか白《しろ》くてやわらかい毛布《もうふ》に包《つつ》みこまれているみたいに、やさしくおだやかなものに感《かん》じられてきます。もう夢《ゆめ》のなかにいる人《ひと》たちの場合《ばあい》は特《とく》にね。ネズミもすっかり落《お》ちついています。ネズミ夫人《ふじん》が熱《あつ》い牛乳《ぎゅうにゅう》に、ほんの少《すこ》しだけタマネギのかけらを入《い》れてくれたので、元気《げんき》いっぱいです。この飲《の》み物《もの》を、一口《ひとくち》でも飲《の》めば、効《き》き目《め》ばつぐんで、すぐに元気《げんき》になるのです。少《すく》なくともネズミが元気《げんき》になるくらいにはね。

15 フーさん旅《たび》に出《で》る

毎日《まいにち》がとぶように過《す》ぎ去《さ》っていきました。フーさんは気持《きも》ちの整理《せいり》がつかないまま、いろいろと段取《だんど》りをしたり、片《かた》づけをしていました。旅《たび》に出《で》る、と決《き》めることはかんたんでしたが、ほんとうに旅《たび》に出《で》るのは、かなりたいへんなことなんだな、とフーさんは実感《じっかん》しています。さいわい、エルネスティーナは他《ほか》の世界《せかい》に行《い》ったことがあるので、きっと彼女《かのじょ》が助《たす》けてくれるでしょう。

フーさんが、ネズミにもこのことを話《はな》さなければと気《き》がついて、ネズミの家《いえ》を訪《おとず》れるまで、フーさんがいそがしくしている様子《ようす》を、ネズミは、少々困惑《しょうしょうこんわく》して見《み》ていました。フーさんはそうっとネズミの家《いえ》のドアをノックしました。ドアには「ネズミ、ネズミ夫人《ふじん》、ちびネズミ」と書《か》いてありました。フーさんは、夜《よ》な夜《よ》な子《こ》ネズミの鳴《な》き声《ごえ》が聞《き》こえていたことを思《おも》い出《だ》し、こういうことだったのか、とやっと理解《りかい》しました。

15　フーさん旅に出る

ネズミはドアを開《あ》けると、一家《いっか》の主《あるじ》としての落《お》ちつきと威厳《いげん》をもってフーさんをむかえました。そして、フーさんのお祝《いわ》いの言葉《ことば》を丁重《ていちょう》に受《う》け取《と》りました。子《こ》どもだって、なんのことだろう？　大人《おとな》の小《ちい》さなものかな。小《ちい》さいものは、確実《かくじつ》に成長《せいちょう》するけれど。ネズミは少々心配《しょうしょうしんぱい》そうな様子《ようす》でした。赤《あか》ん坊《ぼう》はみな、夜《よ》な夜《よ》なこんなに泣《な》くものなのだろうか？　いや、この子《こ》はなにか病気《びょうき》にちがいない。ネズミは、近々念《ちかぢかねん》のため、知《し》り合《あ》いのお医者《いしゃ》さまに電話《でんわ》をして、訪《たず》ねてみようと決《き》めていました。

フーさんは、ネズミに、家《いえ》の主《あるじ》としての役目《やくめ》と鍵《かぎ》を引《ひ》きつぎました。ネズミは、これをたいへん名誉《めいよ》あることと受《う》け止《と》めました。ネズミは鍵《かぎ》を部屋《へや》のまんなかへ持《も》っていくと演説《えんぜつ》を始《はじ》めたのですが、その演説《えんぜつ》では、「我々《われわれ》は、この鍵《かぎ》の鍵守《かぎもり》である。」という言葉《ことば》が何度《なんど》もくり返《かえ》されていました。ですから、この一文《いちぶん》は、ちびネズミの記憶《きおく》にしっかり残《のこ》り、ちびネズミが大人《おとな》になって結婚《けっこん》して、ネズミ・ジュニアができると、自分《じぶん》の幸《しあわ》せな父親《ちちおや》を思《おも》い出《だ》しては、古《ふる》くて錆《さ》びついた鍵《かぎ》を取《と》り出《だ》し、とても栄誉《えいよ》ある鍵守《かぎもり》としての偉大《いだい》なる仕事《しごと》について、今度《こんど》はネズミ・ジュニアたちに話《はな》して聞《き》かせたのです。ネズミ・ジュニアたちは、初《はじ》めのうち、いったいなんのことだろうと思《おも》いながら話《はなし》を聞《き》いていたのですが、少《すこ》しずつ理解《りかい》していったのです。こうやって、忘《わす》れ去《さ》られてしまうようなことでも、おやすみの時《とき》に聞《き》くお話《はなし》のように、子《こ》どものころに何度《なんど》も何度《なんど》もくり返《かえ》し聞《き》かされると記憶《きおく》に残《のこ》るのです。

やっと旅《たび》に出《で》る準備《じゅんび》ができました。フーさんは、どうにも落《お》ちつかなくて無駄《むだ》になにかをしようとしていましたが、もう準備《じゅんび》は完璧《かんぺき》にととのっているのです。船《ふね》は夕方《ゆうがた》の出発《しゅっぱつ》ですが、出発《しゅっぱつ》は明日《あした》の夕方《ゆうがた》なのです。でも、フーさんはすでにマフラーを巻《ま》き、靴《くつ》もはき、片方《かたほう》の手《て》はカバンのもち手《て》にかかっていて、テーブルのまえに座《すわ》っています。遅《おく》れたくなかったのです。

ところが、時間《じかん》はなかなかたってくれません。テーブルの他《ほか》には、部屋《へや》のなかにはなにもなく、部屋《へや》はすっかり寒《さむ》くなってきていて、もうここが家《いえ》だとは感《かん》じられません。フーさんが知《し》らないうちにエルネスティーナが電気《でんき》を切《き》ってしまったようで、お湯《ゆ》を沸《わ》かすこともできません。金属《きんぞく》も薪《まき》と同《おな》じように底《そこ》をついてしまったんだとフーさんは思《おも》いました。どんなものにも永遠《えいえん》ということはないのです。

フーさんは窓《まど》を開《あ》けました。ここ二《に》、三日《さんにち》、とても強《つよ》い北風《きたかぜ》が吹《ふ》いていて、ラップランド〔フィンランド最北《さいほく》の州《しゅう》〕で吹《ふ》いていた冷気《れいき》が待《ま》ってましたとばかりに南《みなみ》にむかって吹《ふ》きこんできています。これもなにか理由《りゆう》があってのことにちがいありません。

さわやかな空気《くうき》が部屋《へや》いっぱいに広《ひろ》がりました。遠《とお》くのほうから、弱々《よわよわ》しく、でも、一定《いってい》のリズムで、聞《き》きおぼえのある音《おと》がしてきました。フーさんはその音《おと》に聞《き》き入《い》りました。海《うみ》でした。

海《うみ》の音《おと》は、落《お》ちついて聞《き》こえましたが、フーさんは抵抗《ていこう》できない力《ちから》に引《ひ》っぱられるような感《かん》じがしました。そして考《かんが》えるより早《はや》く、足《あし》は海《うみ》にむかっていました。カバンは部屋《へや》に残《のこ》しておかなければいけないということくらいはわかっていたようで、ドアは、木《き》の切《き》れはしをはさんで開《あ》けっぱなしにしておきました。というのも、旅《たび》のカバンのなかにスペアの鍵《かぎ》が入《はい》っていたのですが、フーさんはもうカバンを開《あ》けたくなかったのです。

海岸《かいがん》はだだっ広《ぴろ》く、さびれた感《かん》じです。舟《ふね》は雪《ゆき》にうもれ、岸《きし》には木《き》の切《き》れはしがぱらぱらと残《のこ》っていて、雪《ゆき》のなかのあちこちから、小《ちい》さな雪《ゆき》ハリネズミの、むきがめちゃくちゃになった細《ほそ》くて黄色《きいろ》い針《はり》が飛《と》び出《で》ています。雪《ゆき》ハリネズミたちは、冬眠中《とうみんちゅう》のようでした。

15　フーさん旅に出る

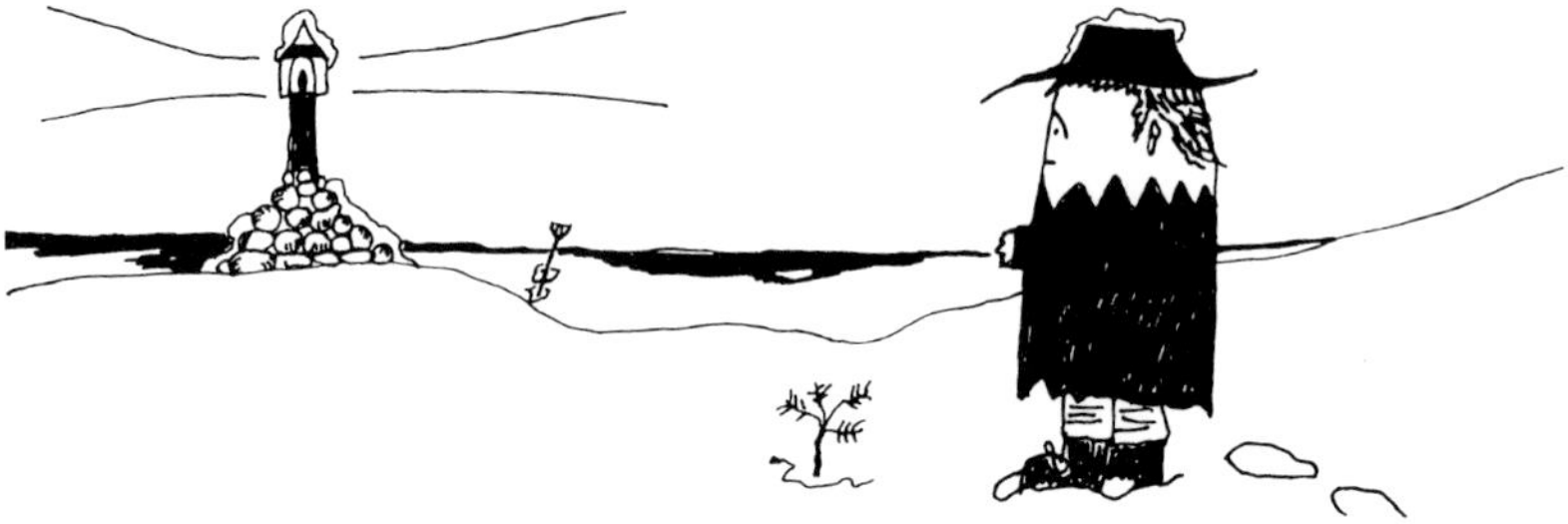

フーさんがそばを通《とお》っても、ぴくりとも動《うご》かないのです。フーさんは、彼《かれ》らを起《お》こさないよう、慎重《しんちょう》に、そうっと歩《ある》きました。

とうとう海《うみ》も凍《こお》ったようです。とけた雪《ゆき》でできたぬかるみは入《い》り江《え》の片隅《かたすみ》に吹《ふ》きよせられ、一部《いちぶ》は寄《よ》せては返《かえ》す波《なみ》に乗《の》っかり、ざわざわざわと音《おと》を立《た》てていました。氷《こおり》は、魚《さかな》のうろこのようにおたがいにくっつき、小《ちい》さな丸《まる》いタグボートのような形《かたち》になっています。ガマが生《は》えているところでは、水《みず》が凍《こお》って氷《こおり》の指輪《ゆびわ》のようになり、埠頭《ふとう》からは、氷《こおり》がきしむ音《おと》が聞《き》こえてくるので、そこも凍《い》てつき始《はじ》めていることがわかります。きらきら光《ひか》る氷《こおり》の下《した》では波《なみ》の動《うご》きもゆっくりになり、だんだんとその場《ば》で固《かた》まり始《はじ》めています。でもまだ、はるか沖《おき》あいでは船《ふね》が航行中《こうこうちゅう》です。年老《としお》いた猟師《りょうし》が、櫂《オール》をこいで、鉛色《なまりいろ》の海《うみ》から黙々《もくもく》と釣《つ》り網《あみ》を引《ひ》き上《あ》げています。網《あみ》のなかにはぴくりとも動《うご》かない魚《さかな》が何匹《なんびき》もかかっています。

こういうふうに冬《ふゆ》が来《き》て、ぼくはこれから旅《たび》に出《で》るんだ。ぼくは南《みなみ》に行《い》くけれど、冬《ふゆ》はここに残《のこ》るんだ。冬《ふゆ》はついてこられない。

冬《ふゆ》がいやだというわけではないんだ。以前《いぜん》なら冬《ふゆ》はもう少《すこ》しいいものだと思《おも》っていたのはたしかだけれどね。たぶん、街《まち》というところは、冬《ふゆ》を過《す》ごすにはちょっと広《ひろ》すぎるんだ。

長《なが》い防波堤《ぼうはてい》の先端《せんたん》あたりでなにかが動《うご》くのが目《め》に入《はい》りました。おそらく動《うご》いているのはあそこに住《す》みついて、タラの見張《みは》りをしている男《おとこ》の人《ひと》でしょう。フーさんはあいさつに行《い》こうかと思《おも》いましたが、もうあまり時間《じかん》がないような気《き》がしたので、また、今度《こんど》にしようと決《き》めました。あの男《おとこ》の人《ひと》は、いつも同《おな》じ場所《ばしょ》にいると言《い》っていましたし。ぼくが戻《もど》って来《く》るころには、もう夏《なつ》になっているだろうしね。そのころは、もう少《すこ》し動《うご》きやすくなっているでしょう。

フーさんの頭上《ずじょう》をぼんやりと飛《と》んでいた、二《に》、三羽《さんわ》のカモメが、風《かぜ》のながれにのって、空高《そらたか》くへ飛《と》び去《さ》りました。海《うみ》の音《おと》は、ますます静《しず》かになり、湾《わん》は波《なみ》もたたずおだやかになったようです。街《まち》の生活《せいかつ》の音《おと》、日常《にちじょう》の、人々《ひとびと》や車《くるま》、工場《こうじょう》の音《おと》は氷《こおり》に封《ふう》じこめられてしまったみたいです。こういう音《おと》にも、フーさんはすっかりなれっこになっています。

すっかり葉《は》のなくなった白樺《しらかば》の木《き》から、フーさんの帽子《ぼうし》の上《うえ》に雪《ゆき》が落《お》ちてきて、フーさんはくしゃみをしました。夕方《ゆうがた》には船《ふね》に乗《の》り、あたたかい客室《きゃくしつ》のなかにいるんだ。紅茶《こうちゃ》を一杯飲《いっぱいの》み、コルップをかじり、それからベッドに横《よこ》になろう。朝《あさ》が来《く》れば、まったくあたらしい世界《せかい》、あたらしい国《くに》、あたらしい風景《ふうけい》、あたらしい人々《ひとびと》がぼくの目《め》のまえにあらわれるんだ。でもどこの世界《せかい》に行《い》ったとしても、ここと同《おな》じようなものなんだろうな。ここにいる人《ひと》たちだって、みんなおのおのちがうように見《み》えるもの、とフーさんは思《おも》いました。でも、結局《けっきょく》は、どんな人《ひと》でも、みんな同《おな》じなのです。ささやかな幸《しあわ》せ、ぬくもり、おだやかな心《こころ》、そして、わかち合《あ》うことのできるだれか。

分厚《ぶあつ》い雲《くも》が引《ひ》き網《あみ》のように空《そら》に広《ひろ》がり、太陽《たいよう》がかくれました。すぐに暗《くら》くなり始《はじ》めました。フーさんはそろそろ出《で》かける時間《じかん》だと思《おも》いました。「じゃあ、行《い》ってくるよ。」と海《うみ》にお別《わか》れすると、フーさんは家《いえ》にむかって歩《ある》き出《だ》しました。「わたしたちは、また会《あ》えますよ。」という、弱々《よわよわ》しい、夢《ゆめ》のなかで聞《き》くようなささやき声《ごえ》を、フーさんは背後《はいご》から聞《き》きました。

フーさんは岸《きし》から上《あ》がり、ぬかるみから通《とお》りへ出《で》

ようと歩《ある》き始《はじ》めました。降《ふ》り始《はじ》めた雪《ゆき》が、岸辺《きしべ》に雪《ゆき》の吹《ふ》きだまりを作《つく》り始《はじ》めています。通《とお》りに出《で》て、他《ほか》の小《ちい》さな足跡《あしあと》や大《おお》きな足跡《あしあと》にまざり、区別《くべつ》できなくなってしまったフーさんの足跡《あしあと》も、すぐに雪《ゆき》に消《き》えました。

フーさんタイムマシンで七〇年代《ねんだい》に戻《もど》る〜あとがきにかえて〜

スタジオ・アナウンサー　フィンランドで、わたしたちがフーさんに初《はじ》めて出会《であ》ったのは一九七三年《ねん》のことでした。以後《いご》、フーさんの大冒険《だいぼうけん》のお話《はなし》や、引《ひ》っ越《こ》しのお話《はなし》など、つづけざまにフーさんの活躍話《かつやくばなし》にふれることになり、フィンランドのお友《とも》だちは大喜《おおよろこ》びしました。しかし、フーさんはその後《ご》、しばらく謎《なぞ》に包《つつ》まれて過《す》ごし、ふたたび、わたしたちのまえに戻《もど》ってきたのは一九九〇年代《ねんだい》に入《はい》ってからのことでした。

さて、今回《こんかい》は、フーさんにタイムマシンに乗《の》って、フーさんがわたしたちのまえに初《はじ》めて姿《すがた》をあらわした、一九七〇年代《ねんだい》のヘルシンキの街《まち》の様子《ようす》を報告《ほうこく》してもらうことにしました。そろそろ、ヘルシンキに到着《とうちゃく》するころだと思《おも》いますので、呼《よ》んでみましょう。

フーさん、聞《き》こえますか？　ヘルシンキに到着《とうちゃく》しましたか？

フーさん　こ、ち、ら、フー、さ、ん。よ、く、聞《き》、こ、え、ま、す。

スタジオ・アナウンサー　つながったようですね。では、フーさん、ヘルシンキのレポート、よろしくお願《ねが》いします。

フーさん　ぼくはいま、一九七〇年代《ねんだい》のヘルシンキの街角《まちかど》にいます。地方《ちほう》の村《むら》から、たくさんの人《ひと》がうつり住《す》んできています。自動車用《じどうしゃよう》の大《おお》きくて広《ひろ》い道路《どうろ》がどんどん作《つく》られています。のちに、フィンランドの得意分野《とくいぶんや》の一《ひと》つに数《かぞ》えられる、造船業《ぞうせんぎょう》などのあたらしい産業《さんぎょう》が一九六〇年代《ねんだい》にさかんに操業《そうぎょう》を始《はじ》め、たくさんの人《ひと》がはたらくようになったからです。

街《まち》にたくさんの人《ひと》が集《あつ》まってきているので、家《いえ》もたくさん必要《ひつよう》で、工事中《こうじちゅう》の集合住宅《しゅうごうじゅうたく》も市街地《しがいち》に増《ふ》えています。テレビがどの家庭《かてい》にも入《はい》るようになったのもこの時代《じだい》のことです。会社《かいしゃ》づとめをする人《ひと》が増《ふ》え、週末《しゅうまつ》は家族全員《かぞくぜんいん》がお休《やす》みという家庭《かてい》が増《ふ》えて、週末《しゅうまつ》をみんなで過《す》ごすというあたらしい生活《せいかつ》スタイルが普通《ふつう》になってきている時代《じだい》なんです。じつは、六〇年代《ねんだい》に、二十年後《にじゅうねんご》には、首都圏《しゅとけん》の人口《じんこう》は、八十万人《はちじゅうまんにん》になると予測《よそく》して都市《とし》づくりが進《すす》められましたが、二〇〇〇年代《ねんだい》の現代《げんだい》は、百万人以上《ひゃくまんにんいじょう》になっていますね。

あっ、あそこに見《み》えるのはなんでしょう……。わかりました。フィンランド初《はつ》の地下鉄工事《ちかてつこうじ》です。（ヘルシンキ市内《しない》の地下鉄《ちかてつ》は、二十一世紀《にじゅういっせいき》に入《はい》ったいまもこの路線《ろせん》だけ。試験工事《しけんこうじ》ののち、一九七〇年代初頭《ねんだいしょとう》に着工《ちゃっこう》。営業開始《えいぎょうかいし》は一九八二年八月《ねんはちがつ》。）

レポートの途中《とちゅう》ですが、ちょっとお腹《なか》がすいたので、コルップを買《か》いに行《い》きます……。あっ、いけない。現代《げんだい》は、フィンランドはヨーロッパ連合《れんごう》（EU）に加盟《かめい》しているので、通貨《つうか》もマルカからユーロに替《か》わったんだっけ⁉　一九七〇年代当時《ねんだいとうじ》の緑色《みどりいろ》のマルカ紙幣《しへい》を持《も》って来《く》るのをわすれちゃった。どうしよう……。そうだ、知《し》り合《あ》いに電話《でんわ》して、とどけてもらえばいいんだ。えっと、携帯電話《けいたいでんわ》はどこだ。あれ？　おかしい。なにも音《おと》がしない。「圏外《けんがい》」ってなっているぞ。あっ、そうか。携帯電話《けいたいでんわ》はまだ使《つか》われていなかったんだっけ。あの1って書《か》いてある反対側《はんたいがわ》に、獅《し》子《し》が横《よこ》むきでかまえるような格好《かっこう》のコインもわすれて来《き》ちゃったな。コインがあれば、かんたんに電話《でんわ》ができるのに……。ぼくが一九七〇年代《ねんだい》に渡《わた》された緑色《みどりいろ》のお札《さつ》は、百《ひゃく》マルカ紙幣《しへい》。表《おもて》はフィンランドを代表《だいひょう》する作曲家《さっきょくか》シベリウスの肖像《しょうぞう》。裏《うら》には、そのシベリウスが作曲《さっきょく》した『トゥオネラの白鳥《はくちょう》』をイメージした、空飛《そらと》ぶ美《うつく》しい白鳥《はくちょう》の姿《すがた》が描《えが》かれていたんですよ。

　では、これからぼくが街《まち》にうつり住《す》んだ時《とき》の家《いえ》に行《い》ってみます。道路《どうろ》を走《はし》る車《くるま》の数《かず》はずいぶん少《すく》ないですね。行《い》き来《き》する車《くるま》は、まえの部分《ぶぶん》がとんがった感《かん》じのものが多《おお》いです。なつかしいなあ……。ここは、いまはショッピングセンターになっているところです。この当時《とうじ》は、ごらんいただけるとおり、木《き》や草《くさ》がいっぱいしげっていました。ほしい商品《しょうひん》がなんでもそろっている大《おお》きなスーパーマーケットより、雑貨《ざっか》だけとか、食《た》べ物《もの》だけという小《ちい》さなお店《みせ》のほうが多《おお》かったですね。あれっ、リスが出《で》てきましたよ。そういえば、最近《さいきん》、街中《まちなか》ではあんまり見《み》かけなくなりました。

そろそろ〝わが家《や》〟に到着《とうちゃく》です。ああ、なつかしいなぁ。表《おもて》に出《で》るこのドア。けっこう重《おも》たかったんですよね。森《もり》から引《ひ》っ越《こ》してきたばかりのころは、なんて、重《おも》たいドアだろうって思《おも》いましたっけ。たぶん、壁怪物《かべかいぶつ》もまだ住《す》んでいるんでしょうね。

台所《だいどころ》にやって来《き》ました……。始《はじ》めはこのレンジをどう使《つか》えばよいのか、わからなかったんですよね。この家《いえ》では、まだ食器洗《しょっきあら》い機《き》を使《つか》っていませんね。あとで知《し》ったんですが、フィンランドでは一九七〇年代《ねんだい》に入《はい》って、食器洗《しょっきあら》い機《き》を使《つか》う家庭《かてい》が少《すこ》しずつ増《ふ》えていったんだそうです。でも、フィンランドの台所《だいどころ》には、むかしからとっても便利《べんり》な食器乾燥棚《しょっきかんそうだな》がついているので、ぼくには必《ひつ》要《よう》なかったですよ。電子《でんし》レンジもまだありませんね。

そうそう、大切《たいせつ》なことをわすれていました。虫歯《むしば》の予防《よぼう》で知《し》られる天然甘味料《てんねんかんみりょう》キシリトール。この研究《けんきゅう》がフィンランドで始《はじ》まったのが、ぼくが皆《みな》さんと初《はじ》めて出会《であ》ったこの時代《じだい》、一九七〇年《ねん》代《だい》のことなんです。そして、みんなも大好《だいす》きなキシリトール入《い》りのガムが製品化《せいひんか》され、発売《はつばい》されたのが一九七五年《ねん》のことなんですよ。こちらに来《く》るまえ、ちょっと勉強《べんきょう》してきたんです。すごいでしょう……。

スタジオ・アナウンサー　フーさん、フーさん。放送時間《ほうそうじかん》が残《のこ》り少《すく》なくなってきましたので、そろそろこちらへ戻《もど》ってください。

フーさん　え、あ、もうですか？　まだまだレポートしたいことがたくさんあるのに……。しかたがないですね。

スタジオ・アナウンサー　さて、みなさん。『フーさん』の物語《ものがたり》がフィンランドで誕生《たんじょう》したころの様子《ようす》、今回《こんかい》のフーさんのレポートで、感《かん》じとっていただけましたか？

最後《さいご》に、この中継《ちゅうけい》にご尽力《じんりょく》くださったプロデューサーはじめ、技術《ぎじゅつ》スタッフや関係者《かんけいしゃ》の皆《みな》さま、ご協力《きょうりょく》、本当《ほんとう》にありがとうございました。では、また、お目《め》にかかれることを楽《たの》しみに、本日《ほんじつ》は、これでお別《わか》れです。ごきげんよう。

一九七〇年代特派員《ねんだいとくはいん》　フーさん（スタジオ・アナウンサー　上山美保子《うえやまみほこ》）

ハンヌ・マケラ　Hannu Mäkelä
一九四三年フィンランド・ヘルシンキ生まれ。作家・詩人。詩、小説、児童小説、絵本と作家としての活動は多岐にわたる。フィンランド国内で数多くの児童文学賞を受賞しているが、児童書だけではなく、一九九五年に『*Mestari*』でフィンランディア賞（フィンランド最高の文学賞）を受賞するなど、一般向けの文芸の世界でもおおいに活躍している。現代フィンランド文学界を代表する作家の一人。邦訳作品には、「フーさんシリーズ」の他に、『ぼくはちびパンダ』（徳間書店）がある。

上山美保子　うえやま　みほこ
一九六六年東京都生まれ。東海大学文学部北欧文学科卒。大学在学中、トゥルク大学人文学部フィンランド語学科留学。現在、フィンランド技術庁 Tekes 勤務。訳書に『フーさん』『フーさんにお隣さんがやってきた』（ともに国書刊行会）がある。

フーさん引《ひ》っ越《こ》しをする

二〇〇八年二月二十四日初版第一刷印刷
二〇〇八年二月二十九日初版第一刷発行

作者　ハンヌ・マケラ
訳者　上山美保子
発行者　佐藤今朝夫
発行所　株式会社国書刊行会
東京都板橋区志村一―十三―十五　〒一七四―〇〇五六
電話〇三―五九七〇―七四二一
ファクシミリ〇三―五九七〇―七四二七
URL : http://www.kokusho.co.jp
E-mail : info@kokusho.co.jp
印刷所　株式会社シナノ+株式会社シーフォース
製本所　株式会社ブックアート
ISBN978-4-336-04949-0 C8097